郭德纲

作品

© 中南博集天卷文化传媒有限公司。本书版权受法律保护。未经权利人许可，任何人不得以任何方式使用本书包括正文、插图、封面、版式等任何部分内容，违者将受到法律制裁。

图书在版编目（CIP）数据

谋事 / 郭德纲著 . —— 长沙：湖南文艺出版社，2022.3（2024.1 重印）
 ISBN 978-7-5726-0270-2

Ⅰ. ①谋… Ⅱ. ①郭… Ⅲ. ①散文集—中国—当代 Ⅳ. ① I267

中国版本图书馆 CIP 数据核字（2022）第 004975 号

上架建议：历史·随笔

MOUSHI
谋事

作　　者：	郭德纲
出 版 人：	陈新文
责任编辑：	匡杨乐
监　　制：	董晓磊
特约策划：	张婉希
特约编辑：	张亚一
营销支持：	杜 莎 张 烁
版式设计：	潘雪琴
封面题字：	anusman（王烁）
封面设计：	尚燕平
内文排版：	百朗文化
出　　版：	湖南文艺出版社
	（长沙市雨花区东二环一段 508 号　邮编：410014）
网　　址：	www.hnwy.net
印　　刷：	长沙鸿发印务实业有限公司
经　　销：	新华书店
开　　本：	700mm×980mm　1/16
字　　数：	298 千字
印　　张：	19
版　　次：	2022 年 3 月第 1 版
印　　次：	2024 年 1 月第 5 次印刷
书　　号：	ISBN 978-7-5726-0270-2
定　　价：	59.80 元

若有质量问题，请致电质量监督电话：010-59096394
团购电话：010-59320018

郭 论

Guo Theory

目 录

|序|

001　胭脂虎：智、勇、能、霸、理　　　　　　　　　　/ 001

002　小皇帝：蓬头稚子坐金銮　　　　　　　　　　　　/ 009

003　郭论第一届司法考试：杀夫死罪怎么免　　　　　　/ 019

004　冒名顶替：假身份考取真功名，假知府强似真官人　/ 029

005　国债：国家缺钱怎么办？　　　　　　　　　　　　/ 039

006　裸辞：吾不能为五斗米折腰，拳拳事乡里小人！　　/ 049

007　讼师：行走江湖，你需要一位律师朋友　　　　　　/ 059

008　穿越：死都不知道为啥死　　　　　　　　　　　　/ 069

009	识人不明：皇帝也能被饿死	/ 077
010	我命由我不由天：捧出个人当皇帝	/ 085
011	贼有意思：盗贼、飞贼、采花贼	/ 095
012	"坑"队友：不成功的原因未必是你	/ 105
013	孝顺：雷打真孝子，打谁谁知道	/ 115
014	逼婚：皇帝，和尚，谁也逃不脱被逼婚的命运	/ 123
015	玩物丧志的最高境界：开疆拓土	/ 133
016	官场糊咖：李白的公务员之路	/ 143
017	喜剧的传承：相声为什么这么好听？	/ 151
018	魔术：土生土长的中国"Magic"	/ 161

郭论
Guo Theory

019　明朝的"密室厉鬼杀人案"　　　　　　　　　　　　　／169

020　从男一号到路人甲：被淹没在历史长河里的狠角色　／179

021　肥缺：贪者愈贪，廉者愈廉　　　　　　　　　　　／189

022　古人取暖　　　　　　　　　　　　　　　　　　　／197

023　蒙汗药　　　　　　　　　　　　　　　　　　　　／205

024　雪夜谋杀案　　　　　　　　　　　　　　　　　　／213

025　臭史　　　　　　　　　　　　　　　　　　　　　／221

026　香史　　　　　　　　　　　　　　　　　　　　　／229

027　保护专利套路深，胆大抠门我一身　　　　　　　　／237

028　工匠精神的最高境界——为国续命！　　　　　　　／245

029　古代的带货女王们　　　　　　　　　　　　　／ 255

030　兄弟不容易，没事别总生闲气　　　　　　　／ 263

031　好话能把别人哄，危机公关有传统　　　　　／ 271

032　巧断马蹄金：一个另类"节后综合征"的故事　／ 279

033　忠臣？奸臣？是谁给定标准？　　　　　　　／ 289

序

大家好，我是你们的老郭。

碍于疫情，我好长时间没怎么出门了，在家干点儿什么好呢？看书。

大家也了解，我这人，甭看文化水平不高，好看点儿书。这两天看清史，已经读到穆宗本纪了，就是到同治帝这儿。

读书是好事。博览广识见，寡交少是非，有暇读书，有钱读书，世间之乐莫过如此。我把自己这些年见过的世面、读书的心得和为人处世的经验，都汇总到三本新书里面。

第一本好理解，讲的是咱们中国人的饮食文化。老郭给大家预备了一车吃货秘籍。上古的食谱、奇特的食材、传说中的神仙美味和美食界的终极秘密……样样都够馋出几条人命来的。

第二本说的是故事。每到夜半三深、万籁俱静的时候，我挑些读过的奇书，拣着新鲜的、热乎的、有趣的故事，拆开了、磨碎了，带您研究这里面的名堂。大雅的题目，我当大俗的说。您呢？开瓶啤酒，叫把烤串，就当是你我二人围炉夜话。"绿蚁新醅酒，红泥小火炉"，雪夜闭门读书，这是人生的一大乐。

第三本就是您今天看到的《谋事》。这可有意思了，大家都知道，谋事先谋人，咱中国向来不缺妙人、能人、奇人。这些人的奇思妙想、惊天脑洞，咱都预备在这儿了。您什么时候想听，老郭什么时候有故事。我举几个例子，您细品：皇上是如何面对"逼婚"的？什么样的女子能被称为"胭脂虎"？古代的红人们是如何带货的？怎么样？是不是听着挺有意思的？

郭 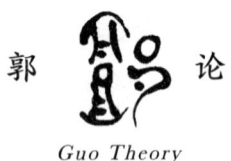 论

Guo Theory

001 谋事

胭脂虎：智、勇、能、霸、理

郭 论 *Guo Theory*

  咱们总结了"智、勇、能、霸"四个字，但真正的胭脂虎，首先得占个"理"字——您只有事事占住了理，而不是胡搅蛮缠，才有可能管得住男人！

  前两天跟朋友聊天，说现在网上什么词最热？大伙儿七嘴八舌，见仁见智，聊到最后，公认"渣男"这个词挺热，动不动就有人说：哪儿哪儿哪儿又出了个渣男。还有人拿出手机搜给我看"渣男的十大标准"。
  我一看，什么用情不专哪，来者不拒呀，跟谁都是三十六度恒温啊什么的，具体的咱也不太懂，大概那意思，就是"腰里揣副牌，逮谁跟谁来"呗。
  我看有的姑娘，让小伙子挤对得没辙没辙的，诉苦都诉到网上了："那怎么办呢，是吧？又管不住，可不就由着他们造反呗？有时候就想，爹妈就是把咱们养得脾气太好了，我要是母老虎啊，估计这小子就不敢了。"
  哼！这些姑娘啊，太天真啦！你以为母老虎就那么好当呢？不是说豁得出去，能撒泼打滚，那就叫母老虎了！不要小瞧了"母老虎"这三个字，这要是转转文，有一个专用名词，叫"胭脂虎"。你说你不好好修炼修炼，能成吗？
  那么，怎么修炼才能当个胭脂虎呢？
  今儿你们算来着了，咱们就聊聊这事！

  想成胭脂虎，先得弄明白，什么叫胭脂虎。

谋事

"胭脂虎"这个典故,出自宋朝人陶榖写的一本书——《清异录》。书里说,河南有个尉氏县,县里有个县官叫陆慎言,娶了个媳妇,媳妇娘家姓朱。这位朱大奶奶,嚯!厉害!厉害到什么程度呢?老公在这儿当县官,可是县里这点儿事,自个儿根本管不了,都得交给夫人管理。他在那儿垂手一站,听喝儿!夫人跟这儿批文件,他往旁边一立,"大奶奶您说得对"。好家伙,县里从上到下,大伙儿都赞美她,说夫人就是个"胭脂虎"——这外号就是这么留下来的。

民国的时候,照相馆里还贴着条儿,提到"胭脂虎"。什么意思呢?照相馆的意思是,保不齐您兜里有一张姑娘的照片,您得保护好了,别让太太看见。就有这么两句话,"留心家内胭脂虎,撕碎如花似玉人",您口袋里的照片可别让媳妇撕了。

京剧里有出戏,就叫《胭脂虎》。这戏有好几个名字,也叫《粉黛功》,也叫《妓女擒寇》。您听这名儿就知道为什么后来不演了——用今天的话说,"三观不正"。这出戏说什么呢?故事发生在残唐,庞勋造反的时候——庞勋,确有其人。整个残唐五代这点儿事,就是打他造反开始的。得他造反完事了,过了好多年,才轮得到黄巢出来。

话说回来,庞勋进犯会稽。当时他的对手是浙西观察使,叫李景让。李景让一看,人家都来啦,咱不能认怂,得比画比画!于是李景让点兵点将,你去你去你去,点着点着发现,自己手底下一个牙将,叫王行瑜,这人没了!正打仗呢,这人哪儿去了呢?找去!

撒出人去找。找来找去得着消息,说这老王在外面嫖娼呢!李景让差点没背过气去,逮回来!

底下的将士就把王行瑜,连同跟他相好的妓女石中玉一块儿抓了起来。

李景让一肚子气,连声吩咐:"给我砍喽!"

没想到,就为这么点儿事,全军要哗变!李景让他妈一听,赶紧打后头出来了,把儿子一顿数落:"你至于这样吗?人家不就嫖个娼嘛?你就要砍人家?"叨叨叨,叨叨叨。

李景让这观察使当得这个窝囊！这边是军队要哗变，那边是他妈在旁边唠叨。最后李景让一看，得啦得啦，甭杀啦，把这俩放回来吧。

可是庞勋进犯，不能不管啊，李景让连派了几个将军出去打，都没戏。最后妓女石中玉自己出去了，也不打，也不闹，把自己那点儿手段使出来，一顿迷魂汤给庞勋灌得五迷三道的，庞勋居然就叫这妓女给活捉了。

不然怎么叫"胭脂虎"呢？就是这李景让他妈，认石中玉为义女，然后来了一句"我儿可称得起是胭脂虎也"。

这戏确实没什么意思，三观不正，还叽叽歪歪的。而且，这妓女在台上振振有词，把妓女这项事业说得崇高伟大，不知道的以为说圣人呢。咱一再说，说书唱戏劝人方，就算没什么正能量，您也不应该诲淫诲盗啊。

但是呢，您要说这出戏一点儿有用的东西都没有，也不尽然。这么个小女子，敢跑到观察使面前，把那么个大官一顿数落，面对所谓的"反贼"，她还敢出城跟人家打一个照面，这女的可以。虽说不上大智大勇，但起码说明了一个道理——想当真正的"胭脂虎"，头一条，您得占个"勇"字！性格得泼辣一点儿，得有胆量。真到关键时刻，您真能顶得上去，喤喤喤几句话就能镇得住场子。您要没这两下子，想当母老虎？那没戏。

当胭脂虎的第二条，得能干！占个"能"字。

就跟刚才咱们说的那朱大奶奶似的，能替县官管县里的事，这可不是一般的能干！

而一说能干，咱自然而然就想起一个高人——王熙凤。

爱看《红楼梦》的读者，您必定知道，荣国府家大业大，有的是洋蜡，全靠王熙凤一个人张罗，这能耐，又不是这朱大奶奶比得了的了。

王熙凤多大能耐？好多人都说，秦可卿死的时候，王熙凤"协理宁国府"嘛！就算您没看过书，1987版《红楼梦》您看过没有？邓婕老师演王熙凤，演得多好！

王熙凤不光是占个"能"字，还计谋超群，专门出绝户计。比如，最经典的

"弄小巧用借剑杀人"——折磨尤二姐那段，王熙凤的心机、智谋，展现得淋漓尽致。

凤姐的丈夫贾琏——甭说啦，贾府最大的渣男之一。尤二姐呢？丈夫又疼、老祖宗又认，长得又比王熙凤漂亮——连贾宝玉都知道她是出了名的尤物。所以，别瞧王熙凤身份比尤二姐高贵，其实她处于劣势。

那怎么办呢？王熙凤这人非常聪明！首先，尤二姐之前跟贾珍、贾蓉、贾琏的关系都不干净，但王熙凤不从这儿下手。为什么呢？因为贾家人不在乎！当初贾琏跟别人私通，都闹到老太太那儿去了，您看贾母管吗？老太太说："小孩子们年轻，馋嘴猫儿似的，哪里保得住不这么着。"结果还赖在凤姐身上了："这都是我的不是，叫你多喝了两口酒，又吃起醋来了！"

您听听这话说的，那个年代，您不让老公放心大胆养小三儿，婆婆不赖儿子出轨，却赖您吃醋！

还讲理不讲理了？

所以说，到了尤二姐这事上，王熙凤心里跟明镜似的——脏的烂的这些事，没用！这个弄不死人啊。

想弄死人，什么好使？规矩！礼教！

您得想，贾家毕竟打的是书香门第的字号，吃的是祖上的荫蔽，这是贾家的根儿。所以，暗地里怎么折腾都行，明面上触犯礼教的事，恨不得毁尸灭迹才好呢！焦大是贾家的有功之臣，喊几句"爬灰"，都让人家灌一嘴马粪。所以尤二姐的死穴不是她之前的放荡行为，而是她跟张华有一纸婚书。这个，才是二姐的要命星！她是名义上的"有夫之妇"啊！这绝对不行！

所以，王熙凤真就跟一头大老虎似的，死死叼住尤二姐的喉咙，咬住就不撒嘴，还直晃脑袋呀！哪一步都不是主动迫害，哪一步都是逼着尤二姐，让她自己挖坑自己跳，就连最后吞金子也是这样——我王熙凤叫你吞的？没有啊，你自己要吞啊！前前后后，两回书都不到，尤二姐连带肚子里的孩子，两条人命就静悄悄地没了！胭脂虎厉害呀！

不过，咱必须说清楚，王熙凤虽然是占尽了这个"能"字，也占尽了"智"字，但她的做法，不可取！"在家不行善，出门大风灌"，这人要不长好心眼啊，再厉害也不行。最后您看王熙凤的判词，"一从二令三人木"，什么叫"人木"啊？就是"休"了。奋战了半辈子，倒让渣男丈夫给休了。所以说王熙凤这只胭脂虎，厉害是厉害，但是有小聪明，却无大智慧，算不上成功。

智、勇、能之外，还得有一条，"霸"。真正成功的胭脂虎，必须霸气侧漏！《聊斋》里面，《云萝公主》里的这位侯氏，是个榜样。

说有个书生，姓安，娶了天上的云萝公主为妻，生了俩儿子，一个叫"安大器"。您一听就知道，这个是好儿子。再生一个叫什么呢？"安可弃"，您听这名儿，"可以抛弃"，这位这德行就可想而知了。

安可弃长大了以后，吃喝嫖赌，还偷东西，活活把他爹气死了。就这么个货，滚刀肉一块儿，您说怎么弄？好在他妈是神仙，在他小时候就回天上了。回去之前，跟家里人说，有一家人姓侯，将来生一闺女，"左胁有小赘疣"，等这孩子长大了，娶过来给可弃当媳妇，这姑娘能治他！

等着吧！过了几年，安家真把这位侯氏娶过来了，全家人就等着看这媳妇怎么治这二爷。

怎么治哪？第一条，就是军事管理。"每出，限以晷刻。"你想出门啊？可以，几点几点之前，必须回来。回不来怎么办？"不与饮食"——没饭吃。

这位二爷消停了一阵，恶习难改呀，又从自己家偷粮食，出去赌博。侯氏呢，"弯弓于门以拒之"——手里拿弓箭，往门口一站，二爷刚要出门，侯氏这边一句废话没有，"嗖——叭！"就是一箭！贴着二爷头皮就过去了。

这给二爷吓坏了，"大惧"！屁滚尿流往回跑。这边侯氏顺手抄起一把钢刀，跟后头就追，追到跟前，"唰"就是一刀！稍微慢了点儿，正砍到可弃二爷的屁股上，血"嗞"就喷出来了。您想，这位从小娇生惯养，哪儿挨过这个呀？"哎哟妈呀！"捂着屁股就往自己哥哥那儿跑。"哥，看在亲兄弟的分儿上，你救救我吧！"

谋 事

他哥呢，不管，早分家了，随你便。

这小子被逼得没辙，抄起一条戈来——就是长杆的兵刃。"我不过了！这刁妇，我跟她拼了！"扭头又杀回来。

您想想，二奶奶都胭脂虎了，能怕这个吗？这会儿正跟家摆弄孩子呢，一瞅二爷气势汹汹回来了，"掷儿床上"——"啪"把孩子往床上一扔，伸手就把菜刀抄起来，劈头就剁！

二爷是个少爷秧子，哪儿见过这个？扔了家伙就跑。打这儿以后，让人给治得服服帖帖。

那位说，这是《聊斋》呀，志怪故事，真事有这样的吗？

有啊！明朝大将戚继光——咱们之前说过这位，戚继光娶妻王氏，这位王大奶奶，比侯氏还厉害。将门虎女！戚继光都未必打得过她！可就一样不顺心，俩人没有孩子。老话说，不孝有三，无后为大，戚继光为了有儿子，就偷偷地在外面纳了三个妾。

您想，世上能有不透风的墙吗？王夫人拎着大刀找上门来了："姓戚的！你给我出来！"戚继光一看，吓得直打哆嗦，没办法，还是出来了，出来就抱着媳妇大腿一顿哭："哎呀！我这不是也想给我戚家留后吗？理解万岁啊！"王夫人一看，这么大一将军，话都说到这份儿上了，算了吧！

而戚继光呢，为了安抚王夫人，把一个妾生的孩子抱来给王夫人当继子。这个孩子聪明伶俐，招人疼，王夫人非常非常喜欢他。但是好景不长，没过多久，这个孩子就生病，夭折了。这下王夫人心灰意冷，对这个老公也是彻底不指望了，"囊括其所蓄，辇而归诸王"——把积蓄敛走，回娘家了。

"人作有祸，天作有雨"，戚继光纳了妾正高兴，他的后台老板张居正死了。没了靠山，戚继光马上跟着倒霉，到了晚年，连退休金都没有。

智、勇、能、霸，前三条都不好做到，唯独霸气好继承。一直到民国，还有一位著名的霸气胭脂虎，谁呢？

胡适的夫人——江冬秀。

胡适是西装教授，江冬秀是小脚女人。俩人的婚姻都列进民国七大奇事里了。现在好多小孩儿都自诩风流——你再风流，还能风流得过胡先生吗？1923年，胡适在杭州疗养期间，跟表妹曹诚英成了情人。这事让江冬秀知道了，火冒三丈，和胡适大吵大闹，把曹诚英的照片撕了出气。胡适要和她离婚，江冬秀抄起菜刀："离婚可以，我先把两个儿子杀了，你和我生的儿子不要了！"

胡适属兔，江冬秀比他大一岁，属虎，货真价实的母老虎。这一辈子，胡适这小白兔都让江冬秀抓在爪子底下，动都动不了。张爱玲说过："他们是旧式婚姻罕有的幸福的例子。"让她说着了，那是真"幸福"啊。不过您得这么想，胡适这么爱玩，这要没有江冬秀管，这辈子哪儿有空研究学问哪？

咱们总结了"智、勇、能、霸"四个字，但真正的胭脂虎，首先得占个"理"字——您只有事事占住了理，而不是胡搅蛮缠，才有可能管得住男人！

还有俩事，咱必须说清楚。头一个，咱说了几个胭脂虎的例子，里面有动手的，但我们坚决反对家庭暴力！同样是《聊斋志异》，您看看《江城》那一篇，那把老公给揍的！

第二件事，别瞧咱们说得这么热闹，但是您想啊，其实只有在女性是弱势群体的大前提下，才会有胭脂虎的存在。您琢磨这道理啊，挺好的大姑娘，文文静静的，不好吗？谁愿意当胭脂虎啊？所以，别以为当胭脂虎有什么光荣的。真想争取女性平等，自己得有独立的人格，挑个对自己好的男人。渣男来了，咱压根儿别理他，比什么不强啊？

002 谋事

小皇帝：蓬头稚子坐金銮

郭 论 *Guo Theory*

中国历史上，十岁以下当了皇帝的有二十九个，能像康熙皇帝那样除鳌拜、灭三藩的，总共也没几个，大多数小皇帝的命运都极为悲惨。

我写的很多文章都跟皇帝有点儿关系，左一篇皇帝，右一篇皇帝。为什么老写皇帝家的事呢？因为我没事就去看朋友们发的信息，大家都挺爱看。

既然您各位不烦，我就接着写。

那位问了，为什么大家都爱看皇帝家那点儿事啊？无非是好奇——"哎，你说我要是能当回皇帝，那多好啊！三宫六院七十二嫔妃，剥葱的、择菜的，全有了！多好！妥妥的人生赢家啊！"

嗯，是挺好，人得有志向。不过呢，真让您当一回您就知道了，古时候真正的皇帝当起来一点儿都不省心。您净看见人家三宫六院了，没看见皇帝受的罪。

那位说，都当皇帝了还受罪？

那当然！别的甭说，光是上朝就够您喝一壶的。您得一动不动，跟庙里那泥胎偶像似的，坐得笔杆条直。底下那大臣陈奏点儿事，叭叭叭没完没了。他不说完了，你就走不了。

当皇帝，有爽的一面，就有不爽的一面。这还是对成年人来说，要是小孩儿当皇帝，那就更惨。

现在好多人管家里的小孩儿叫"小皇帝"。是啊，养得娇嘛。其实真要到了古时候，您看人家那真正的小皇帝，哪儿有今天的孩子这么好命啊？谁童年没一大片心理阴影？他们真不见得就比今天的孩子幸福。

下面，咱们就讲讲历史上的小皇帝们。

什么时候小皇帝最多啊？东汉。

东汉是一个神奇的朝代，连着出了一串小皇帝。我记得当初看老版的《三国演义》电视剧，头两集就净是小皇帝，满龙床乱滚，谁还不是个宝宝啊？

以前我看《后汉书》那目录，都觉得纳闷。其他朝代的史书的目录都是《文帝本纪》呀，《武帝本纪》呀，谁跟谁都分得特清楚。您再瞧《后汉书》，经常好几个皇帝写一块儿，算一个本纪。为什么呢？看完了才知道，噢，孩子太小了，没怎么当皇帝就死了，史书上给你单开一桌，不值当的。干脆你们几个皇帝就一块儿打包，拼一桌就得了。

小皇帝们的情况也不尽相同。有的皇帝，虽然继位的时候是个宝宝，但好歹还活到了成年。比如汉和帝，十岁即位，算是小皇帝吧？但是甭管怎么说，人家好歹活到二十七才死。别瞧人家才活到二十七，汉和帝在位的时候，还经历了不少事。比如出使西域的班超，就是投笔从戎那位，好多人都知道他的故事，什么"不入虎穴，焉得虎子"之类的。班超在西域活动最活跃的时候，就是和帝在位的时候。

但有的小皇帝就没这么好命了。像汉质帝刘缵、汉冲帝刘炳、汉殇帝刘隆，这几位皇帝，即位时的岁数一个比一个小，他们的命运也是一个比一个悲惨。

冲帝刘炳、质帝刘缵都是被外戚梁氏推上皇位的。梁氏家族在东汉非常有名，这个家族的大家长叫作梁商，他把闺女梁妠嫁给了汉顺帝。

怎么就把闺女嫁到宫里去了呢？据说顺帝永建三年（128年），朝廷例行选宫女，当时宫里有擅长相面的人，看见梁家这位小姐，大喜过望："哎呀！这面相好！大贵之相！"

汉顺帝一听有这事："好啊，有这面相的人，朕得见见哪！弄来我瞅瞅吧！"

找来一看，哎呀！真好！长得漂亮！美得冒泡！得啦，后宫上班来吧！

梁妠一入宫就被封为贵人，从此和皇帝天天腻在一块儿。由于工作积极努力，阳嘉元年（132年），梁贵人还被加封为皇后。

可是这么积极努力地工作好几年，梁皇后愣没生孩子！没孩子怎么办呢？汉顺帝就把虞贵人生的儿子过继给梁皇后，立为太子。等汉顺帝一晏驾，太子就被立为皇帝，这就是汉冲帝刘炳。

刘炳即位的时候多大？两岁。

两岁的孩子能干吗呀？坐在龙椅上还吃手呢，哪能管理天下？！所以皇帝的后妈——梁太后，就开始临朝摄政。两岁的孩子坐龙椅，坐了几年呢？一年。冲帝两岁登基，三岁驾崩，按现在话说，试用期一过就下岗了。小皇帝具体是怎么死的，史书上没细说，咱也不知道。

皇后梁妠的哥哥大将军梁冀，这时已经是权倾朝野的权臣，也帮着妹妹一起管理朝政。小皇帝驾崩，梁冀一看，这还得再扶植一皇帝啊！扶植谁呢？他手上有个现成的人选——清河王刘蒜。

但是梁冀不愿意扶植刘蒜：这已经是一大小伙子啦，他比我还明白哪！这种人哪儿能立啊，要立，还是得立个小孩儿——渤海王刘鸿的儿子刘缵。

刘缵登基的岁数，倒是比刘炳大点儿，多大呢？八岁。

跟汉冲帝刘炳一样，刘缵也只当了一年皇帝，九岁就驾崩了。史称汉质帝。这回史书上明确写了，质帝是让人给弄死的。大将军梁冀成天在朝廷上吹胡子瞪眼，牛得不得了，权臣嘛。就是后来的王莽、曹操、司马昭，也不过如此。小皇帝刘缵，别瞧只有八岁，还是挺聪明的。有一回在朝堂上，小皇帝就指着梁冀跟别人说："此跋扈将军也。"

这话要是被别人听见，无非就是说一句"童言无忌"，但这话被梁冀听见了。梁冀心说：嘿！这小东西！本来我琢磨立刘蒜不合适，怕他岁数大不听话才立你的，结果你这么个小毛孩子也跟我来劲？得，弄死吧！梁冀就命人把毒药掺和在汤饼里，给小皇帝吃。

谋 事

汤饼，有人说是面条，其实也不完全是，用汤煮的面食都叫汤饼。小皇帝吃完汤饼，觉得肚子难受。当时朝廷里有一个忠良正直的大臣，名叫李固，小皇帝对他很是信任。李固闻讯赶来面圣，问小皇帝："陛下哪儿不舒服啊？"

小皇帝说："朕吃了这汤饼，肚子里闷，要是给我点儿水喝，估计还能活。"

大将军梁冀也在旁边呢，就把话拦住了："现在喝水，肯定得吐，不许喝水！"

话还没说完呢，小皇帝就咽气了。

小皇帝死啦，还得立新皇帝啊！梁冀心说：得！既然小孩儿也不见得听话，那就还立刘蒜吧！

这回梁冀是愿意立刘蒜了，但是有人不同意，谁呢？宦官曹腾。曹腾有个养子叫曹嵩，曹嵩有个儿子叫曹操，这您就知道是谁了吧？

曹腾虽然是宦官，但是咱们不能拿老眼光看人，宦官也不全是大坏蛋。曹腾这人，其实还算不错。

曹腾跟梁冀说你当权臣这么些年，你们这一大家子人，作威作福都惯了，刘蒜岁数那么大了！什么他不明白？！立一个成年人当皇帝，你们好得了吗？还得立小孩儿！

梁冀一听，对，就又立了一位小皇帝，这就是汉桓帝刘志。

汉桓帝是几岁登基的呢？十五岁。虽然说比之前那两位大一点儿，但是搁到今天，无非也就是上初中的岁数。

毕竟是大孩子了，刘志比刘缵稍微懂点儿事，他知道自己千万不能惹梁冀不高兴，前面已经毒死一个皇帝了，他难道看不见吗？因此，刘志成天摆出一副呆萌的蠢样，为的是保自己这条命。

可是，老装疯卖傻也不是个事啊，梁冀那脾气，哪天又一犯性，再给自己端碗下砒霜的汤饼来，这条小命不就交待在这儿了？

刘志也很着急，总想找人商量商量对策，却不知道跟谁商量好——宫里的人，很多是梁冀派来的耳目。到处是大将军的眼线，皇帝的一举一动，都有人向大将军汇报，左右侍从虽多，你知道哪位是梁冀派来的卧底？等啊等啊，最后刘志等不下去了，得嘞！伸头是一刀，缩头也是一刀，我怎么也得赌一把呀？他看太监里有个叫唐衡的，这人成天不言不语、老老实实的，看着人还行，我就跟他商量商量吧！

商量，也不敢明目张胆，不能大大方方地说："小唐，过来！我跟你商量商量，怎么能把大将军治喽！"那不找死吗？还是得找一僻静地方。

哪儿僻静啊？厕所。

您听听，堂堂的皇帝都让人逼到厕所里去了，梁冀这帮人有多厉害！刘志借口要上厕所，招呼唐衡："来！伺候着！"

到了厕所里头，皇帝往便桶上一蹲，犹豫半天，壮着胆子问了唐衡一句话："你知道咱们周围这些个人里，有谁是跟大将军不合的吗？"

这话啊，两头堵。你要是梁冀那头的人呢，我没别的意思啊，我就是关心大将军，怕有人对大将军不利呀；你要不是梁冀那头的人呢，那就好办了，咱就能接着往下聊了。

就这么一句，估计皇帝都琢磨了好几天，说得还挺讨巧。

没想到太监们早就对梁冀一万个不满意了，都憋了一肚子火。唐衡一听皇帝这么问，马上就明白了，当下就回："皇帝您放心，我们有什么不明白的？我们中常侍里，单超、徐璜、具瑗、左悺……这些人，没有一个不恨大将军的！陛下您要是想除掉大将军，我们几个这就动手！"

说实话，您可真别瞧不起太监。好些人老觉得，太监嘛，不学无术，小人居多。哎，可是跟您说，小人他才会办事啊！您不信？这事您要找几个知识分子来？皇帝一低头，"咔"地咬破手指头，流半斤血写个衣带诏，底下几个大知识分子"哇哇"一顿哭，画面是挺感人的，他办不成事啊！太监个个都是人精，最会看眉眼高低，又心狠手辣，什么事他们不敢办？无非就是差一领头的——这事，我们可以干，但是这锅我们不能背！而且您得说清楚喽，到底干不干，有没有决心？别到时候我们哥儿几个把梁冀办了，您又犹豫。

谋事

刘志说我都这模样了,还犹豫个腿啊,越早干掉他越好。

太监一听,说:"得嘞,您赚好儿吧!"

果不其然,太监们从军队里找来一哥们儿——司隶校尉张彪,太监们就问他:"大将军成天牛哄哄的,你们烦不烦?憋气不憋气?"

张彪说:"憋气啊,恨不得宰了他!"

太监们说:"好!现在皇帝说了,弄他!"

于是张彪调来一个团,以谋反的罪名把梁冀家一围,梁冀和妻子、儿子自杀,禁军三下五除二就把梁家给灭了。打从这儿起,东汉立小皇帝的传统才算告一段落。不过好景不长,汉朝这帮皇帝记吃不记打,不但照样任用外戚,还放任宦官专权,宦官外戚之间争斗不止,边疆战事不断,民不聊生,最后全国各地都出现了大规模的农民起义。虽然东汉朝廷最终镇压住了义军,但军阀割据的局面也已经形成,汉室从此走向了衰亡。

公元189年,汉献帝刘协登基,登基时只有九岁,又是个小皇帝。公元220年,刘协将帝位禅让给了魏王曹丕,东汉由此正式灭亡。

一连说了这几个小皇帝,咱还没说汉殇帝刘隆呢。不是咱不说,是真没什么可说的,这位小皇帝是中国历史上登基年龄最早、驾崩年龄也最早的皇帝——出生一百天就登基,不到两周岁就驾崩了,那能算什么皇帝啊?就是个笑话!东汉为什么出了那么多小皇帝呢?其实就是因为他们岁数小,所以是最好的"工具人",好摆弄。

有把小皇帝当工具的,也有把小皇帝当自己家孩子养的。有人说了,那还不好吗?"视如己出"嘛!

嘿,跟您说,未必好。

咱也举俩例子。

一个是诸葛亮对刘禅的管教。以前咱们也说过,诸葛亮亲自给刘禅辅导功课、留作业,诸葛丞相曾经亲笔给刘禅出了《六韬》题目一道、《管子》题目一道、

《申子》题目一道、《韩非子》题目一道。您各位都看得出来，这都是兵家、杂家、法家的书，专门用来教育刘禅怎么好好当皇帝的。

可是咱也知道，这些书的阅读门槛也很高，读起来是有难度的，就跟今天逼您学高等数学似的，您说您烦不烦？

烦归烦，刘禅对诸葛亮还是很尊重的。诸葛亮死后，有个叫李邈的臣子，上奏折说，诸葛亮这个大权臣可算倒台啦，当年诸葛亮很可能有不臣之心，现在咱们可以庆祝一下了！没想到，刘禅看完折子后勃然大怒，"咔嚓"就把李邈给砍了。

另外一个把皇帝当自己家孩子养的权臣，就没有这么好的运气了。

这人是谁呢？张居正。

张居正管教万历皇帝之严厉，在历史上是有名的。万历皇帝做皇子的时候，张居正就是他的老师。隆庆六年（1572年），穆宗驾崩，十岁的小皇子朱翊钧即位，内阁首辅张居正还是他的老师。张老师工作特别负责，每天亲自讲课，教育小皇帝努力学习，还亲自给小皇帝编写教材。小皇帝对张老师也挺不错，冬天怕老师冻着："来，拿条毯子，给张老师垫脚底下！"夏天怕老师热着："哎，那谁！过去给老师打扇！"俩人关系挺好。

但日子一长，小皇帝就腻歪了，毕竟到了青春期嘛，难免叛逆。张居正也是过于霸气了点儿，对小皇帝很不客气，动辄摆出"我都是为了你好"的态度来，现在咱们做父母的也经常这样。

有一回，小皇帝朗诵课文，念到"色勃如也"。兴致勃勃的"勃"，小皇帝误读成了"背"。

张老师本来眯缝着俩眼，坐旁边听呢，一听这个，"啪"一拍桌子，站起来厉声呵斥："那怎么念？再念一遍！"

小皇帝吭哧吭哧又念一遍，老师急了："那念'背'吗？那念'勃'！"

好嘛，声音巨大，旁边宫女吓得直哆嗦，一块儿陪读的大臣脸色都变了。

谋事

按理说，念书的时候让老师教训一通，这倒没什么。但另一件事，就闹得很大了。

万历皇帝十六岁那年，跟太监们一块儿偷着喝酒，还调戏宫女——就跟咱们今天，家里十几岁的孩子学抽烟，上大街上耍流氓，您说当家长的气不气？这回张老师倒没说什么，万历朝的另一个重要人物——太监冯保，偷偷把这事告诉皇帝他妈了，老太后一听就怒了："这还了得！快叫张老师来！"

张居正赶紧跑来："怎么了？怎么了？"

太后就说这孩子怎么怎么喝酒，怎么怎么调戏宫女，这样的孩子要他干吗呀？把他的皇位废了吧！

张居正一听，那不行，哪能因为这么点儿事就废一个皇帝呀？

万历皇帝在旁边一听，嘿，还得是我老师，知道向着我！

结果张居正紧接着来一句："让他罚跪就行啦！"

好嘛，这一罚跪，就跪了三个时辰——足足六个钟头。甭说跪，坐着都受不了啊。打这次起，万历皇帝算是恨上张老师了。后来张居正一死，万历皇帝马上下旨，甭废话！抄家！连过去偷偷给我妈打小报告那冯保，给我一块儿办！

就这样，大明朝内阁首辅张居正被抄家，司礼监秉笔太监冯保被发配。所以，您瞧见了吗，真把皇帝当自己家孩子管教，也不见得就好！

不管是被当成工具也好、当成自己家孩子也好，上面说的这些皇帝，好歹还有人备下龙椅请他们坐。还有很多小皇帝，干脆就是替别人准备椅子的。

比如说，后周的柴宗训。

柴宗训是柴荣第四子，七岁登基做了皇帝，好多人就弄不明白了——他爸爸柴荣英雄了一辈子，怎么就挑这么个小孩儿当继承人呢？这不是等着龙椅让人抢走吗？

根据史书记载，柴荣确实有过七个儿子，但前三个儿子都在后汉的时候被杀了。而且，柴宗训的身世，比万历皇帝还惨。万历皇帝好歹还有个亲妈李太后，柴宗训的亲妈大符皇后很早就过世了，亲爹柴荣再一死，柴宗训最亲的人就剩下符太后了。

符太后不但是柴荣的皇后，还是大符皇后的亲妹妹，之前被宫人称为小符皇后。换句话说，她既是柴宗训的后妈，又是他的亲姨。柴宗训即位后不到一年，就发生了陈桥兵变。赵匡胤黄袍加身，杀回汴京，逼柴宗训让位。孤儿寡母，手中又没有兵权，符太后只能命柴宗训禅位，母子二人迁往房州。对此刻的符太后来说，能把自己和孩子的命保住才是要紧的，至于那把椅子，谁爱坐谁坐吧。

中国历史上，十岁以下当了皇帝的有二十九个，能像康熙皇帝那样除鳌拜、灭三藩的，总共也没几个，大多数小皇帝的命运都极为悲惨。其实对孩子来讲，当皇帝还是扮演大狗熊，根本没什么区别，没有什么比无忧无虑的童年更重要。

003 谋事

郭论第一届司法考试：
杀夫死罪怎么免

郭 论 *Guo Theory*

离婚率高，是社会文明进步的表现。

这些年，咱们国家的离婚率见涨，好几个省市的离婚数除以结婚数，都超过60%了。有人说，可怕，怎么这么多人离婚？

其实，离婚率高，是社会文明进步的表现。您看现在世界上那些不让离婚的地方，个个愚昧落后。我们国家虽说西周时代就有离婚制度（所谓的"七出"）了，但毕竟是封建社会，女性地位低，女孩子万一嫁错了，那真是一辈子就毁了。因为你不好离婚，真离了也不好再嫁。

那位说了，谁幸福啊，大家全是凑合呀！行不行的，不都凑合过呢吗？

可不嘛，都凑合着。

真有那不凑合的，事可就大了，能惊动官府，能惊扰了皇帝。

原来读《档案中的历史：清代政治与社会》，书里记录了这么一桩案子。话说乾隆年间，河南归德府——现在的商丘——下辖一个地方，叫睢州。睢州有一家姓燕，燕家有个女儿，打小儿就和杨家的小伙定了亲。时光飞逝，一转眼两个孩子岁数就大了，闺女都快二十了（搁现在就叫大龄剩女了），燕家就着急结婚，杨家也着急，可是没钱啊！办婚礼挑费不少，燕家拿不出来，婚房也买不起，连个一室一厅的小房子都拿不出来。

谋 事

燕家实在没办法，出了个主意，说我们家的房子还大点儿，两室一厅，要不让新郎杨二小到我们家来吧。先把婚事办了，住女方家里。等他们经济宽裕了，再搬走。

就这么着，婚是结了。可是据燕姑娘说，新婚之夜两人就闹了不愉快，小两口一算账，女方家里出得多，姑娘说话可就有点儿难听了：你也没给我做几件衣服，也没给我们家彩礼，你怎么有脸来我家成亲。

杨二小也不含糊，当时就抽了媳妇两耳光。燕姑娘一生气，就回自己妈妈卧室了，新婚之夜，一对新人不欢而散。

过了几天，燕家来了客人，留家里吃晚饭，主食是饼，河南人不是爱这个嘛。吃着吃着，饼没了，燕姑娘就说了杨二小一句："你怎么不去后厨添一些饼啊？"

丈夫在客人面前没有表现出应有的眼力见儿，妻子说两句很正常，没给一嘴巴就不错了。但是杨二小脸皮薄，当时就来了一句："我又不是你们家的佣人。"

说完，扭头就走，回自己爸妈家了。

合租夫妻，这就改成异地恋了，谁也不联系谁。到了年根儿底下，燕家老头把姑娘送到杨家去了，你都过门儿了，是杨家的人了，不能老在娘家。

大年初三，女儿跑回来了，说是和杨二小真没法过。

两家又僵了一年，又到年根儿底下，老燕头在集市上碰见了杨家老头，老燕头就实话实说，姑娘已经出门子了，总在娘家待着，不好，她是你们杨家的媳妇，你们还是接回去吧。老杨头说正好刚刚在集市上租了一间屋，没工夫去接，你把孩子送过来，晚上在我们家吃饭。

老燕头就把闺女送去了，饭也吃了。没想到当晚就出了大事了！

燕姑娘睡觉前从外面搬了四块板儿砖，两块压在粮食斗子上，两块压在酒坛上。她弄这个可不是为了辟邪镇宅，而是起了杀心。这头一天回来，丈夫就骂她："你说我不要脸，厚着脸皮去你家，你现在怎么厚着脸皮来我家呀？"

郭 论 *Guo Theory*

燕姑娘心凉得透透的，你不让我活好，那你干脆别活了。晚上杨二小睡熟了，燕姑娘抄起一块儿板儿砖就砸他脑袋上了，板儿砖上沾了不少血，她一害怕，砖就滑到了地上。于是她又去拿第二块。您明白了吧，为啥要搬四块砖进来，就怕不够使。砸了一块儿又一块儿，杨二小这脑袋就跟血葫芦似的，燕姑娘以为他死了，这才停手。家里人听见动静，冲进来一看，杨二小还有一口气，赶紧送到大夫那儿抢救，但最后还是死了。

燕姑娘被控杀夫罪名成立，凌迟处死。

多惨！一场婚姻，两条人命，真是悲剧。

翻翻史书，这种例子可不少。还有闹得更大的，我今儿就给各位讲讲号称"北宋第一大案"的杀夫案。

北宋熙宁元年，也就是公元1068年，在山东登州府一个村里，有一个姓韦的男人，名叫韦阿大。韦阿大莫名其妙地被砍断了一根手指头。

怎么回事呢？

事情是这样的，一天韦阿大在田间小舍里睡得正熟，有人偷袭他，拿刀子朝他乱砍。但是偷袭的人力气太小，砍来砍去，只砍了个轻伤。

明眼人一看就知道，下手的不是女人就是小孩，正好伤者的未婚妻就是个十几岁的女孩——阿云。

嫌疑最大的就是这个阿云，能接近伤者，是个小女孩，力气不大，样样都符合衙役做的犯罪侧写。于是三班衙役集体出动，捉拿阿云——评书里是这么说的，实际上不可能三班一起执行公务，三班是三支部队：衙役分好几种，有站班——就是大堂上喊"威武"的那些个，相当于今天的法警；还有壮班，负责巡逻、保卫衙门、看守粮库什么的，相当于今天的巡警和武警；最后还有捕班，是专管抓人的，相当于今天的刑警，捕班又被称为捕班快手（所以说过去就有快手了，今天有不少东北老铁干这个），简称捕快，领头的叫都头，比如说《水浒传》里的武松武二爷，人称武都头，他就是阳谷县刑警队的队长。

谋 事

都头领着捕快,就把阿云抓了。登州知府许遵许老爷一升堂,阿云这孩子一害怕,就一五一十都招了。人是她砍的,并且她本意还不是随便砍一砍,而是最好砍死。您听听,这就是故意杀人未遂,造成被害人轻微伤。

为啥要杀人?因为阿云家里把她许配给了韦阿大,两人已经定了亲了。那时候都是包办婚姻,没有自由恋爱,定亲前俩人也没见过面,双方对彼此毫无了解。

等真见了一面,阿云差点儿气死。这也太倒霉了,摊上这么个货——这男的实在是太丑了。阿云看他一眼,气得浑身发抖,胃里翻江倒海一般,直想吐。再看第二眼,连死的心都有了——让他死的心。

于是,阿云就趁韦阿大睡觉的时候,挥刀把他砍了。

故意杀人未遂,造成被害人轻微伤,搁今天,判不了太重,毕竟未遂,还是轻微伤。

但搁在过去,那就太可怕了。可怕就可怕在这身份上,嫌疑人和被害人,不是网友,不是路人,是夫妻。

问题就出在这夫妻关系上!

在万恶的旧社会,男尊女卑,丈夫杀妻子判得轻,妻子杀丈夫判得重。您听说过"十恶不赦"这个词吗?在今天,这就是个普通成语;在旧社会,"十恶"指的是十种重罪,包括谋反、谋大逆、谋叛、恶逆、不道、大不敬、不孝、不睦、不义、内乱。

谋反,就是图谋造反,推翻皇朝;谋大逆是毁坏皇室宗庙、陵墓、宫殿,这算蔑视皇帝或侵犯皇家尊严;谋叛,是指策划背叛朝廷的行为;恶逆,指的是殴打或谋杀祖父母、父母、伯叔等直系尊亲的行为。妻子杀丈夫,就属于这第四种罪行——恶逆。

虽然韦阿大只受了轻微伤,但阿云还是被判了重罪。阿云如果是造成路人轻微伤,最多流放三年;如果是杀死一个普通人,那就有可能被判绞刑;而谋杀亲夫这个罪名极大,虽然只是轻微伤,但阿云却被判处斩刑。

多可怕?绞刑还能落个全尸。斩刑,把脑袋砍下去,死无全尸啊。

案子清晰明了，嫌疑人供认不讳。按说知府许遵也算是好命，这么快就把案子审清楚了，照着《宋刑统》一判，大笔一挥，来个斩监候，这事就算完了。

可他是个好人，心善。许遵想，这么年轻的小姑娘，就这么一命呜呼了，也太惨了，怎么能找点儿法律上的理由帮帮她呢？

幸好许知府是明法科进士出身，正经法学专业毕业的高才生。他用心研究这个案子，还真找着了为阿云保命的理由，而且还不止一条。他一下就找到两条，两条都很给力：

第一，阿云的母亲刚刚去世，《宋刑统》规定，服丧期间不准办婚礼。阿云母亲丧期没过，家人就给她定了亲，这是无效婚姻！就跟今天近亲结婚似的，你不合法，所以法律不保护你的婚姻。许知府就说了，阿云在服丧期间结婚，这个婚姻是无效的。婚姻无效，姓韦的也就不是你丈夫了，你砍他，就等于砍普通人，不能算是恶逆。

第二，阿云被带到大堂后，老爷一没打你，二没骂你，你自己个儿秃噜秃噜全招了，这是自首，理应从轻处理，不能判斩刑，应按照谋杀减二等处理。

这么一判决，阿云的小命就保住了。

但是审判结果递到中央，审刑院和大理寺复审这个案子，认为阿云没有自首。证据确凿，她被带到大堂才招供，这算什么自首，顶多是坦白。服丧期间结婚，确实违法，但也不能因此认定韦阿大和阿云就是毫无关系的路人，定亲的事实还在，所以应该比照谋杀亲夫的罪名来审判。

这么一分析，许知府判的谋杀减二等就轻了，审刑院和大理寺一研究，给改成了绞刑，虽然比斩刑轻，可小姑娘的命还是保不住啊。

经过许知府一审，审刑院和大理寺二审后，二审结果还得交给刑部复核，刑部支持审刑院和大理寺的审判结果，还直接把这个判决结果上奏给了皇帝。

哪个皇帝呢？宋神宗。他看了看文件材料，犯了难。从法律上，他同意中央三法司的意见，判绞刑没错；从人情上，他又认同许遵的看法，这个小事没必要判得太重，他也知道十几岁的小孩，就这么被判了死罪，有点儿冤得慌。

毕竟是皇帝，有权力赦免百姓，宋神宗就把绞刑变为"敕贷其死"。意思是，只要家里交够了钱，罪就没了，你呀，破财消灾吧。

真能这样定下来，阿云就算是逃出生天了，也是这孩子福大命大。

谁也没想到，一直帮阿云的许知府居然不服这个判决结果，提出了上诉。这次他可不是帮阿云，他是帮自己。

为什么他要上诉？今天法官审案子，一审判原告赢，二审改判被告赢，这种情况常有，就算二审改判了，也不会追究一审法官的责任。但在宋代，二审改判，是要追究一审法官责任的。许知府不乐意了，这么有影响的一个案子，你刑部给我改了，又要追我的责任，又让我丢了脸面！

于是他就提出异议，认为刑部的判决不对。怎么就不是自首？谁知道她要杀夫？大家只知道她要伤夫啊！杀夫是她自己交代的吧？这还不是自首？自首减罪，甚至免罪，这也是《宋刑统》规定的。自首不"优惠"，以后谁还自首。

神宗看见这个观点，怦然心动。有点儿意思啊！我的天哪，法律这么神奇吗？！于是神宗下了诏令，命刑部复审此案。

皇帝的意思已经很明白了，就是让刑部改判，可是刑部也挺轴的，硬把皇帝的面子给驳了，不仅坚持自己的判罚，还直接挑明，要追究许遵枉法裁判的责任。

神宗一看，不乐意了，你歇了吧你！哪儿凉快哪儿待着去，我就支持许遵！他御笔亲书，这事就这么定了！阿云是自首，按谋杀减二等办理！

官场上下一片哗然，陛下他老人家完完全全支持许遵，这小许可太是个人才了，应该赶紧提拔到中央，于是就把他由登州调到了大理寺。

这一提拔，御史台又不干了，说我们研究过了，许遵判得不对！这是议法不当！这样的官没资格调到中央！

许遵气坏了，御史台懂法吗？你们是搞监督的，又不是搞审判的，具体的刑事审判工作你们参没参与过啊？你们这群法盲！陛下要是不相信我的审判能力，可以将阿云案交两制官杂议！

郭 论 Guo Theory

"两制议法"是宋代的一项司法审议机制。两制分为内制和外制：内制，是翰林学士；外制，是中书舍人。内外两制对此案争论得非常激烈。翰林学士司马光，作为内制的代表人物，支持刑部的裁决。司马光的态度就是四个字：有法必依！法律写明了，就得遵守！伤夫伤夫，一直伤下去就是杀夫，不能拆分成伤和杀！

司马光的老政敌王安石也跳出来了：不能死抠恶逆这个法条！《宋刑统》里别的法条也写了，谋杀、已伤和已杀是三种状态，阿云就是已伤而已，已杀没做到，谋杀她自己交代了！

司马光、王安石这一对老冤家，可以说是处处针锋相对，一个是严格执行制定法，一个是不拘泥于文字，要追求立法的精神。外在的表现，就是司马光支持刑部，王安石支持皇帝和许遵。

两派吵个没完没了，神宗就下令：不议论了，就按我说的办！

可是群臣不罢休啊，大家没吵够。有人又建议说，两制还是级别太低，干脆让"二府"再议吧！

二府，指的是中书省和枢密院。二府的行政级别比两制高，"二府议法"为宋代最高级别的司法杂议，"二府杂议"达成的结论，基本上可以确立为国家法律。

但是级别上去了，观点还是那些观点，宰相们也加入吵架阵营，有支持王安石的，有支持司马光的，又吵了一年多。神宗实在是烦了，下了敕令：本案就照我原来的敕令办！就是"自首，按谋杀减二等"那个敕令！不许吵吵了！

到此，阿云案才正式结束了。

宋代继承了唐代编敕的传统，使之成为了经常性的立法活动。所谓敕，是皇帝在特定的时间，针对特定的人和事所发布的命令。如果说律是早就写好的一大本规范，敕就是皇帝冷不丁又新出的一小条。

那么问题来了，敕和律，谁大呢？

王安石支持皇帝，那就是敕大；司马光支持刑部，那就是律大。敕大于律，那就是说，皇帝可以下令变法！律大于敕，那就是皇帝下令也不能变法。根儿在这儿呢！谁能想到，这么深刻的原因，让一个相声演员给说出来了！

谋 事

元丰八年（1085年），宋神宗驾崩，哲宗继位，司马光当了宰相。多年来他对阿云案一直耿耿于怀，上任后很快提出要再议阿云案。注意，不是再审啊，是再议。

议的结果是，司马光忽悠哲宗下了一份新的敕令："强盗按问欲举自首者，不用减等。"这就改变了神宗的那个敕令，完全维护了制定法。

史书上能查到的阿云案的结局，就是这样的。后世不少文章说司马光上任的第一件事就是重审此案，然后把阿云杀了，这个说法没依据。阿云是神宗亲自下敕令赦免的，司马光这样的大政治家，也不会把一个小姑娘当成眼中钉肉中刺。他的出发点，还是为了维护国家的法律制度。不能听网上那些人瞎编故事啊！要想听故事，您可以听相声啊！

004 谋事

冒名顶替：
假身份考取真功名，
假知府强似真官人

让煎饼摊儿上的孩子们有个希望,有个幸福的念想。

以前,每年都会出几个高考冒名顶替的新闻,每次看到网友们争论这些事说得热火朝天,我就想起一个人来。

早些年,下班的时候,我经常在路边买煎饼馃子。摆摊的是一个外地的下岗女工,风吹雨淋,一年到头没歇业的时候。我就跟大姐聊天,问她,您哪儿的人啊,为什么来北京啊,什么的。结果这卖煎饼馃子的大姐特别自豪,说她是安徽来的,因为女儿考上了北大,她就来北京了,摆摊赚钱,供孩子上学,等女儿毕业了就回老家。

说实在的,当时我很感慨。这也就是咱国家,一个下岗女工的孩子能上北大,肯定是不容易,但她们的未来有很多美好的可能。后来估计是孩子毕业了,我再也没见过这大姐出摊。开始我还有些失落,再想又觉得挺好,说明人家娘儿俩真的过上好日子了。

所以,从这点来说,冒名顶替这事就格外可恶。因为这事涉及的不只是一个人,而是一个家庭,甚至是整个家族的命运。

那我就琢磨起来了,冒名顶替这事,在古代肯定也有吧?

科举制作为中国古代政治制度里最重要的创造发明,从它被创立出来那天开始，就是以为国家选拔人才为目的。说白了，科举就是为皇帝选人，所以历朝历代都极为重视。科考舞弊，那是大罪过——杀全家的那种。但即便如此，依然有不知死活的人顶风作案。

比较有名的一个案例，主角是鲁迅的爷爷。不知道大家有没有印象，小学课本里有篇课文，说鲁迅小时候给家人买药，结果上学迟到了，被先生说了几句，他就在桌上刻了一个"早"字激励自己。为什么他那么小就要大早上去买药？因为家道中落。为什么家道中落呢？因为他爷爷科场舞弊，被判了死刑。家里为了捞他，花光了所有积蓄，最后人是救出来了，但家里也不剩什么了，穷得叮当响。穷人的孩子早当家嘛，所以鲁迅那么小就得替家里买药。

可能听我这么一说，您也想起来了。看清宫剧的时候，动不动就来个科场案，一下杀好几百人，看来高考冒名顶替也是个社会通病啊！

在这里，老郭得跟大家说道说道，古代科场案确实不少，作弊的事也不少，可唯独冒名顶替的事，真不多。

有人问，为什么呢？那时候又没有人脸识别，怎么杜绝冒名顶替呢？

这就不得不说中国人是真聪明了。在古代，为了杜绝科考时发生冒名顶替的事情，官府想出来一个办法：联保、认保。

考生五人一组，互相担保，这是联保。那认保又是什么呢？就是联保之后再找一个廪生做担保人，这才可以参加县试。到了府试时，保人又要增加一位。如果出现问题，不但这五个联保的考生同罪，连认保的廪生也要被黜革治罪。

这下您就看出来了，一个人若想冒名顶替，他得提前串通多少人才行。问题是，光串通这些人就够了吗？差远了！因为古代科举制度中，每县录取的考生都有定额，大县、小县选取的人数各不相同。也就是说，要录取你这冒名顶替的考生，就必须挤掉别人才行，谁乐意跟你串通，帮你作弊呀？另外，廪生的位子在很多人看来也是一块儿大肥肉，廪生有名额限制，得有了空额才能补廪，候补廪生们都巴不得前辈犯些错误，所以廪生做担保时也是慎之又慎。

这里有个知识点，什么是廪生？廪生，是廪膳生员的简称。生员经过岁考、科考两场考试，名次在一等前列的，才能成为廪生。廪生是享受政府补贴的，国家会给他们发放津贴，支持他们继续读书。您可以把廪生理解为拿了国家奖学金的学霸。

从这一点来看，想在科举考试的时候冒名顶替，比登天还难！和你一起应试的，都是从小一起长大的同学、发小，你冒名顶替，他们还得受你连累。所以这种事发生的概率非常小，但是不是绝对没有呢？

还真不是！

我就给您讲一个冒名顶替的故事，而且主角还是个大腕儿。

谁？

左宗棠。

《清史稿·左宗棠传》里，记载了左宗棠冒名顶替得功名的事。

左宗棠有俩哥哥，分别叫左宗棫和左宗植。"棫"字右边与"区域"的"域"相同，左边把土字边换成木字边就是了。植，就是植物的植。咱中国人特别清楚这事，如果哥哥的名字叫"宗棫"和"宗植"，那老三的名字也会类似，就是"宗"再加一个木字旁的字，通常不会叫"宗棠"。事实也确实如此，左宗棠的父亲左观澜曾经写过一首诗，上面明确说这首诗是写给三个儿子左宗棫、左宗植和左宗樾的。这个左宗樾的樾，就是木字旁加一个超越的越，和俩哥哥的命名规律一样。可见左宗棠原名左宗樾。

左宗樾之所以会变成左宗棠，是因为左宗樾冒了左宗棠的名字去参加科考。

这是怎么回事呢？

话说左宗樾二十岁的时候，要去考秀才。可就在这节骨眼上，他的母亲和父亲接连去世了。在古时候，父母去世，童生需要守孝好几年。古时候的守孝不是说你待家里，想玩游戏就玩游戏，想看电视就看电视。这好几年，你啥也不许干，必须全职守孝。结果左宗樾就错过了科考。

谋 事

  这种事历来是一步错，步步错，左宗樾错过了州府举行的院试，自然也就没有取得秀才的资格，当然更没资格参加省里的乡试了。

  左宗樾很不服气，心说，论才学，我超那几个举人几条街，居然被卡在秀才这儿了，这上哪儿说理去……但大人物能成为大人物是有原因的，他比一般的人胆儿大、招儿多。这左宗樾就想起同乡有一个名叫左宗棠的老秀才，已经快六十了。左宗棠考了一辈子试也没考中举人，早对科举失去信心了。他那儿有个现成的监生证，干吗不拿过来用用？

  于是左宗樾花了一大笔钱，把左宗棠的监生证搞来，去参加省里的乡试。

  更名为左宗棠的左宗樾，终于有机会参加了省里举行的乡试。他的文章写得好啊，文采飞扬。他本以为自己能轻松中举，没想到好事多磨，阅卷的是个老头儿，喜欢死板的八股文章。左宗棠的文章以"选兵厉士，简练桀俊，专任有功"为题，主张实干，因此被批了"欠通顺"三个字。然后，监考官就把他的卷子扔纸篓里了，相当于左宗棠这一趟白来了。

  但左宗棠这人的八字实在够硬。你说没监生证，那儿就有个老秀才的休眠监生证等着他。这回应试，他本来落榜了，可巧那一年赶上道光皇帝五十大寿，皇帝一高兴，就给湖南这个高考大省多增加了六个录取名额。湖南地区的主考官就把那些落选的卷子找出来，重新阅卷。等看到左宗棠的卷子时，主考官顿觉眼前一亮，觉得此人才华横溢，可堪重用。但官场上的事，大家都明白。不能说主考官看上了就立刻录用，还得给前头那个批"欠通顺"的考官一点儿面子。于是主考官就把所有相关人员叫来开会，最后大家经过讨论，一致决定，把"欠通顺"改为"尚通顺"。就这样，左宗棠以总榜第十八名、副榜第一名的身份考中了举人。

  年仅二十岁就中举，左宗棠意气风发，一心只读圣贤书，打算来年在进士考试中大展宏图。没想到他连续三次进京参加进士考试，三次都没考中。

  虽然没考中进士，但他结识了一帮不错的朋友，其中有些人后来成了朝廷的封疆大吏。能认识这些朋友，都是因为他冒名顶替，考取了举人。不过，这都是后话了。

连续三次应试都没有考中，左宗棠就此罢考，不再一门心思研究怎么应试了，反而开始看些杂书，天文地理，军事经济，水利建筑……什么都看，《孙子兵法》《天下郡国利病书》《读史方舆纪要》等书都成了他喜爱的读物。

天无绝人之路。左宗棠四十岁那年，太平天国的起义军一路攻城略地，逼近长沙。左宗棠受湖南巡抚骆秉章之邀，以幕僚的身份辅佐骆秉章管理军务，才华横溢的左宗棠由此在官场崭露头角，不断有人举荐他去当官，左宗棠开始了平步青云的官场升迁之路。他年轻时看的杂书多，知识渊博，办事又认真。他既会带兵打仗，又会管理政务，能筹钱筹粮，还发起了洋务运动搞经济，因此深受慈禧器重。

左宗棠一生中最辉煌的时刻，是在什么时候呢？是他在西北作战的时候。有人诬告他贪污军费。结果慈禧派人一查，发现左宗棠不仅没有贪污受贿，还是一个清如水明如镜的好官。慈禧当即下了一道懿旨：三十年不许奏左。就是说，三十年内不准任何人打左宗棠的小报告。

就这一句话，左宗棠可谓风光无限了，不但慈禧对他极为器重，岌岌可危的大清王朝更是离不开这位股肱之臣了。

中国历史上，像左宗棠这样冒名顶替的案例，有详细记录、真名实姓的，不算太多。

而且在古代，冒名参加科举的不多，大多是直接顶替别人去做官的。

我这儿话音刚落，一定会有读者想到电影《让子弹飞》。

没错，就跟电影里描述的差不多。封建王朝要完蛋的一个明显特征就是卖官鬻爵。您就想吧，一个人去做官，这官不是考来的，是买来的，那等他到任还不得往死里捞？

有人问，历史上真有这样的事吗？

有！就是结局可能和大家想的不太一样。

谋事

明末清初,有个叫徐芳的人写了一本《诺皋广记》,里头就写了这么个事:

话说明末崇祯年间,天下大乱,盗贼四起。有一个在朝廷做官的南京人,被朝廷外调到广东雷州去担任知府。您想啊,从北京去广州,现在飞机都得飞三四个小时才能到,明末的时候交通不便,那还不得走上几个月?这一路上山高路远,遇到强盗是再正常不过的事。果不其然,这位官员在前去赴任的途中,乘船进入长江时遇到了强盗,强盗知道他的身份后就把他给杀了。

这帮强盗原本只是想打劫一些钱财,结果一搜行李,看到了这位官员的公文和官服,强盗心说,反正也没人知道,干吗不去当个官,过过瘾呢?

这几个贼也是敢想敢干的主儿,主意打定,就开始分工。他们选出了一个最为聪明狡猾的人来假扮知府,其他人扮作随从,一行人等拿着公文前往雷州上任。那个时候,政府发放的公文上也没有照片,任命职务的公文和官服就是最好的凭证,所以没有人怀疑假知府的身份。

假知府虽是强盗出身,上任之后却专干好事,在老百姓中间口碑不错。假知府手下的人本来是绿林草莽,所以做起事来没有顾虑,无所顾忌地打击豪强、惩治恶霸,手段强硬、毫不含糊。再加上他们都是穷人出身,非常清楚民间疾苦,因而书中记载"甚廉干,有治状,雷人相庆得贤太守"。简单说就是这位官员到任后,政通人和,百废俱兴,雷州百姓高兴坏了:可算来了个好官。

过了一段时间后,假知府下了一道命令:禁止南京人进入雷州地界,也不允许百姓接待。百姓就很费解,为什么知府不喜欢南京人?我们读者当然知道,他们是怕有南京过来的人把他们的老底儿揭穿了,但百姓们不知道。不过老百姓也无所谓,官好就行,不喜欢南京人就不喜欢呗。

命令下达不久,真知府的儿子到雷州寻父来了。到了雷州之后,知府的儿子就觉出些古怪,雷州的百姓听说他来自南京,就不肯让他留宿了。他心里就纳闷儿啊,四处打听,这才知道是知府颁布了禁令,不许接待南京人。

他心里就琢磨:我爹为啥忽然不喜欢南京人了呢?于是这孩子就多留了个心眼儿,没直接去衙门,而是躲在街上,等知府路过。

到了第二天，假知府出门上班，大大方方跟街上走，真知府的儿子偷眼一看，嚯！我爹整容了？

再一打听，他发现知府是冒名顶替的，就赶紧去找监司使报案。监司使一听，立马派兵丁过去把假知府和他手底下的人一窝端了。经过审讯核实后，将假知府押送至南京，斩首示众。

消息一出，雷州百姓这才知道以前的知府不是真知府，是强盗假扮的。徐芳最后借东陵生之口，感叹：强盗为官如此贤能，还不如让他当真知府；真知府们虽不是强盗，但他们搜刮民脂民膏，比"盗"更加可恶。

其实对百姓来说，官人也好，强盗也好，都不重要。对百姓好那才是好官，别的不管用。

这个故事可以说是荒诞中透出一丝辛酸，但谈到冒名顶替，最荒诞、最登峰造极的，还不是假冒知府，而是假冒皇帝。

我这样一说，肯定有读者朋友觉得我这是准备瞎掰了，但这个假冒皇帝的故事是千真万确，有史书记载：

光绪二十五年（1899年），就是戊戌变法后的第二年，出了一件奇事。

这一年，湖北武昌突然来了一主一仆。主人二十多岁，穿着打扮非常富贵，身材瘦长，肤色白俊；仆人约四五十岁，没有胡子，说话的声音像女人一样尖声尖气。

主仆二人在湖北租了一个公馆住下，就有那好事的人传说，这个仆人管自己的主子叫"圣上"，见面还行跪拜之礼，自称奴才。后来越传越神，有人说看见他们拿出了刻有"御用之宝"的玉印。这个消息一下就传开了，都说是光绪皇帝微服私访来了。武汉当地官差得知此事后，赶紧一溜烟儿地跑去见湖广总督张之洞，向他汇报此事。

张之洞一听，觉得有些蹊跷，也不知道真假。但他也不敢直接去问：哥们儿，你是皇帝啊？那万一是真的，还活不活了？毕竟清朝有过一个六下江南的乾隆皇帝。

不敢明着问，这张之洞只好暗中让人拿着光绪的照片去比对。您想啊，那时候的照相技术也不行，照片看上去全是马赛克，很难认清楚。果然，去调查的人回来说，看着挺像。

用照片辨识不清，张之洞赶紧密电北京询问："咱们皇帝来湖北出差了？"

很快，北京回电报了："宫中又无出走之耗，而瀛台则无一人敢入。"意思就是说，没听说啊，咱也不敢说，咱也不敢问。

于是张之洞确信这人不是光绪，那还等什么？抓人！

什么人这么大胆子？

一审问才知道，这假光绪原来是一个戏子，名叫崇福，是满族八旗子弟。因为从小出入宫中演戏，他对宫里的事情特别熟，再加上他长得像光绪，因此别人称他为"假皇帝"。那个仆人呢，其实是个监守自盗的守库太监，偷的东西太多，怕被抓，就逃了出来。刻着"御用之宝"的玉印，就是他偷出来的。这俩人相识已久，凑一块儿一琢磨，要不咱俩假扮皇帝坑蒙拐骗去吧，反正真皇帝关在瀛台，内外消息不通，应该没人敢问吧？哪承想，他们遇到了老狐狸张之洞，也算是小鬼遇到了阎王老子——倒霉。

冒名顶替是骗子行当里比较常用的伎俩。骗人钱财自然可恶，但在高考这种事上头冒名顶替，相当于毁人一生，这是作孽，真是要不得。再好的制度，难免有人为的漏洞，有漏洞不可耻，咱及时堵上才是正道。又是一年高考季，希望这些冒名顶替的新闻的出现，能够提醒有关部门，更加快速全面地把这漏洞堵上，让煎饼摊儿上的孩子们有个希望，有个幸福的念想。

005

谋事

国债：国家缺钱怎么办？

郭 论　*Guo Theory*

度牒本是和尚的身份证，现在却成了一种"国债"！

以前看新闻，说美国的国债已经发行了二十多万亿美金了。我的天啊，比他们一年的GDP都多。宏观经济学我是不懂，反正如果我外头欠的钱要是比自己一年的收入还多，那我连觉都睡不着。

时代不一样了，以前有句话叫"欠债的是大爷"，谁欠钱谁牛，为什么？因为欠得越多，那些放债的就得求着你还。有那催债的上门了，欠债的把嘴一撇："我凭自己本事借的钱，为什么要还？"你瞧这话说的！

现在好多了，有失信人名单，老赖欠钱不还，国家就限制你消费：高铁飞机不让坐，星级酒店不让住，连骑个共享单车都得上街道报备去。这就叫个人信用破产。

国债呢，其实就是国家出来借钱。

还不上，怎么办？

那问题就严重了！国家信用破产，一般情况下，都会伴随着大规模的经济危机，对老百姓冲击特别大。有人问，有这种事吗？有，太多了。像希腊，次贷危机的时候就"破产"了，阿根廷"破产"好几回。

谋事

有人说，这些国家离得太远了，我们也感受不到。

今儿咱们不聊外国，就聊聊中国历史上，因国家欠钱导致大规模经济危机，最终彻底"完蛋"的故事。

先说第一个朝代是谁？

宋朝。

宋朝的国家税收大体分为两种，一是税收，二是徭役。

税收主要包括农业税和工商税，随着商业的发展，宋代农业税与工商税所占的比例也不断变化。到神宗熙丰年间时，农业税占比30%，工商税及杂税占比70%。

虽然中国一直是一个农业大国，但在货币税收中，农业税收入反而是最低的。就拿熙宁末年来说，农业税的收入为21626985贯，而其他各项赋税收入则有49112365贯，其中盐税为7150000贯，酒税则高达13174130贯！酒税比盐税都高，真想不通是为什么，难道宋朝人大部分时间都在泡吧吗？

另一种税收就是徭役，说得再直接一些，就是免费给朝廷当差。徭役嘛，肯定不是去享福的。宋朝的徭役非常繁重，时间又长，再加上没有任何报酬，很多人当完差回家一看，哎哟！田地也荒了，媳妇也跑了，双亲撒手人寰了——因为服徭役而家破人亡的案例比比皆是。在北宋时期，这是一个非常尖锐的社会矛盾。

有什么办法可以不服徭役吗？您别说，真有。

那就是出家，当和尚。

有人会说，别逗了，为了不交税我就当和尚？那传宗接代的任务谁去完成？再说了，我原本有家有业的，这一出家不是啥都没了？

是这样的，在宋朝，想要享受免税福利，倒也不用真的出家当和尚，只要能够拥有一张僧侣的度牒，不但可以免除徭役，还可以免掉部分赋税呢！这样，就可以将自己的时间都投入到生产中，还能留在家中照顾妻儿和父母。

您想想，这还了得？宋朝僧侣的度牒由此被炒得很热，可比今天咱们的北上广户口吃香多了。尤其是到了交子发行之后——交子是世界上最早的纸币，北宋朝廷无节制地印刷交子，迅速引起了通货膨胀，钱越来越不值钱。老百姓的收入虽然增长了，但要缴纳的税收和需要完成的徭役也越来越多，在这种前提下，和尚的度牒就更加供不应求了。

民间对度牒的需求这么大，政府不知道吗？当然知道！但是宋朝政府的应对措施十分奇葩。按理说这属于非法倒卖身份证件，国家应该严格查处，但为了充实国库，宋朝政府非但没有查处倒卖度牒的产业链，反而开始主动发行不记名的有价度牒！

什么意思？就是说，不管你是不是和尚，都可以花钱购买度牒。只要有了度牒，你就拥有免除部分赋税及徭役的特权！

度牒本是和尚的身份证，现在却成了一种"国债"！当宋朝政府开始收费发行度牒时，度牒的性质就变了，它相当于一个国家向民间借债的凭证。票面利率呢？就是免除的赋税和徭役。而且，这个身份证竟然还是可以流通、可以"炒"的。所以这个时候度牒的性质已经变了，从本质来看，它就是一种具有国债性质的金融产品。

当时的政府给度牒的定价多少呢？不同的时代，售价不一样的。在度牒发售的初期，它的价格是六十贯一张。

这个价格贵吗？说实在的，非常便宜。

大宋王朝虽然战力不行，财力却在全球首屈一指。宋朝的 GDP 占据了全球经济的 80%。北宋年间，财政收入峰值竟然达到了一亿六千万贯，因此宋朝官员的俸禄是非常高的。拿名垂青史的包拯包大人来说，他每年的收入能达到近两万贯，除此以外还有大量的绫罗绸缎等实物补贴。对他来说，花一百贯买张度牒，那是毫无压力。

就是一个小县令，一个月的现金收入也有十二贯，用不了一年就能买一张度牒了。又减税，又能免徭役，得省多少银子啊。而且，对想要成就一番事业的人来说，时间就是金钱哪！你在咖啡馆喝一杯咖啡的时间，一个亿的小项目就搞定了！

即便后来出现通货膨胀，度牒的价格涨到了五百贯，这个涨幅也是非常合理的。

度牒虽然不像现在的国债，发行的时候就会有个回报率，什么年利率 3% 啊、4% 啊什么的，但因为持有度牒就可以减税免税啊，投资回报率那是相当可观的，所以这项产品一上市就被宋朝的老百姓们疯抢。但是，很快问题就出现了：拥有度牒的人越多，未来朝廷的财政收入就越低，朝廷开始限制度牒的售卖，但这时已经是骑虎难下了。

为什么骑虎难下？卖超了。

政府售卖度牒最初只是用于筹款赈济，售卖度牒所得的钱也可以用于各类工程修建、水利运输，也是好事一件。

但是到了南宋末年，度牒已经成了朝廷的主要收入来源，占全年财政收入总和的 60%。由此可以看出，南宋时期，国库收入只能依靠发行"国债"，就是卖度牒来勉强度日。

这就很危险了，用现在的话说，就是经济泡沫太大。

南宋朝廷也为此做了很多努力，例如，在发行度牒的时候设立名目，好比说有地方闹水灾，朝廷就会发行一定数量的度牒，把收入全部用来赈灾；打仗的时候军费不够了，朝廷也会发行度牒，把收入当作军饷。

您想想，度牒作为一种国债性质的金融产品，适当发行可以调控经济，促进经济发展。但是像宋朝政府这样，没钱了就发行度牒，那还能有好吗？

而且，您一定想到了，肯定会有人倒卖度牒！

没错！当时就出现了度牒黄牛！有渠道的黄牛会从朝廷手里购买大量的度牒，然后再加价卖出。度牒的价格也因此水涨船高，嘉定初年，一张度牒价格卖到了一千二百贯！

朝廷一看，这样下去不行啊，得调控！于是颁布法令：三年内不准买卖度牒，并且开始打击度牒买卖交易活动。对于手上囤积了大量度牒的投机分子，朝廷开始重拳出击，将他们持有的度牒收回或销毁。

看上去，朝廷这么干没毛病，但结果却出乎所有人的意料。

法令刚一出，普通老百姓就慌了，纷纷开始低价抛售度牒。这些度牒又全部被有权有势的富商和达官贵人们收走，就如同现如今的股票一样。

没过多久，朝廷的政策又松动了，度牒作为"国债"，地位重新稳固。逼不得已，老百姓只能再次花高价购买度牒。但这时候度牒的价格已经高得离谱了，在川蜀地区，一张度牒的官价是一千贯，而民间黑市的价格是一千六百贯，比官价还高出60%。

普通老百姓的血汗钱就在这一买一卖间被搜刮得干干净净，百姓完全被政府耍了。倾家荡产，家破人亡的，多如过江之鲫。

有人会好奇，那些真和尚是不是也因为这度牒倒了霉？

没有！恰恰相反，就因为这度牒买卖的兴起，真和尚们的日子过得可滋润了。

为什么呢？

早在南北朝时期，社会动荡，战乱频繁，与世无争的寺庙因此成了最安全的民间货币储藏点，由此兴起了以寺庙为主体的质库。什么是质库呢？其实就是具备抵押贷款功能的民间借贷机构。

民间高利贷，听上去是不是很奇葩？但是质库确实在中国历史上存在了近千年。

质库的繁荣，在宋朝达到了顶峰，就是因为度牒买卖的兴起。

那时候，质库被称为长生库，是民间抵押贷款的主要金融机构。寺院长生库的资金主要来源于官僚的捐助、百姓存款和合本经营，收取的利息除了用于日常供养，还被僧人们拿来买卖度牒。久而久之，僧人们就成了度牒市场的"操盘者"。

讲实在的，度牒对振兴宋朝经济是起过一定作用的。您看两宋时期，国家战力那么孱弱，经常被人摁在地上打，但这个政权竟然维持了几百年，这古怪的运作方式绝对离不开强大的经济支持。大宋王朝的这些钱，有很大一部分是度牒带来的。但成也度牒，败也度牒，当度牒滥发的时候，宋朝就已经踏上了一条亡国的不归路。

我想，说到这儿，一定会有人好奇，咱中国历史上第一个发行"国债"的是哪个朝代？

说出来吓死你。中国发行"国债"的历史特别长，最早可以追溯到周朝末年。

是谁发行了第一份国债呢？

周朝最后一位天子，周赧王。

战国末年，名义上，天下还是周天子的天下，都城还在洛阳。实际上，这时早就诸侯林立，各自为政了。

有一年秦国出兵打赵国，直逼洛阳城。周赧王一听到消息就慌了，心想：这都是我老姬家的江山，我总不能拱手相让吧！

想归想，但是一点儿办法没有。为什么呢？因为周早就不是武王伐纣时的那个周了。除了洛阳，就没什么地方归他管。就在这火急火燎的时候，楚王派人来见周赧王，给他出了一计："您就以周天子的名义联合六国，一起抵御秦国。"

此计一出，朝堂上下都很兴奋，大家纷纷鼓掌，好极了好极了……周赧王也挺高兴。你想啊，多少年没人搭理了，这回又能统领六国了，可喜可贺。

周赧王就问了："那……打仗的钱谁出呢？"

这一问，立刻没声了。

周赧王一看，得！咱还是散了吧，该干吗干吗去。你这上嘴唇一碰下嘴唇，让我抵御秦国，没钱，不是瞎掰吗？

就在这时候，又有人出来献了一计："大王，咱可以借钱打仗啊，向洛阳城的百姓借钱！"

周赧王说："百姓哪有钱啊，洛阳城就这点儿人，能有几个钱？"

这位又说了："咱可以先让做买卖的富人乡绅出钱，再让乡绅带着百姓出钱，然后打完仗再连本带利一并归还！咱用战胜秦国的战利品做抵押，利息定得高高的，肯定能借到钱！"

周赧王一挑大拇指："哎！你还挺聪明！就这么办！"

就这样，周赧王发行了中国历史上最早的"国债"。先向地主、商人和乡绅借了一笔钱，然后立好了字据，承诺战争结束后连本带息一起还。周赧王拿这些钱，攒鸡毛凑掸子搞了一支六千人的军队，准备与楚国还有其他诸侯国一起西征秦国。那些出了钱的洛阳人也眼巴巴地盼着皇帝凯旋，好能分点儿钱花！

谁知道等了三个月，只有楚国和燕国派人来了，其他诸侯国都没有出兵。这样一搞，讨伐秦国的事就歇菜了。

仗虽然没打起来，借的钱却花得差不多了，周赧王只能带着军队回城。刚回去没两天，债主找上门来了。大家听说仗没打成，都想赶紧把钱拿回去，以防夜长梦多，毕竟跟政府打交道还是得多留个心眼儿。一帮债主成天拿着字据，堵在王宫门口嚷嚷"还我血汗钱"，周赧王一看这阵势，又慌了，这可咋办？既没钱还债，又不能扔下都城跑路，出门上个厕所都能听见外面的叫骂声，周赧王这个闹心啊！

之前献计借钱的哥们儿又来了："大王！要不避一避风头吧？我怕这帮愣头青冲进来再把您揍了，那就亏大了。"

周赧王说："这躲哪儿去啊？总不能逃荒跑路吧？你说咱是闯关东还是走西口啊？还是说翻过太行山去山西？我这跑起来也不方便啊！"

这位大臣就说："您哪儿也不用去！就在后宫建个高台，您带着心爱的妃子往里一住，大门一关！眼不见心不烦，夜夜笙歌，岂不美哉？"

周赧王一听："这听起来怪带劲的，就这么办！"

不久，高台建成，周赧王住了上去，赖着钱不还，整天歌舞升平，纸醉金迷。就这样，咱就有了一个著名成语——债台高筑，周赧王也由此成了周朝的亡国之君。

咱们回到现实世界，像美国这么发债、印钱的行为，有人解释说，这是金融手段，是为了刺激生产和消费。讲正经的，金融我不懂，但历史上这些国家发债的故事告诉我一个铁律：敞开了印钱这种事，一旦开了口子，那就很难刹住车。真的跟啥手段都没关系，这是人性。能随心所欲地印钱，谁还想辛辛苦苦地劳动挣钱？再一个，我还知道一个常识，那就是甭管个人还是国家，钱欠多了，肯定不是好事。

006 ——谋事——

裸辞：
吾不能为五斗米折腰，
拳拳事乡里小人！

让我系裤腰带？我这辈子就没系过裤腰带！

为了把相声说好，我经常看各家网站的弹幕和评论。这些年来，观众对我们是真抬爱，无以为报，老郭只能把相声说好，把节目尽量做得让您满意，对得起您各位的票钱。

有的朋友，不知道怎么表达对我们的喜欢了，经常跟我们说："郭老师，我为了听您，充喜马拉雅会员啦！""郭老师，女朋友不让我听您相声，我和女朋友分手了！""郭老师，为了听相声，我工作都辞了！"嘿，您瞧这事闹的。想听相声，那机会有的是呀，为了听相声，和女朋友分手了，我可没办法赔您一个呀。还有这辞职，大可不必！我都能想象出那场景，您这儿把辞职信往老板桌子上一拍："老子不干了！"

老板准得问啊："干得好好的，怎么就不干了？因为什么呀？"

"因为老子要听相声！"

您瞧，别人辞职都是为了创业、为了跳槽，您为了听相声？这就没必要了，对吧。下回再有了辞职的念头，您就这么想："不行，哪儿能辞职啊，我还得挣钱买票听郭德纲说相声呢。"

这不就不必辞职了吗？

谋事

说归说，乐归乐。辞职这种事，我劝您，还真是得掂量掂量。现如今社会竞争多激烈？找份好工作不容易。除非您有更好的选择，不然的话，还是慎重点儿好。

有的朋友就说了，我净看人家辞职了，而且连下家都不找，直接就辞了，这叫"裸辞"！"世界那么大，我得溜达溜达去"，多潇洒啊！

是啊，您净看人家潇洒了，就没想想，人家为什么能潇洒？

裸辞这事，成本很高，不是谁都玩儿得起的。

今儿老郭就给您介绍一个中国历史上有名的裸辞高手。

谁呀？

陶渊明。

写《桃花源记》的陶渊明，大家都知道吧？陶渊明这个人酷爱辞职，一辈子辞了好几回职，而且次次都是裸辞，一言不合，他就回家啦。

陶渊明最有名的一回裸辞，是辞掉彭泽县令的工作。为了辞职，他还写了一个千古名篇，就是著名的《归去来兮辞》。

当时，陶渊明被任命为彭泽县的县令，当了八十多天县令，他忽然不当了。

为什么不当了呢？按陶渊明自己的说法，同父异母的妹妹"程氏妹"死了，他要奔丧去。所以，官位他不要了，他得祭奠妹妹去。

这话一听就是托词。您想，就算家里有事，请个假不就完了嘛，辞什么职啊？这说法显然不靠谱。

而《晋书》里说，陶渊明辞职，压根儿就跟他妹妹没关系，当时郡里派了一个督邮来视察陶渊明的工作，陶渊明一听说督邮要来，当场就辞职了。

督邮来了，怎么就要辞职呢？这事还得从头说起。

督邮，是一个官职。爱看三国的读者朋友肯定都知道，里面有一出"张翼德怒鞭督邮"，督邮就是郡里派下来监督基层官员工作的人。看看工作进度怎么样

郭 论 *Guo Theory*

啊，最近出了什么案子破不了啊，官员有没有贪污受贿啊，主要就是干这个的。

据考证，当时彭泽县所在的浔阳郡的督邮姓刘，这人不怎么样。他当官的原则，非常"人性化"——你只要给他钱，什么事都好办；你要不给他钱，他就找你的碴儿。

县里这些县吏就跟陶渊明说："老爷，督邮大人要视察工作来啦，您得'束带见之'。"什么意思呢？古人穿衣服，都是宽袍大袖嘛。到了正式场合，您得在腰上系腰带，把衣服扎得整齐一点儿。就像今天，在正式场合，您得穿个西服、打个领带一样。可是您也知道，西服领带多绷得慌啊，穿上整个人就跟捆上似的。

陶渊明这人懒惯了，有诗为证啊，"清晨闻叩门，倒裳往自开"。听见有人敲门，衣裳都能穿颠倒了。这样的人，哪儿受得了这个？陶渊明急了："怎么着？让我系裤腰带？我这辈子就没系过裤腰带！"

很不高兴的陶渊明，说了一句千古名言："吾不能为五斗米折腰，拳拳事乡里小人！"

一气之下，不干了！裸辞！

后来有人把这句话理解为老陶嫌工资少，"才给这么点儿工资？换我我也裸辞！"

其实呢，所谓"五斗米"，不是一个月五斗，是一天五斗。东晋县令的年薪是有标准的，一年四百斛，一半发粮，一半发钱。这么算下来，一天正好十斗，因为只有一半是发粮食，所以一天就是五斗。

这个工资水平，不能用今天的标准衡量。在当时来说，虽然不高，但也不算很低了。陶渊明裸辞的重点也不在这儿。他真正看不惯的是督邮那副小人嘴脸。你贪污受贿就算了吧，还特有理？我老陶怎么能伺候这种人呢？猪八戒摔耙子——不伺候猴儿！

谋事

不过呢，如果把《归去来兮辞》和《晋书》摆在一块儿对比着看，就发现这事可能还不是那么简单。老陶这回裸辞，也有可能是"蓄谋已久"的——他这次当官啊，很大概率就不是为了挣钱，而是为了一样东西。

酒。

您看《归去来兮辞》里怎么说？"犹望一稔，当敛裳宵逝。"什么意思？就是"我就盼着庄稼成熟。庄稼一熟，我立马收拾收拾包，趁夜里我就跑了"。

您该问了，听着怎么跟携款潜逃似的？还真差不多。当时，县令除了工资，还能合法地分到一份"公田"。这块田地出产的东西，只要你当一天官，就都是你的。所以《晋书》里写，陶渊明刚当上县令，人家来问他："老爷，您那公田里都种点儿啥呀？"陶渊明就说："都种上秫谷！"秫谷是什么玩意儿？有人说是高粱，有人说是黏米，甭管是什么，反正都是酿酒用的。

陶渊明的媳妇一听："那哪儿行啊，好不容易当回官，公田这点儿东西都让你喝了？"媳妇要种粳，就是米。最后老两口琢磨半天，公田一共三顷地，其中两顷零五十亩，都给陶渊明种了酿酒的材料了。剩下五十亩，才种点儿米。

您明白了吧？陶渊明那意思就是，我也不想好好当这官，只要田里一有产出了，够我喝酒的了，我就跑啦，谁给你当官啊？

当官这八十多天，正好是从中秋节前后到冬天——连收粮食带酿酒，老陶已经达到目的了，他还待着干吗呀？

这篇文章里还写了，老陶去当官之前，家里连余粮都没了。等裸辞了回来，家里就"有酒盈樽"了——酒缸里满满都是酒。这么一看哪，老陶从当官到裸辞，这一套骚操作，还不是蓄谋已久吗？当然，我这么说也没有根据，压根儿就是我瞎琢磨，一说一乐嘛。

郭 论 Guo Theory

但有一样是真的，陶渊明要真想当官，根本不需要当个县令。彭泽县令，是老陶当的最后一个官。这以前，他当过江州祭酒、镇军参军。他伺候过的上司里面，有王羲之的儿子王凝之，有后来的刘宋开国皇帝刘裕，个个都是大V，带金边那种。

但陶渊明什么官当得都不顺心，最后都潇洒裸辞。那样的官他都辞了，辞个县令他能舍不得吗？所以说，当官就是为了买酒喝，这事老陶干得出来。

那有朋友就问了，怎么老陶能那么潇洒呢？

一般人都会以为，老陶肯定是有钱，财富自由了呗。

还真不是。

书上说得很明白，老陶爱喝酒，可是"家贫不能常得"，连酒都不常能喝上，可见穷得可以。老陶之所以能这么潇洒，说到底，还是因为他祖上厉害。

老陶的曾祖，是大司马陶侃。他爷爷，是武昌太守陶茂。老陶他爸，史书上没什么详细记载，但是据考证，也当过太守。陶家这几辈子官当得都很清廉，但是也积累下了很广的人脉。老陶穷的时候，想喝酒了，根本不用买，遇见谁蹭谁的酒喝。谁一招他，"来吧，喝酒来吧"，他就足喝一顿。什么时候他想当官了，只要跟亲戚聊天的时候提一句："哎，我打算出来当官了啊！"马上就有人来请他当官："你想当什么官？反正也没大官，你想当宰相没戏，但是小官你随便挑！"人家有这底气，腰板当然硬啦，说裸辞就裸辞，说回家就回家。这人，您比得了吗？

历史上还有一个著名的裸辞故事，就是"莼鲈之思"的张翰。

张翰是西晋人，陶渊明跟他前后脚，是东晋的。张翰的性格放纵不羁，别人就把他比作阮籍，称他为"江东步兵"。

张翰是吴中人，后来在洛阳当官。有一天，秋风吹得落叶纷飞，他就想起家

谋事

乡的莼菜和鲈鱼来了，就说："'人生贵得适志'，人的一生贵在实现自己的志向，怎么能离家好几千里地，困在做官这件事上，成天就算计着怎么往上爬呢？我不干了！"于是马上裸辞，挥挥手，不带走一片云彩。这也给后人留下一个著名的典故——"莼鲈之思"。

好多人都从吃货的角度来理解这件事，说张翰为了吃口东西就要辞官，真不愧为顶级吃货！其实您看《晋书·张翰传》就知道，这故事还有上下文呢，不是张翰一流哈喇子，就辞职不干了。

在辞官之前，张翰跟老乡顾荣聊天。顾荣也是当时的名人。张翰就跟顾荣说，如今这天下形势太糟糕啦，迟早要有大祸。越是有名气的人，越难逃脱。为什么？你太有名了，人家都盯着你啊。让谁跑也不能让你跑了呀。

张翰说，咱们本来都应该游山逛景，写写诗啊、作作赋啊，谁愿意卷进这天下大祸里？不如咱哥儿俩跑了吧？

顾荣拉着张翰的手，说："吾亦与子采南山蕨，饮三江水耳。"

这话直接翻译过来，意思就是"我愿意跟你一块儿挖野菜，喝江河中的清水"。背后隐含的意思就是"好啊，咱跑吧"。

于是才有了"莼鲈之思"这么一出。

说了半天，他们哥儿俩到底怕什么大祸呢？就是西晋著名的"八王之乱"。

说起来，虽说司马氏统一了三国，但这一家子不得人心。司马氏为了篡位，天天杀这个、砍那个。什么嵇康、何晏、李丰、夏侯玄，只要是不诚心诚意地帮着司马氏篡位的，都叫司马氏给砍了。所以，当时的名士都很熟悉这一系列操作：裸辞、归隐、避祸，"君子不立于危墙之下"嘛。

司马氏砍人已经砍成了习惯，砍着砍着，终于砍到自己家人脑袋上，"八王之乱"就来了。

郭 论　Guo Theory

咱们今天办企业也是一个道理。您看一个企业，事业蒸蒸日上，那哪怕暂时少挣点儿，咱也得跟着人家干，有前途嘛！一看一个企业，成天内斗，马上要解散了，那不辞职等什么呢？

裸辞也得辞。别等到有一天裁员裁到你脑袋上，那就太被动了。

还有一个跟张翰很像的人——明朝的李廷机。

这位倒没碰上"八王之乱"那样的大祸，但他也是倒霉，正好碰上万历皇帝。

万历皇帝这人在位期间，还是干了不少事的，比如说"万历三大征"，咱在《郭论》里说过。但是这人还有一个毛病——懒。

看过《万历十五年》的朋友应该知道，万历那朝廷，就是一潭死水，半死不活的。再加上这么一个懒皇帝，说不上班就不上班，朝廷会变成什么样就可想而知了。

皇帝太懒，朝廷里的官好多年都不任免。这儿缺一个官，没人去补。那位都八十四了，早该退休了吧，他也退不了休。有的基层官员，干县令都干了六十多年了，按说早该升官了吧，也升不上来。

就在这么个节骨眼上，万历三十四年（1606年），倒霉蛋李廷机入阁。

一进内阁，李廷机傻了，九部官员加一块儿才三十一位，至少应该再补二十四位。那么多活儿，根本没法儿干呀！内阁的官员，一个人被当成两个人用，天天加班，每个人那俩眼睛都熬得跟大熊猫似的。

就算这么拼命，还是没办法把工作做好，内阁官员好不容易把底下的事处理完了，该皇帝批复了吧？皇帝懒得批，统统"留中"，自己接着睡觉。所以公事是越堆越多。

这还不算完。当时东林党已经成了气候了，东林党人一看，哪儿来这么一小

谋事

子，李廷机？宰相这么大的官给这小子？他是我们一党的吗？写奏折弹劾他！

于是就有人不停举报，说李廷机人品不好，道德败坏！给李廷机一顿批。

李廷机一看，得啦，甭等你们找我碴儿了，这破差事本来也没法儿干，裸辞吧。

在内阁干了有些日子了，李廷机已经知道万历皇帝这人是个大懒蛋，就交一封辞职信，他不见得会看。得嘞，多准备几份吧！李廷机就一口气写了五封辞职信，一封一封往上递。

事实证明，李廷机太低估万历的懒了。五封辞职信就给你批啦？这才哪儿到哪儿啊。

李廷机无奈，只好接着写。他是无论如何都没想到，这竟然是一次马拉松式的裸辞，一辞就辞了整整五年，前前后后一共给皇帝写了一百二十三封辞职信。这五年中，李廷机的家人搬回老家了，李廷机把自己在北京的房子都退了，天天住庙里，就盼着万历皇帝赶紧批准自己辞职，天天打听："皇帝到底批我辞职信了没有啊，我就盼着这一天哪！"

到了第五年，李廷机实在等不了了。一年不批等一年，要是一辈子不批呢？还得等一辈子？得了，跑吧！

没有圣旨就回家，这属于抗旨，要杀头的，按理应该追究问罪吧？嘿，万历皇帝连问都懒得问！一直到裸辞四年以后，李廷机都死了，万历皇帝愣没问过一回："哎我记得有一个叫什么机的，这人还有吗？"问都没问过。

李廷机也因为万历爷的成全，成为有史以来写辞职信最多的官员。

那有人就问了，古人动不动就裸辞，就没考虑过划算不划算的问题？就不先领个年终奖再辞职什么的？

当然有啊，古人也不是傻子。不过，裸辞的人一般都特任性，他们不太会考

057

虑性价比的问题。只有憋着再就业的，才会考虑这个。

从南北朝开始，有了咱们沿用至今的月薪制。陶渊明追随过的刘裕，他的三儿子刘义隆继承皇位后推行月薪制，干一个月，结一个月的钱。

月薪制得到推广后，大家就不太考虑合算不合算的问题了，反正干一个月拿一个月的钱。真正费劲的是年薪制。南北朝之前，官员跟官府领工资，都是结算年薪。给皇帝干够了一年，才给你发去年的年薪。

而且，发薪日定在每年的芒种这一天。这一天之前要是辞职，一年的工资统统没收，谁接替你，这份钱归谁。

所以有会算账的官，专门在芒种之前上岗，好多领一份前任的工资。

不过，算计工资的人里，也不是完全没有想裸辞的。很多人算计工资，不过是为了将来能辞职而攒钱。这种钱，有个名目，叫"买山钱"。

晋朝一位高僧，名叫支道林，他跟另一个名僧竺法潜说："我看你隐居的这个山不错，能不能买下来，让我也隐居一下啊？"

竺法潜一听乐了："就没听说过要隐居还要买山的！"从此，就有了"买山钱"这个词儿。

历史上好多人，都是因为穷，攒不出来买山钱，不得不继续搬砖吃土。比如唐朝刘禹锡就说过"同年未同隐，缘欠买山钱"，意思是我那一届的同学都裸辞隐居了，我就没底气裸辞，因为没攒够后半辈子生活的钱啊！

所以，各位读者朋友，如果您有自己的梦想，想辞职干自己喜欢的事业，那就甭说别的了，趁年轻赶紧尝试。要说您就想裸辞，人生的目标就是从此以后过上逍遥快活的退休生活，那对不起，您得先看看卡上的余额了，买山钱要是不够啊，咱还得好好搬砖！加油！

007 谋事

讼师：

行走江湖，你需要一位律师朋友

讼师也好，律师也罢，你当他们都是在玩儿法律条文啊？不是，人家玩儿的其实是人性。

常言道，人这一辈子必须有俩朋友——一个医生，一个律师。

一听这就是老江湖琢磨出来的，话里透着无尽的沧桑和老谋深算，一般人真琢磨不了这么透彻。说白了，人这一辈子谁还没点儿大灾小难？认识这么俩朋友，医生用来防天灾，律师用来防人祸——精练，机智。

说起来，医生这份工作从古到今，其实没啥大的变化。但律师的工作，发生的变化还是很大的。有人要问了，咱中国古代不是人治吗？怎么会有律师？

咱们今天就说道说道。

律师这职业在古代，叫讼师，也叫状师。也有管人家叫讼棍的，这就是骂人了，当着人家面儿可不能这么说。可能很多读者一看"讼师"俩字，就想起来了，周星驰在《算死草》里演的陈梦吉就是一个讼师。

没错！陈梦吉还是"四大讼师"之首，其他三位是方唐镜、何澹如和刘华东。

在古代，讼师虽然是帮人打官司的，但并不招人待见，也不能上堂辩护。

为什么呢？这是由咱们中国的文化传统决定的。因为孔老夫子觉得，这世界上就不该有打官司这事。子曰："听讼，吾犹人也。必也使无讼乎。"意思是，听讼断案这事吧，我就算是圣人，也就那么回事，跟一般人没什么区别。所以呢，最好就别有打官司这种事发生。孔圣人这话其实逻辑不是特别合理，但儒家思想在中国影响力巨大，所以一般的读书人就不稀罕去当讼师，觉得跌份儿，因为这个职业是圣人不认可的。

所以在中国历史上，出庭律师这种职业就没有发展起来。

有人说了，讼师不能出庭辩护，那还要讼师有啥用？

这里就得解释解释了。因为不允许别人出庭辩护，所以中国历朝历代的诉讼，尤其是民事诉讼，就要依赖书面文件。你到衙门打官司，必须得写好诉状。《唐律》就明确规定："诸告人罪，皆须注明年月，指陈事实，不得称疑。违者，笞五十。"就是说，你要告别人就得写好状子，把时间、地点、人物、事件都写得明明白白的，要是写不清楚怎么办？"笞五十"！笞，就是用小竹板或荆条等抽犯人的屁股、背或腿。

那个时候，老百姓的文化水平有限，能识文断字的属于极少数。这"笞五十"其实就表达了官府的一个态度——一般人别打官司。等到宋代，对诉状的格式已经有了非常明确的规范和要求。诉状写得好不好，直接影响到官司的胜负。这时，讼师的作用就体现出来了，人家是专业打官司的，同样的事，有的人写的状子就告不赢，有的人写了，就能给办成铁案。

您得问了，有这么神奇？就靠笔杆子能把案子办了？

能！

有本书叫《刀笔菁华》，这本书一共有四个部分，其中有一部分叫"讼师恶禀菁华"，里头记载了这么一件事：

有个姓王的人家的女儿，某天"倚窗作远眺"，就是趴窗户那儿往外看——

郭论　Guo Theory

"哎呀,世界那么大,我想去看看"。那年代的女孩儿都是大门不出二门不迈,没事也就能从阳台、窗户往外看看。

王姑娘正看着呢,好死不死被一个叫胡维仲的纨绔子弟给看见了。

这胡维仲对王姑娘垂涎已久,立刻做出种种下流的动作,调戏她。原文叫"作种种秽亵状",就是说,做了很多恶心的动作。

王姑娘一看,羞愤难当,竟然上吊自杀了。

王姑娘的父亲王员外一看,怒不可遏,就找了讼师钱廷伯来帮忙起诉胡维仲。

王员外问:"虽然女儿是因为胡维仲调戏她才自杀的,但胡维仲毕竟连句话都没对我女儿说,怎么能告倒他呢?"

讼师就说:"没事,我给你写状子,告死他。"

状子写完,里头有一句最关键的话,"调戏虽无语言,勾引甚于手足"。就是说,这胡维仲虽然没有用语言调戏王姑娘,但他用下流的动作羞辱她,这比直接上手更恶劣。

就这么一句话把案子办成了铁案。

可能有人会说,这是不是太草率了?

在那种人治的年代,道德约束有时是高于法律约束的。拿这个案子来说,从法律层面没法定案。但如果你能够从道德层面把道理说通,也行。

在那个年代,对女性贞洁的道德要求是很高的。反过来,对于蓄意破坏女人贞洁的人,道德审判也是高于法律审判的。所以钱廷伯写这个状子告胡维仲,一告一个准儿。

大家注意到没有?我们前头提到一本书,书里有一个部分叫"讼师恶禀菁华"。

什么叫"恶禀"?就是"干的坏事"。

在古代，打得起官司的基本都是有钱人。讼师收人钱财，与人消灾，自然都是站在有钱人那边说话，出主意。

比如，有一个父亲要将儿子"送不孝"。"送不孝"是一种不成文的刑罚，就是长辈以不孝的罪名为由将儿子或晚辈送到远方服苦役。儿子就找讼师问怎么办。

儿子找来的讼师就问他："你有媳妇吗？"

儿子说："有啊，还很漂亮。"

于是讼师就教儿子了："我在你手上写两行字，你呀，不许看。到了大堂啥也别说，就是哭。等到大人要打你了，你伸手给大人看。"

真等到大人要打儿子板子的时候，儿子就把手上的字给他看。看完字，大人不仅不打儿子了，还把父亲打了一顿。

有人问，什么字有这么大魔力？

这讼师在儿子手上写了两句话："妻有貂蝉之貌，父有董卓之心。"董卓和貂蝉的故事大家都知道吧？这讼师等于让儿子诬告父亲，说他爸爸想"爬灰"，就是想占有儿媳。

正因为在大多数时候，讼师的工作就是站在有钱人那边，帮助有钱人讹诈、诬告、搬弄是非、颠倒黑白，所以历朝历代，讼师都不怎么受政府待见，有时他们还会被政府严厉打击。明代有本书里就说，讼师分高下几等，什么最高的叫"状元"，最低的叫"大麦"。但不管高低吧，即便是混得最差的那些讼师，也没有揭不开锅的。可见讼师无论是在古代还是在现代，都属于高收入人群。

这时候又有人问了，那讼师就不干好事？

当然不是，也有干好事的，比如咱们下面讲的这个故事。

清朝时，浙江的归安县和乌程县都归湖州府管。有一天，乌程县的一个乡民进城为女儿办嫁妆，走了好远的路，饥渴难当，就进了一家汤圆店买了一碗汤圆吃。

这个乡民吃完一掏钱，发现坏了，身上没零钱。他就跟店主解释："我进城给女儿办嫁妆，身上只有银圆。要不您先记个账？一会儿我有零钱了，再来付给您。"

店主说："别逗了。我又不认识你，你这要跑了，我找谁去？"

乡民一想，人家说得也没毛病，只好拿出一块银圆做抵押，千叮咛万嘱咐："我这是抵押在你这儿的啊，一会儿我就拿零钱来取。"

那个时候，一块银圆抵好多钱，搁别人那儿，肯定是不放心的。

老板满口答应，乡民才出门去换零钱。

越怕什么，就偏来什么。等到乡民拿着零钱到汤圆店来赎那一块银圆的时候，老板当场就不认账了："一碗汤圆能值几个钱，哪儿用得着一块银圆来抵押？"

这上哪儿说理去？那时候也没手机，没法拍个照录个音。

但要说，算了，这一块银圆不要了，那也是真的不舍得。于是这乡民回家后，马上去找一位姓赵的讼师，问他如何跟贪财的店主打官司。

赵讼师就对乡民说："我们这里属乌程县，你这样的事知县根本不会管，就是管了也断不清。要是遇上归安县知县，郑裕国郑青天，那没准儿有戏。不过……"

乡民就追问："不过什么？"

讼师说："不过你得挨上几十板子。"

几十板子？为了那块银圆，几十刀子也认了。于是，赵讼师就告诉乡民怎么做才能见到郑知县。

第二天，这乡民到了归安县衙门等着。他看到这郑知县的轿子过来，就直接冲向知县的仪仗卫队。

这还得了？当场就被衙役给抓住了。乡民就大叫："我是乌程县的乡民，老爷是归安县令，你管不着我！你管不着我！"

郑知县一听，气就不打一处来："天下官管天下百姓，你在我这里犯了事，想跑是跑不了的。"说完，又吩咐左右："给我打！"

谋事

乡民挨了一顿打后,马上把一份状子递了上去。

郑知县一看:"你这事发生在乌程县,你该到乌程县衙去呈状子。"

这下乡民可得着理了:"你刚才不还说'天下官管天下百姓'吗?哦,你这是只管打板子,不管打官司啊?"

知县一听,心里说,敢情你在这儿等着我哪?

没办法,人家说得有理啊。他就只好接了这乡民的状子,派人把那个卖汤圆的叫来。

卖汤圆的哪儿能认,一口咬定说自己没见过这块银圆。但郑知县也是老江湖,有的是办法。他让衙役去这卖汤圆的家里,跟这人的老婆说:"你丈夫已经供认了,赖人家的银圆快交出来,交出来可以免罪。"

他老婆哪儿见过这架势,赶紧把银圆拿出来说:"我当时就说不能昧着良心要人家的银圆,这死鬼真是鬼迷心窍了!"

钱要回来了,是不是就能结案了呢?

不能!

郑知县多精明啊,第一,他怕这乡民并非当事人,只是旁观了这件事,然后出来告状冒领银圆;第二,他也怕冤枉了这个卖汤圆的,毕竟银圆和口供都是衙役骗来的。

于是知县就对乡民说:"这案子没法结,人家不认账,你也没证据。要不这样,你丢了一块银圆,我再给你一块银圆,就这样结了吧?"

乡民一听,不干了:"我不仅要银圆,还得要公道。我不能要这不明不白的银圆。"

知县就假装生气:"你丢了一块,我赔你一块,你还不要?"说罢扔下两块银圆,叫他捡一块拿去。

这乡民一眼看见自己抵押给汤圆店的那块银圆,捡起来说:"这是我的那块银圆。这块银圆是小女的礼金,上面有红'囍'字。"

这时候,卖汤圆的终于无言可辩,只得磕头认罪。

很多时候，我们会以为讼师跟现在的律师差不多，也就只有出不出庭这个差别。其实在古代，讼师除了跟人打官司，还有其他要管的事。讼师的工作跟现在居委会大妈日常做的工作差不多。民事官司本来就净是些家长里短、鸡毛蒜皮的事。讼师在处理这些案件的时候，不能只会拿着律例跟人一条一条掰扯，绝大多数时候都是拿着人情世故和稀泥。说到这里，再给诸位讲个故事：

清代的时候，有个叫陆尹贤的不孝子，经常忤逆母亲杨氏。有一天，这浑小子下手重，竟然打得杨氏头破血流。

杨氏就跑到县衙去告状。

在古代，孩子要是忤逆，被爹妈告到官府，这是极大的罪过。按照《大清律》，孩子殴打父母，要不斩首，要不就蹲几年大牢。

斩首啊！砍脑袋，跟杀人罪一个级别。可想而知，咱们古代对孝道多重视。

言归正传，这陆尹贤一听说母亲去告官了，吓得拔腿就跑。逃出去后，陆尹贤一想，也不能逃一辈子啊，就找到讼师谢方樽帮忙。

谢方樽就放出消息，说陆尹贤在辛庄谢方樽家里。杨氏正找不到出逃的儿子，于是就乘船到辛庄谢家找儿子。

杨氏问："我那不孝子陆尹贤在不在这里？"

一个妇人应声出来说："陆尹贤和我丈夫谢方樽出门去了，吃晚饭时就回来。"

杨氏就在谢家等。等啊等啊，天黑了也不见人回来，只好留宿在谢家。

谢方樽的妻子款待杨氏，就像招待贵宾一样。你们懂吧？两个人在一起坐久了就想聊八卦，杨氏就把自己跟儿子的事给说了。谢夫人就说："您这是何必呢？我看那孩子就是还小，不懂规矩罢了。"

等到第二天，谢夫人告诉杨氏："昨天你来，被陆尹贤知道了，他马上就逃跑了。我家老头子去追陆尹贤了，大约三天才能回来，请你再等一下吧。"

这杨氏经谢夫人这样一劝，就同意再等三天。

这三天里，两人说说笑笑，很是投缘。三天过后，杨氏一看儿子没回来，就准备走了。就在这节骨眼上，谢方樽的回信来了，说陆尹贤已经找到，身体很好，但他怕母亲为难他,不敢回来,自己正在劝解陆尹贤,三天内一定带着他回家来。

谢夫人又劝杨氏:"血浓于水,有什么过不去的事让你不肯原谅你的儿子呢?"于是杨氏又在谢家住了三天。

毕竟是亲生骨肉,打断了骨头还连着筋呢。就这么几天,杨氏慢慢地消了气,反倒可怜起儿子来了。躲避在外,万一出什么意外可怎么办?她一想到这里,恨不得马上就见到儿子才安心。

到了第七天,陆尹贤回来了。一见到母亲,他就哭了起来,杨氏也掉下了眼泪,毕竟是亲儿子啊。

这时候,杨氏就要带着儿子动身回家。谢夫人却说:"你可以回去,陆尹贤却不能。现在官府查得紧,孩子一回家,肯定立马就会被官府抓去砍了。除非你先写张状子,替他销案。"

一起官司就这样大事化小,小事化了。这就是当年那些讼师的日常工作,主要就是调解家庭纠纷和邻里矛盾。

说了这么多,咱们最后想说什么呢?其实很简单,讼师也好,律师也罢,你当他们都是在玩儿法律条文啊?不是,人家玩儿的其实是人性。所谓世事洞明皆学问,人情练达即文章,便是如此了。

008 — 谋事 —

穿越：
死都不知道为啥死

郭 论　*Guo Theory*

在扬州邗江区的一个不起眼的村落，专家们发现了一座新朝的古墓，在那里，他们找到了一把青铜的游标卡尺。

我创作过一个段子，叫《我要穿越》。那时穿越这个话题很火，我就有了灵感。这个段子的本意是想讽刺一下不切实际的人，但后来我发现，想穿越的人越来越多了。很多人希望自己能穿越回去，多好啊！买几套北京的房子，投资一点儿股票，从此衣食无忧，过上混吃等死的好日子……

历史上还真有几个人，看着就跟穿越回去的一样……他们未卜先知、无比强大，强是强得没边，但死也死得挺惨。

今天我们要说的第一位看着像穿越回去的古人是谁呢？

华佗。

这人大家肯定都熟。《三国演义》里面写了华佗给关云长刮骨疗毒的故事，但历史上并没有华佗给关公刮骨疗毒的记载，这个故事很可能是写小说的人杜撰的。退一步说，就算关云长真有过刮骨疗毒的经历，也肯定不是华佗干的。为什么呢？因为公元208年，华佗打算给曹操做开颅手术，结果被曹操这个"医闹"给杀死了[1]。而关羽受箭伤是什么时候呢？公元219年。这差着十一年呢！

---

[1] 华佗因提出为曹操开颅一事在正史中没有详细记录，因此戏说的成分更大。

谋事

闲话休提,咱们这就说说为什么华佗像穿越回去的人。

先从华佗为什么被曹操给杀了说起。

曹操经常头疼,每次疼起来,那真是要命。曹操被这个病困扰了很多年,看了好多大夫,也没看出个所以然。

最后,有人推荐了华佗。华佗一看,说:"这是头风,得开刀。"

曹丞相就问:"这怎么开刀啊?"

华佗也是实在人,就说:"我用斧子把您的脑袋劈开就不会再头疼了。"

从现代医学的角度猜测,曹操可能是脑子里长了个瘤子,压迫神经造成了头疼。华佗的办法并非毫无根据,它还是有一定的道理的。他的办法和现在的治疗手段差不多,都是做开颅手术,把瘤子摘了,就好了。所谓"劈脑"其实就是摘瘤子。

我们现在做开颅手术,家属签字都跟小学生罚写名字似的,要哗哗哗哗签好多页纸。医院还得千叮咛万嘱咐:"我们这儿不保证成啊,手术风险很大。"更别说三国那时候了!曹操一听:"什么?劈脑?这不是要命吗?华佗是要谋杀我吧!"于是就把华佗给杀了。

从这个故事里可以看出,华佗的主攻方向应该是外科。史书上说他精通内、外、妇、儿、针灸各科,尤其擅长外科,也就是说,华佗的治疗手段和现代医学非常相似。

这里必须要着重说明一点:华佗最拿手的是麻醉技术。

《三国志》里提到华佗发明了一种药,叫作麻沸散,专门用于手术麻醉。而且,他使用麻沸散做外科手术,是人类历史上第一例有记载的使用手术麻醉的案例。在现代医学史上,直到19世纪40年代都没有手术麻醉的概念。要做手术时,医生先把病人绑在手术台上,然后直接开刀。华佗给曹操提的这个手术方案,可以说超前了一千多年。而且,华佗的麻醉技术是只此一家,他去世之后就再也没人会了。

如果华佗不是穿越回去的,那他所做的这些奇事还真解释不通。

但是,就算他真是穿越回去的,也是一个不幸的穿越者。他的理念太超前,把病人给吓坏了,最后自己落得丢掉性命的结局,也不是什么好事。

咱们再说一个像穿越回去的人。

是谁呢?

刘伯温。

这个人大家应该也很熟,评书里讲过。知道刘伯温的人,大多是听过《大明英烈传》的。

《大明英烈传》里说过,这刘伯温能掐会算,半个神仙似的。但是评书终归只是故事,不能当成历史。历史上的刘伯温,比评书里说的更神些。

为什么这么说呢?这里头有典故。

有一本书叫《清稗类钞》,是一些掌故逸闻的汇编。这本书中收录了一篇很像民间歌谣的文章,叫《烧饼歌》。《烧饼歌》又叫《帝师问答歌》,相传就是刘伯温所作。这其中还有一段故事。

据说有天早上,明太祖朱元璋起床吃早饭,刚咬了一口烧饼就有人传报,说刘伯温来了。

这朱元璋也是好奇:都说这刘伯温能掐会算,不如今天考考他。他就顺手把这刚咬了一口的烧饼放回碗里,再拿另一个碗扣上。刘伯温进来,朱元璋指着碗问:"你说,我这碗里放了什么?"

刘伯温掐指一算,说:"半似日兮半似月,曾被金龙咬一缺,此食物也。"

朱元璋看他果然能掐会算,于是就让他占卜明朝之后的运数。

刘伯温推托说:"泄露天机是大罪,陛下宽恕我的死罪我才敢说。"

朱元璋就赐他免死金牌,让他快说。

于是刘伯温就写了《烧饼歌》。《烧饼歌》全文共计1912字,由四十余首隐语歌谣组成，是用隐语写成的预言歌谣。刘伯温从明朝建立开始说起，一直说到清王朝被推翻之后，准确地预言了靖难之役、土木之变、崇祯自缢煤山等事。

朱元璋听完是什么心情，没人知道，但有一点是肯定的——他觉得刘伯温本事太大了，留不得。

刘伯温在朝廷里有个政敌，就是胡惟庸。

胡惟庸没事就到朱元璋那里说刘伯温的坏话。朱元璋还是很懂为君之道的，手下两个人是对头，挺好。要是手下很团结，皇帝就危险了。所以，朱元璋就任由胡惟庸暗中针对刘伯温，对于胡惟庸的种种作为，他的态度是既不支持，也不反对。

胡惟庸又不傻，一看皇帝这态度，心里就合计了："我得参刘伯温一本大的，不然搞不死他。"

胡惟庸不动声色地观察刘伯温的一举一动，终于找到了一个好机会。

刘伯温为自己选了一块墓地，胡惟庸就指使他人诬告刘伯温霸占一块"有天子之气"的土地做墓地。

这就是在暗示皇帝：虽然刘伯温年岁已高，但是他还存了野心，想要让自己的后代成为皇帝，争夺大明朝的天下。

刘伯温知道后，立刻回到南京想向皇帝当面谢罪陈情，但朱元璋没有给他辩白的机会，没过多久，刘伯温在忧愤中病逝。

刘伯温为什么能未卜先知？如果他不是穿越过去的人，怎么会有这个本事？

当然，也有学者对《烧饼歌》提出了质疑，认为这是后人假借刘伯温的名字所写的伪作。

如果说刘伯温的"穿越"还有疑点的话，王莽的所作所为，就很难不让人往穿越那方面想了。这个人的思想、策略、发明创造，都无比接近现代人，超前得令人觉得不可思议！

我们都知道，公元9年，王莽终结了西汉政权，建立了新朝。而在20世纪90年代，在扬州邗江区的一个不起眼的村落，专家们发现了一座新朝的古墓，在那里，他们找到了一把青铜的卡尺。

这把青铜卡尺长13.3厘米，由固定尺、活动尺和导销三部分组成。固定尺中间开有导槽，槽内置导销，导销可循着导槽左右移动。这把卡尺跟市面上的游标卡尺非常相似！

这就很神奇了，一两千年前的墓里挖出这样一个东西，看着是不是怪瘆人的？

不仅如此！结合王莽所做的其他事来看，他能在那会儿发明出这么个卡尺来，一点儿也不让人意外。为什么呢？因为王莽非常看重科研，他还曾经找人制造翅膀，想飞起来。

我这么一说，可能大家没什么感觉。可是仔细想想，中国自古以来都是耕读天下。执政者都是鼓励老百姓务农、读书，古代人读的还不是数理化，而是四书五经，古时候的中国并不是一个很重视科技的国家。您就想想"科学技术是第一生产力"这句话是哪年才提出来的吧。

在这样的历史背景下，王莽大力发展科技，鼓励科研，是不是和那个年代的主流思想格格不入？

就凭着一把青铜卡尺当然不能说王莽是穿越来的，除此之外，还有几件奇事。

汉哀帝死后，王莽将九岁的刘衎捧上帝位来稳固自己的权势，第二年改元，年号为"元始"。

玄妙的事情就这样发生了，这元始元年是公元纪年的多少年呢？

公元1年！

东西方纪元在这段时间内重合在了一起，太巧、太神奇了。王莽要不是现代人穿越回去的，怎么可能造成这样的巧合？

这新王朝建立之后，王莽干了好多让当时的人百思不得其解，但现代人一看就懂的事情。比如说，他一上台就颁布法令，禁止所有奴隶的买卖。通过控制奴隶的范围和数目，让奴隶制自动消亡。

对当时的人来说，这是非常荒谬的想法！不用奴隶，那农活儿、家务不就要主人自己干了吗？

一般认为，中国从夏代进入奴隶社会，到春秋战国之交就过渡到封建社会了。但蓄奴这个习惯其实一直延续到了清代。有钱有势的贵族豢养奴隶是一种文化积习，在西汉更是司空见惯。

出乎所有人意料的是，王莽对奴隶制度表现出了极大的抵触，上来就要废奴。那些依靠奴隶发家致富的达官显贵能答应吗？他们肯定要在台面下捣乱，当时的史官也理解不了王莽的政策，反而在史书上说王莽是个昏君。但今天我们重新审视王莽当时推行的那些备受争议的政策，以现代人的眼光来看，这家伙其实人不错啊！

王莽可能是人类历史上第一个推行土地革命的皇帝。他颁布了一系列规定，原文就不在这里引述了，具体是什么意思呢？首先，从今天开始，天下所有的田都叫"王田"，这就是土地国有化。其次，如果一家中有八个男丁，可以拥有一井田，一井田就是九百亩田地；如果一家没有这么多人口，田地还超过了九百亩，就要把多出来的地分给宗族邻里；以前没有田地的家庭，则按照这个制度分配。

最后有几句特别厉害："敢有非井田圣制，无法惑众者，投诸四裔，以御魑魅。"意思就是如果有人敢说这制度不好，还到处胡说，就把他全家都抓起来发配边疆。

到边疆干吗呢？"以御魑魅"！跟鬼打架去！

您看这王田令，其实对平民来说是大好事，但是对大地主来说，那就是噩耗。把他们的地分给老百姓，那他们还不和皇帝拼命？果然，王莽最终被代表大地主利益的刘秀给杀了，死后头颅被砍下，尸体被剐成碎肉，可以说是死无葬身之地。

王莽在中国历史上是一个充满争议的人物，因为他篡取了汉朝政权，古代史官给了他很多负面评价。我们今天说，王莽可能是一个穿越者，主要是因为他推行了一系列改革措施，比如他居然提出了要设置"五均司市师"，由国家负责评定物价、调节市场、办理赊贷、征收税款，相当于建立了银行、物价局、税务局和发改委，这些政策在一两千年后都实行起来了。

但是王莽对于政策的理解和执行也非常幼稚，就像一个高中生穿越回去了一样——刚学了点儿政治、经济的基本理念，全给用上了。可是他学会的仅仅是皮毛，而且他也过于理想化，所以最终还是把社会搞得一团糟。

华佗、刘伯温、王莽，这些实力超群的人物的出现其实是历史的偶然，穿越是不存在的。今天的人如果总是幻想着穿越，就有点儿过了。带着现代人的见识和智慧穿越到古代，自然可以成为神一般的存在。但归根结底，这是一种类似作弊的行为，有这心思，咱们脚踏实地做好眼前事，不是更好吗？

009 — 谋事 —

识人不明：
皇帝也能被饿死

越是在你得势时摇尾逢迎的，越可能是最后捅你刀子的那个。

话说咱中国人一说起谁日子过得好，就会说："你瞧瞧人家，日子过得跟皇帝一样。"

为什么都要跟皇帝比呢？因为中国经历了两千多年封建王朝的统治，老百姓形成了根深蒂固的认知：全天下，论享福，没人能比得过皇帝。所谓"家国天下"，整个国家就跟皇帝自己家一样，有点什么好东西都得往皇宫里送，得让皇帝先用。像"一骑红尘妃子笑，无人知是荔枝来"，说的就是南方产的荔枝，要"闪送"到长安来，给皇帝和他宠爱的妃子尝鲜。

但我今天要讲的故事，不是关于皇帝怎么骄奢淫逸、怎么摆阔的。今天给大家讲几个被饿死的君王的故事。说皇帝顺口，但说君王显得更加严谨，毕竟诸侯王和皇帝还是有区别。

第一位被饿死的君王，是春秋五霸之一：齐桓公。

是不是觉得很意外？很多人以为能被饿死的君主肯定都是软脚蟹，糯米团子一样任人揉搓，没什么能耐。

但是齐桓公厉害呀，"九合诸侯，一匡天下"，这么能干的狠角色，还能被活活饿死？

能。

饿死齐桓公的人叫易牙，是中国厨师的祖师爷之一。

有人可能想问，祖师爷怎么还能"之一"？您问得对，可能是易牙这人实在太坏，有的厨子觉得认他当祖师爷有亏德行，就认了号称"厨神"的商代人伊尹当祖师爷。不过易牙厨艺确实不错，据说中国历史上第一家私房菜馆就是易牙开的。

当年齐桓公有多喜欢易牙呢？

他想让易牙当相国！

一人之下，万人之上。易牙凭什么当这么大的官呢？就凭他会做饭。

春秋时期，饮食都非常简陋，无非是把肉、菜倒入鼎中，加水，架在火上弄熟。这玩意儿，想想也知道，不好吃。

而易牙做菜与众不同。他会创新，不管从调味还是烹饪上，都对自己有极高的要求。因此他总能做出别人想都想不到的菜，而且这些菜的味道都好极了。

齐桓公身边有这样一个会做菜的人，其实是件很实惠的事。一方面齐桓公自己满足了口腹之欲；另一方面，宴请各国诸侯时，厨子能做一桌好菜，作为主人的齐桓公脸上也很有光彩。

因此，齐桓公觉得管仲可以半月不见，但易牙却一日都不能不见。

管仲是谁啊？那可是齐国的相国，辅佐齐桓公称霸的灵魂人物。但在齐桓公心中，易牙的分量，居然比管仲都重。

易牙是个人精，他深知自己若能抓住齐桓公的胃，就也能抓住对方的心，于是他一门心思琢磨怎么在菜肴上出奇出新，好拿去讨齐桓公的欢心。毕竟得到了国君的宠信，升官发财都不是难事。

齐桓公九合诸侯的时候就特地让易牙做菜，后人称他在宴会上做的菜是"大官之馔，天人之供"。

后来，有一天齐桓公说："天上飞的、地上走的我都吃腻了，唯独不知道人肉是什么滋味。"

说者无心，听者有意。易牙回家后便把自己四岁的儿子给杀了，烹成肉汤，第二天就端到了齐桓公面前。

郭 论　*Guo Theory*

　　齐桓公一尝，觉得这味道以前没尝到过，于是就问易牙："你这是什么肉啊？"

　　易牙这时候戏精上身，泪眼蒙眬地说："国君待我如父母，听您说想尝尝人肉，我便把儿子杀了给您做成肉汤，以尽我对您的孝心。"

　　齐桓公一听，大为感动，说："易牙爱我，胜过爱他的儿子。"

　　齐桓公称赞易牙，管仲却不以为然，规劝齐桓公远离易牙这样的人。后来管仲得病，快要不行了。齐桓公就去问他："你要是死了，谁接替你的位置合适啊？"

　　管仲说："知臣莫如君。"

　　齐桓公就继续问管仲："你觉得易牙怎么样？"

　　管仲一听，差点直接气死。管仲就说："大王，所谓虎毒不食子，但凡是个人，都得疼爱自己的儿女。易牙为了得到高官厚禄，连亲儿子都杀，他对别人还有什么干不出来的呢？您呀，最好把他赶走。"

　　但管仲死后，齐桓公非但没把易牙赶走，反而更加亲近他。易牙就巧言令色地哄骗着齐桓公，同时拼命扩充自己的势力。不久，齐桓公病重。易牙觉得齐桓公已是要死的人了，而太子昭和他又不是一党，不如拥护比较听话的公子无亏当国君，这样新国君上位后，他还可以安享荣华富贵！于是他一面派人去接应公子无亏，一面将齐桓公锁在寝宫，不许人给他送食物和水，还断绝了齐桓公与外界的联系。

　　可怜老迈重病的齐桓公又饥又渴，饿得扑倒在地，一声哀叹："管仲，你还真是个圣人呀！"管仲看透了人心，知道在突破了人类正常感情的付出之下，必然有超过正常欲望的贪婪索求。这个道理是多么浅显明白，可是世人偏偏就不懂！

　　一代枭雄就此饿毙！

　　我们再说一位被饿死的君王——赵武灵王。对！就是历史上著名的推广"胡服骑射"的那位君王。

　　赵武灵王也是有名的一代雄主。有多厉害呢？战国时期有两个超级强国：秦国和楚国。尤其是秦国，国力强盛，每天不是在欺负人就是在去欺负人的路上。

谋事

赵国的实力本来只是个二流水平，但在赵武灵王的领导下，国力空前强盛，一度和秦国、楚国平起平坐。因为赵国和秦国接壤，赵武灵王还计划着要打秦国，并且亲自化装成使臣去秦国刺探军情。

就在赵国进入鼎盛时期之后，赵武灵王的脑子不知道出了什么问题，蹦出一个特别奇怪的念头——"我要让位"。

更奇怪的是，赵武灵王竟然封长子赵章为安阳君，而让自己的次子赵何在赵国主政，相当于剥夺了赵章成为君主的机会。赵武灵王的本意是让赵何在臣子们的辅佐下管理国内的政事和经济，这样他自己就可以腾出精力，以军事长官的身份一心一意地带兵对外征战。

关键问题是赵章本来是太子，直接把他废了也行，但废了他，又远远地给他封一块地，是个人心里就得琢磨琢磨："我爸这是怎么个意思？这太子是让我干啊，还是不让我干啊？"

三年时间过去了，赵武灵王东征西讨，南征北战，拓地千里，连虎狼之国秦国也被他玩弄于股掌之上，征服其他那些国家更不在话下。这时，赵武灵王起了统一天下的野心，但国政已经被牢牢掌握在了赵何手里。

古代讲究"师出有名"，令从王出才是正道。正当壮年的赵武灵王开始后悔了，他开始琢磨怎么把国政从赵何手里拿回来。而与此同时，安阳君赵章也不甘心蜗居在北边的代郡，他想夺回本属于自己的权力，正在伺机造反。

赵武灵王是什么人？老家贼[①]啊！他一眼就看出大儿子想从小儿子手中夺权，但他错就错在，非但没想着怎么弥合两个儿子的矛盾，还想利用两个儿子相互争斗的机会复位。

抱着这么一个糊涂的想法，赵武灵王开始出损招了。他提议，把赵国一分为

---

① 麻雀，此处意为赵武灵王深谙世故。

二，让大儿子赵章在代郡称王。这一提议立刻遭到了赵国重臣肥义的反对：哪有这样的？自己分裂自己的国家？

觉察到赵武灵王想要复辟的野心后，肥义立刻把这件事告诉了赵何。赵何一听，赶紧准备起来，并把兵符交给手下的大臣，让他们时刻准备调兵勤王。

赵章看到弟弟赵何严防死守，一时也不好下手。赵武灵王就以选看墓地为名，让赵章与赵何一起陪他去沙丘。这理由正大光明，赵何明知道可能有诈，却也没有别的办法，只得在肥义的陪同下去陪父亲选墓地。

到沙丘后，赵何住在一处宫室里，赵武灵王和赵章住在另一处宫室里。当天晚上，赵章借用赵武灵王的令符，请赵何到自己宫中议事。肥义一看就知道有猫腻，就跟赵何说："我替你去，你加强防卫。要是我没回来，那就是他们发动政变了，你赶紧找人来平叛。"

肥义到了赵章的宫室后，果然觉得气氛不对，也没有见到赵武灵王。赵章一看，来的只有肥义，就知道以太上王赵武灵王的名义都调不动赵何，赵何肯定已经有所准备。赵章一不做二不休，直接把肥义杀了，又派人去召赵何。他决定，如果赵何还不来，就立即派武士去刺杀他。

赵章哪里想到，肥义来之前就已经跟赵何约好了。

另一边赵何一看，肥义没回来，使者又跑来传召自己，知道大事不好。于是他果断地斩了使者，率军包围了赵武灵王和赵章住的宫室。两边人马发生激战，本来赵章和赵何带的人都不多，双方刚打起来的时候还算得上势均力敌，但赵何听了肥义的话，一早就安排了援军。等不多时，大军赶到，砍瓜切菜一般，将赵章的人马全部杀死。

这些赶来勤王的援军部队也挺为难的：照理说，赵章这是谋逆，杀他没商量，但沙丘行宫里还有赵武灵王呢。这要是一并杀了，改天赵何肯定得找替罪羊，这杀兄弑父的罪名他绝不会认。这会儿手起刀落把赵武灵王砍死，到那时候，还不是叫天天不应、叫地地不灵？这些勤王的将军也不傻，进去把赵章和他的手下都给杀了，把赵武灵王带的人都赶跑，就是不让赵武灵王走出宫殿。

谋事

援军部队里三层外三层地把赵武灵王的宫殿围住,也不给里面的人送吃送喝,就等赵何的指示。

赵何也挺阴毒的,明知道自己的父亲被围在宫殿里,他硬是装傻,假装自己什么也不知道,对父亲不闻不问。

这赵武灵王被围困在内宫,宫中没有存粮,日常准备的一些瓜果点心没过几天就被他吃光了。赵武灵王也是顽强,没吃的,他就捉那些刚出生的雏鸟生吃。但这也不是长久之计,眼看能吃的东西越来越少,他的身体也越来越弱,熬了三个月之后,英明一世的赵武灵王终于被活活饿死了。

人刚死,他那极富心机的儿子赵何一听说,立刻号啕大哭:"我的爸爸呀……你怎么就饿死了啊!"然后命令厚葬先王,全国举哀。

中国历史上被饿死的君王,其实不止齐桓公和赵武灵王两个,据说还有夏桀、楚灵王、齐王田建、梁武帝……有的因为昏庸,有的因为优柔寡断,有的因为刚愎自用……但这些被饿死的君王,无一例外,全是狠角色。

有人说,都被饿死了,有什么狠的。但大家有没有想过?如果不是狠角色,敌人逮着他,直接杀了就行了,还用得着饿死他?

为什么非要饿死他们,其实就是抓住这个君王,既不敢杀,也不敢放,才用饿死这个办法。

古往今来,这些被饿死的君主还有个最大的共同点,那就是识人不明。

所谓人心隔肚皮,知人知面不知心。越是在你得势时摇尾逢迎的,越可能是最后捅你刀子的那个。所以,永远别把自己的命运托付到别人手上,这才是"王道"[1]。

---

[1] 网络词语,此处意为"正确的做法"。

010 谋事

我命由我不由天……
捧出个人当皇帝

郭 论 *Guo Theory*

甭管事情多难，趁着年轻，有枣没枣打三竿，您先试试。

中国有句古话：世上无难事，只怕有心人。

这句话其实是中国人性格的一种体现。洪水滔天，我们就等着来个挪亚方舟？咱们中国人不信那个。中华民族自古就非常积极、乐观，相信人定胜天。精卫还有填海的志气呢！洪水来了，我们有大禹能治水！一句话：我命由我不由天！甭管多难的事，我们都有勇气去干，只要肯干，那就肯定能成。

有朋友就得问了："古往今来，最难的事是什么？"

我觉得，是捧个人，让他当皇帝。

可能我这么一说，会有人觉得我说得不对。这……不难吧？董卓、曹操不都干过吗？

我说的不是他们那种捧。曹操挟天子以令诸侯，那是因为他是权臣，整个朝廷都是他的，他想让谁当皇帝，谁就能当。皇帝不听话了，他随时可以换一个。这种事在中国历史上不少见。

我说的比这难多了。怎么难呢？第一，被捧的人本来是没资格当皇帝的；第二，捧这人的人也不是权臣。您想想，这得有多难？可这么难的事，还真就有人给办成了，而且还不止一个。

谋 事

第一个通过这么艰难的途径上位的皇帝是谁呢？

刘彻。

没想到吧？秦皇汉武，这都是中国历史上四百多个皇帝里的顶尖人物，谁能想到汉武帝刘彻竟然是经过幕后运作才当上皇帝的。惊不惊喜？意不意外？

汉武帝刘彻在汉景帝刘启的十四个儿子里排行老十。在那个时代，皇位继承的原则是传嫡传长。有嫡子传给嫡子，没嫡子就传给长子。刘彻排行老十，上头的哥哥快赶上一个足球队了，按理说是怎么排也排不上他。但他有个了不起的妈妈，经过他妈妈的一番运作，这个看上去名不正言不顺的刘彻，最后得登大宝。

刘彻的妈妈是谁呢？是景帝的一个妃子，王美人，本名王娡。王娡还有个手腕了得的妈妈，名叫臧儿。史书记载，臧儿有一天找了一位算命先生给女儿算命。这位算命先生卜了一卦之后，立刻给臧儿跪下说："您的女儿贵不可言，是皇后命。"

这要换成别人，能用擀面杖把这算命先生打死。怎么说呢？因为这时候的王娡已经和一个叫金王孙的人结婚了。要是按照算命先生的话说，难不成这金王孙还能当皇帝？

臧儿可不是一般人，她对这算命先生的话深信不疑，觉得女儿肯定能当皇后，但女婿金王孙这辈子肯定没什么大出息。于是丈母娘臧儿就一通搅和，逼着金王孙和女儿王娡离婚。

金王孙肯定不答应啊，臧儿也不管，硬是托关系把女儿送进太子府，让王娡给当时的太子刘启做妾去了。

刘启就是后来的景帝。他即位之后其实很危险。这话怎么说呢？汉朝推行的是分封制，各地有很多藩王，都是刘邦的嫡系子孙。刘邦死后，吕后干政，一通折腾，继承皇位这事就变得很乱，结果就是各地藩王都觉得自己有机会当皇帝。再加上当时的藩王权力极大，个个都憋着要造反当皇帝。所以景帝上位之后，为了巩固政权，就开始削藩。但藩王们不干啊，于是有了"七王之乱"，就是各地藩王团结起来对抗中央，当然，最终都被汉景帝刘启给摆平了。

郭 论 Guo Theory

刚摆平七王，汉景帝的宰相就跟皇帝说："您得赶紧立储。"为什么呢？宰相跟皇帝打了个比方：这城外有野兔，所有人都会去追、去抓，但在市集上卖野兔的却没有人抢，为什么？因为城外的是无主的野兔，谁抓着归谁，而在市场上的野兔，它的归属已经确定了，所以就没有人会去抢。

宰相的意思就是，太子这个位置，如果不赶紧定下来，那所有皇子都会觉得自己有机会，"七王之乱"就会再度上演。如果立了太子，别的皇子知道自己没机会做皇帝了，天下也就太平了。

汉景帝一听，觉得有道理，于是立储。

按当时的规矩，立嫡立长，但是皇后没有孩子。景帝没有嫡子，就立了长子刘荣为太子。

太子刘荣的妈妈是栗姬，母凭子贵，栗姬就有点目中无人。这也正常，儿子早晚当皇帝，当妈的要是一点儿不嘚瑟，那才不正常。但是栗姬嘚瑟得有点儿过分了，谁都不放在眼里。

馆陶公主刘嫖，也就是景帝的姐姐，汉文帝的长女，也是一个野心极大的人。为了自己的家族长盛不衰，馆陶公主就想联姻——她要把自己的女儿陈阿娇嫁给太子刘荣。

没想到，太子的妈妈栗姬竟然拒绝了这门亲事，这可把馆陶公主给得罪了。冷眼旁观的王娡一看，赶紧过去跟馆陶公主谈，说愿意让自己的儿子刘彻娶阿娇。

这就是成语"金屋藏娇"的典故了！馆陶公主问小皇子刘彻："你长大以后，我把阿娇嫁给你做媳妇好不好啊？"

刘彻回答说："若得阿娇作妇，当作金屋贮之。"意思是："姑姑你要是把阿娇许配给我，我就建一座金屋，让阿娇住进去！"

小小年纪就说出这话，刘彻把他这姑姑哄得直乐。当然馆陶公主也是心里有数，一看太子那边没戏了，得给女儿找个备胎啊，王娡主动来谈儿女的婚事，两人一拍即合。

剩下的问题就是怎么干掉现在的太子，让刘彻当上太子了。

谋事

这馆陶公主可不是省油的灯，她没事就跟汉景帝说栗姬的坏话。这人啊，甭管是谁，都容易被舆论影响。不管他多信任一个人，都架不住有人天天在他耳边说这人的坏话。而且这馆陶公主是刘启的亲姐姐，姐弟俩感情不一般。

馆陶公主先让景帝对栗姬的信任产生了动摇，然后又找了个大臣，撺掇他去替栗姬要皇后的名分。此举一下就把景帝激怒了，不仅废了栗姬，还废了太子刘荣。

在馆陶公主的力保之下，刘彻被立为太子，王娡被封为皇后。

您看看这事闹的。所以说人要有信念，哪怕是算命先生胡诌的一句，有人当真了，上心去办，没准儿还真就成了。

可能有人觉得，这就是一场宫斗。刘彻排行老十，虽然即位的机会渺茫，但有馆陶公主这样的实权派帮忙。那我再说一个例子：秦始皇。他上位，那是真难。

现在咱们想做点儿事，有时候还得拼爹呢，古时候当皇帝，就更得拼爹了。

说通俗点儿，要是没一个当皇帝的爹，除了造反，没可能当皇帝。

所以，秦始皇能当上皇帝，得从他爹说起。

秦始皇名叫嬴政，他爹叫嬴异人，是秦昭襄王的孙子、太子安国君的儿子。安国君有二十多个儿子，异人地位不高，母亲也不得宠，所以被送到赵国当人质。

那时候秦国没事就来欺负赵国一下，天天不干别的，就三件事：吃饭、睡觉、打赵国。每次赵国都打输，回来就拿秦国放这儿的人质嬴异人出气。杀倒也不敢，杀质子，那秦国更有借口灭了赵国了。但赵国人不给异人好脸色，不给他好待遇，那还是手拿把攥。所以嬴异人在赵国过得是相当不如意，穷困潦倒。

有一天，嬴异人遇到一个人，这人名叫吕不韦，是当时的赵国首富。

吕不韦有的是钱，但他的野心让他不安于只做个首富。遇到嬴异人后，吕不韦觉得机会来了。

他跟别人说："我想把嬴异人捧成秦王，你们觉得怎么样？"

别人一听："你可别逗了。就他这质子？没戏！他爹二十多个儿子呢，身边那些儿子为了王位已经争得你死我活了,你想让一个沦落到赵国的质子去和他们竞争?想什么呢?趁早死了这条心吧!"

吕不韦能当首富,自然有他独到的地方。他就问对方:"耕田之利几倍?"

别人回答:"十倍。"

吕不韦又问:"贩卖珠玉能赢利几倍?"

别人回答:"百倍。"

吕不韦再问:"拥立一个国家的君主,赢利几倍?"

别人回答:"无数倍。"

吕不韦就说了:"如今努力耕作,一年下来也不得温饱;但如果我能够拥立一个国君,所获之利就可以传之后世。一句话,做什么买卖能比开个朝廷赚钱?"

于是吕不韦开始在嬴异人身上投资。

他先找嬴异人,说:"我捧你吧!"

嬴异人听完,自己都乐了:"我都没在秦国,你说要捧我当秦王,骗鬼呢?"

吕不韦就跟他分析:"兄弟二十多人里,你排行在中间,又不受秦王待见,而且长期留在赵国当人质。即使秦王死去,安国君继位为王,也轮不到你当太子。"

嬴异人心说:"知道你还来?故意气我的吧?"

但吕不韦接着说:"我听说,最受安国君宠爱的华阳夫人没有子嗣,而且爱钱财,可以送她千金,让她替你说话,这样安国君就会立你当太子了。"

嬴异人听完,差点没气背过去:"千金?我要是有千金,我不给自己找个好点儿的地儿住,吃点儿好吃的,我至于过得这么惨?"

吕不韦说:"我知道你没有,我有。"

他是首富嘛,千金对他来说,那还不就是毛毛雨?

嬴异人一听,觉得有戏,就说:"果真能够如此,我愿与你共享秦国。"

这买卖立刻就谈大了。

吕不韦说:"行了,剩下的事我去办,你就等着我的好消息吧。"

临走前,他还给嬴异人留下五百两金子,叮嘱异人:"你用这些钱去结交一些高雅人士，在赵国树立你贤达的声名。"说白了，就是让嬴异人炒作人设——他得让所有人知道他"贤"。

这其实特别重要，您看历史上评价君王，"贤"基本是最高的评价了。

安排完嬴异人，吕不韦就带着各种金银珠宝启程去秦国。通过各种关系，他还真见着华阳夫人了。

对吕不韦来说，搞定华阳夫人其实很容易，为什么呢？

第一，华阳夫人贪财，正匹配吕不韦有钱的优势。

第二，吕不韦把华阳夫人没子嗣的痛点抓得死死的。他劝服华阳夫人的理由其实很简单：想办法让嬴异人当太子，对她自己也有好处。

这华阳夫人又不傻，一听就明白吕不韦的意思。而嬴异人也很给力，拿着吕不韦给的钱，把自己的人设炒作得很成功。华阳夫人向安国君提出让嬴异人当太子后，安国君专门派人去赵国打听嬴异人的名声如何，结果派出去的人回来跟他说："此人甚贤。"

嬴异人就这样水到渠成地成了太子。

至此，吕不韦的计划基本上实现了。但吕不韦还是有点儿不放心，他又开始了第二个捧皇帝的计划。他先在邯郸找了一个美女，然后让她跟已经做了太子的嬴异人偶遇，最后把她送给嬴异人当老婆。

据说送过去的时候，这女子已经怀孕了。和嬴异人结婚后，女子生下了一个儿子，取名嬴政，就是后来的秦始皇。

所以，对秦始皇的身世，历史上有很多猜测，我们今天就不在这儿较真儿了。

嬴异人继位后，史称秦庄襄王。他尊奉华阳夫人为太后，同时任命吕不韦为相国。不久，吕不韦带兵灭了东周，秦庄襄王又将河南洛阳、蓝田两地封给他作为食邑。几年后，秦庄襄王去世，太子嬴政即位，其生母成了太后。当时嬴政只有十三岁，所以朝廷大政都由吕不韦掌管。吕不韦被嬴政尊称为"仲父"，可谓权倾朝野，不可一世。

当然，最后吕不韦还是被秦始皇给逼死了。但是不得不承认，这吕不韦确实有经天纬地之才，您就想想他这一通操作，别说真去干了，我们听一遍都觉得脑仁儿疼，可他愣能想出来，还敢想敢干，最后还真的干成了，不得不给他一个大写的"服"字。

最后再说一位靠运作当上皇帝的，就是汉宣帝刘询。

怎么又是汉朝？

因为汉朝从刘邦死后，政权基本就只有两种状态，要么是外戚专权，要么是宦官专权。一般来说，外戚专权的时候，皇帝要扳倒这帮外戚，唯一能指望的人就是身边的太监；反过来，当宦官专权的时候，皇帝要扳倒他们，唯一能借助的力量也只能是皇后的娘家人。

这刘询上位是谁保的呢？大权臣霍光，也就是汉代大将霍去病的弟弟。他就是代表外戚霍家的。因为他是权臣，所以定皇帝这事必须他点头才行。但是真正把刘询推到霍光面前的，是一个叫丙吉的人。

这丙吉是啥人呢？他是当时朝廷的廷尉监。廷尉主掌天下刑狱，廷尉监算是廷尉手下地位比较高的官了，但在汉朝，也就是个听吆喝、看脸色的差事。而且，他要想把刘询推到皇帝的位置，面对的困难比上文中那两位还要多得多。

为什么这么说呢？丙吉要捧的刘询虽然是汉武帝的曾孙子，但已经下狱坐牢了。您就想想，要把一个坐牢的曾皇孙捧上帝位有多难。

刘询因为什么事坐牢呢？他纯粹就是倒霉。他其实什么都没干，他爷爷戾太子刘据陷于巫蛊之祸，家中大部分人都杀了，连刚出生没断奶的孩子都要跟着下狱。刘询就这样被关起来了。当时他还不叫刘询，家人给他取的名字是刘病已。

丙吉是专门负责办理太子刘据巫蛊案的官员。见着这个没断奶的孩子也被收押在大狱里，心生同情——这可是太子的孙子，当今皇帝的曾孙啊。于是丙吉偷偷安排了两个女囚给孩子喂奶，把这个孩子养大。

说丙吉是人好也行，说他有城府、深谋远虑也行。反正丙吉成功地把这个孩

谋事

子养大了。

世上没有不透风的墙,这事就被太子当年的政敌知道了。他们有些担心,斩草不除根,春风吹又生,觉得不如想办法把小孩弄死。但他们也不能跟汉武帝说:"你曾孙子还在监狱呢,你得弄死他。"

这群人就找借口,说监狱里有天子之气。

汉武帝一听很害怕,下令将长安所有监狱里的所有囚犯尽数诛杀。

丙吉也是胆子大——接到命令后,他竟然拒不执行。这可是在古代,抗旨不遵是大罪。但丙吉也豁出去了,就是不杀刘病已。还跟人说,这刘病已可是皇上的曾孙子啊。

汉武帝已经对当年杀太子的事后悔了。风烛残年,听说还有个嫡系的曾孙没死,汉武帝挺高兴,大赦天下,刘病已就被放了。没多久,汉武帝就去世了。刘病已算是过了人生第一个大坎儿,起码顺顺当当地活下来了。

丙吉并没有上赶着去运作刘病已当皇帝的事,刘病已先去了外家①,后来又去了掖庭。刘病已也就跟其他皇子皇孙一样,读书学习,娶妻生子,一副与世无争的样子。

但天有不测风云,汉武帝之后继位的汉昭帝,年纪轻轻就过世了。

刘病已的机会是不是来了?

丙吉是真沉得住气,他知道自己说什么都没用,上头有霍光呢。枪打出头鸟,还是先闷着吧。

大将军霍光自己立了一个皇帝,昌邑王刘贺,史称汉废帝。前两年被发掘出来的海昏侯墓里埋葬的就是这位汉废帝。

堂堂一个皇帝,死后的封号怎么变成海昏侯了呢?就是因为这哥们儿当了皇帝有点儿兴奋过头,天天发圣旨,什么事都胡说两句。他还是皇帝,他说的话,文武百官不能不听。霍光哪儿受得了这个?刚当了二十七天皇帝,霍光就把他给

---

① 此处指母亲的娘家。

废了，刘贺从哪儿来的还回哪儿去。

废掉刘贺后，霍光一看，麻烦了，国家没皇帝了。

国不可一日无君，没皇帝怎么办？霍光也没主意了。他手上也不是没有别的人选，但您想，连刘贺那种货色都被拎出来试了些天，剩下那几个什么样就更别提了。

这时丙吉站出来了，说："刘病已品行端正，很有才干，可以继任。"

霍光一调查，果然不错，于是就立刘病已为皇帝，也就是后来的汉宣帝。

汉宣帝对汉朝的贡献非常大，不亚于汉武帝。汉武帝征战四方，是个了不起的军事家。而汉宣帝治下，政通人和，国富民强，他是个非常了不起的政治家。

霍光虽然是权臣，可他并不是奸臣。此人能干、廉洁，还忠诚。他和汉宣帝配合得非常默契，称得上是君臣之中的楷模。

最后说说丙吉，这人特别了不起。我们称赞他，不只是因为他慧眼识珠，从一堆犯人里把刘病已挑出来，还将其培养、辅佐成一代明君。最关键的是，丙吉从未去刘病已面前邀过功。他都是默默地做自己认为该做的事，汉宣帝当了很多年皇帝都不知道丙吉对自己这一生起到了多大的作用。多年以后才有人把丙吉做的事告诉他，汉宣帝甚为感动，封丙吉做了宰相，这也算一段佳话吧。

说这几个故事，我想说一个什么道理呢？就是不要在做事前总想着这事有多难，成功的希望有多渺茫，先想想自己干没干实事。干了，就有百分之五十的概率成功。做任何事，直接就地卧倒是铁定不成的。所以，甭管事情多难，趁着年轻，有枣没枣打三竿，您先试试。

万一就成了呢？

011 谋事

贼有意思：盗贼、飞贼、采花贼

郭 论 *Guo Theory*

宋国逍遥汉，四海尽留名。曾上太平鼎，到处有名声。

您要是常听相声、评书就知道，相声、评书里都没少提贼的故事。

哪段儿相声有贼啊？《贼说话》就有。说有人家里刚买一缸米，到晚上，贼来了，什么工具都没拿，怎么弄走啊？抱着缸上房抱不动啊。贼一琢磨，把棉袄脱下来往地上一铺，把米倒这棉袄上，一兜就抱走了。

评书里说的贼就更多了。《三侠五义》就特别典型。这书本来就是侠义小说，写这么多侠客，不写贼，那这么多侠客逮谁去？所以书里写了一些著名的反派，比如花蝴蝶花冲，不但是飞贼，而且是采花贼。

其他书里也写了好多贼，《水浒传》里的鼓上蚤时迁、《三盗九龙杯》里的杨香武、盗御马的窦尔敦……各式各样的贼，数不胜数。《聊斋志异》里有一篇《保住》。这个"保住"是人名，这人是干什么的呢？他是吴三桂手下的一个亲兵。原文说这位保住"健捷如猱"，像猴一样灵活，飞檐走壁，如履平地。

吴三桂，大家都知道，历史上有名的人物。《聊斋》里说，吴三桂有一位爱妾，这位爱妾有一把琵琶，是一件罕有的宝物。有一天吴三桂和人喝酒，客人就说："您把那琵琶拿出来，让我们开开眼呗？"吴三桂说："琵琶在我那小妾那儿呢，我这小妾对这琵琶爱如珍宝，我不亲自跟她要，她肯定不答应拿出来。可是

谋事

我这会儿刚喝了酒,懒得动,回头再说吧!"

保住就跳出来说:"我能在您不下手谕的情况下把琵琶取走。"

那意思就是,别看家中那么大府邸,防守那么严密,他保住照样手到擒来,说偷就偷。

吴三桂知道这小子有点儿能耐,就命令手下在府邸内外严加看守,想看看这保住究竟怎么偷。

保住怎么偷琵琶呢?先是连翻十几道高墙,对他来说,这就和走平地一样。等到了这爱姬楼下,保住看廊檐下面挂着一架鹦鹉,就用起口技。他先学猫叫,又学猫怎么扑鹦鹉、鹦鹉怎么挣扎,听着就和真的一样。

楼上的人坐不住了,吴三桂这位爱姬叫丫鬟:"快去快去,猫扑鹦鹉呢!"

丫鬟一出门,保住一闪身就钻进了绣楼。进去一看,这位爱姬面前的几案上放着琵琶。保住抱起琵琶,就往外跑。

这小妾立刻喊:"来人哪,有强盗!"

前文说了,吴三桂嘱咐过,要严加防备。一听主人的爱姬喊叫,护院的保镖全来了。保住抱着琵琶,噌噌两下就上了树。后面的追兵急忙放箭,可是保住的动作太快,一箭也没射中。大家就眼睁睁看着保住像鸟一样从这棵树飞到那棵树,一眨眼的工夫,就没影儿了。

从贼的分类来说,保住应该被划分到飞贼那一类里去。飞贼往往本事比较大,一般轻功都不错。有一个著名的飞贼,我一说,您肯定知道。这几年还有一些电影、电视剧把这个飞贼当作主人公。这人是谁呢?

燕子李三。

历史上,有过好几个燕子李三。离咱们年代最近的,是20世纪30年代冒出来的一个燕子李三。这人真名叫李圣武,冒的是"老燕子李三"的名。这哥们儿其实根本就不是偷,他是明抢,抢商行、抢洋装店、抢绸缎庄,那真是"一点儿技术含量都没有"。

人家被抢的商户不能答应啊,都到警察局报案去了。那个年月,衙门黑暗。李圣武只要让人逮着就立刻求饶,和警察说:"我抢的这些东西,也不是我的,也不是货主的,全算成您的!怎么样?放我一马吧?"就这么着,连贿赂带撞大运,李圣武一直逍遥法外。直到1949年才被逮住,在济南被枪毙了。

真正名气大的是河北人燕子李三,就是所谓的"老燕子李三"。

有人说他是涿州人,有人说是沧州献县人。甭管是哪儿的人吧,都说这位燕子李三身负绝技。老百姓瞎传,说这位出身少林寺,会缩骨法。什么是缩骨法呢?就是说他能把自己身上的关节卸下来。这样一来,身子就能缩得特别窄。比如有个特别小的洞,别人过不去,这位就能钻过去。过去了以后,再把这些关节装上。

据说李三会缩骨,所以别人逮不住他。每次一抓住他,他就三摆弄两摆弄把锁铐、脚镣卸下来,然后就跑了。最后官府把李三抓住,直接把大筋给挑了。这下,燕子李三跑不了了。传说中,练武的人只要一被挑断大筋就完了,武功就废了。要是有人大筋都被挑了还能跑,那估计就得穿他的琵琶骨了,这指不定是什么变的呢。

那么,缩骨法是不是真的存在呢?过去天桥儿倒是有练这个的,不过那是假的。真实历史上的老燕子李三,名叫李景华。最后官府逮着他的时候,他还请了一位辩护律师,叫蔡礼,负责在法庭上给他辩护。

从蔡礼的证词来看,李三确实会点儿功夫。会什么呢?首先是"蝎子倒爬城"——头朝下,壁虎似的贴在墙上往上爬。

据蔡礼说,他亲眼看见李三在白塔寺大殿的墙上玩儿过这个。

还会什么呢?蔡礼说,李三脚后跟那块骨头天生畸形,跟别人不一样,他身上这块骨头能缩回去。就这样,以讹传讹,民间就传李三会缩骨法了。

此外,当时盛传李三会"燕子三抄水",就像评书里说的:"落地倒是连点声息也无。"根据蔡礼的辩护词来看,李三落地为什么没有声响呢?是因为每回蹿房越脊,他都穿着五六双布底儿的袜子,不穿鞋。所以他上房、翻墙,都悄无声息。

仗着自己会的这点儿把式,民国十四五年时,这李景华就把洛阳警备司令的家给偷了。但是这人之所以名气大,是因为他不贪财,钱来得容易,他偷了就给穷人分。所以到现在,一提起燕子李三,大家还会赞美他,说他是"侠盗"。有人眼里他是飞贼,也有人眼里他是大侠、好汉,那就看谁说了。

这些飞贼,本事大,会轻功。

有的贼没这么大的本事,但是工于心计。您看《三言二拍》这几本书里,就没少写各种贼的故事。其中有一个著名的贼,就是《喻世明言》里的宋四公。

这一回书,名字叫《宋四公大闹禁魂张》。"禁魂张"是什么意思?这位员外姓张,禁魂就是"大吝啬鬼"的意思。原文里,这人吝啬到什么程度呢,那真是,捡不着东西就算丢!这位禁魂张走在大路上,只要捡到一文钱,就对着钱叫"我的儿",还要亲个嘴儿才放进兜里。

而宋四公,是个有名的贼。宋四公一看,这张员外不是抠儿吗?不是吝啬吗?行,偷的就是他!

一天半夜,宋四公就来到禁魂张的府邸,杀人越货,偷了禁魂张他们家五万贯,"都是上等金珠"。作完了案,还不算完,还留下一首藏头诗:"宋国逍遥汉,四海尽留名。曾上太平鼎,到处有名声。"

四句诗的首字一连,就是"宋四曾到"。留完名,宋四逃到郑州去了。

郭 论 Guo Theory

这个案子就被开封府接管了。开封府,这得算个知名衙门了。府里的官差也不是吃素的,就去郑州抓人。他们打听到宋四公住什么地方,就来办案了。到家门口一看,是一个小茶坊,前头是茶坊,后头住人。这几个官差就进去喝茶。

官差们刚一坐下,就过来一老头:"几位用点儿什么啊?"

几个官差就说:"把宋四公叫出来,让他乖乖跟我们走。"

老头说:"宋四公病了,正在床上躺着呢,我进去告诉他一声。"

老头一进去,官差们就听见宋四公在里面嚷嚷:"我这儿头风病犯了,让你出去买三文钱的粥来,你就是不去。我花这么多钱养你,要你有什么用!"紧接着,就听见里面"啪啪"地抽这老头。没过一会儿,老头揉着脸出来了:"你们再等等,听见了吧?宋四公让我买粥去,吃了便来。"

那就等着吧。这几位官差在门口等着,左等不来,右等也不来。宋四公不出来,买粥的也不回来。大伙儿一想,咱们等他干吗呀,直接进去看看不就完了吗?

进去一看,刚才出去的那个老头,被人拿绳捆在屋里了。

老头说:"我是刚才在外面当服务员的那老头,你们看见的出去买粥的那个,他才是宋四公。"

您听明白没有?易容术!宋四公能模仿这老头的声音,就说那几句话的工夫,宋四公愣是易容成这个老头,就在官差眼皮子底下跑了!

《三言二拍》里,这种故事有很多。《二刻拍案惊奇》里也有神偷的故事。第三十九卷里写了一个贼,叫"我来也"——好像那会儿的贼光偷还不过瘾,非得留点儿字,炫耀炫耀。

这位每次作案,必定在墙上留三个字:"我来也"。

有贼就得抓呀!很快,官差就抓来一个人,说这人就是"我来也"。

这人说:"我不是!他们抓错了。"

谋事

府尹哪儿知道是不是啊,得,先关起来再说吧!

这人一进大牢,就开始跟狱卒套近乎:"大哥,岳庙里神座破砖下有一包银子,你去挖出来,就归你了。"

狱卒下了班儿,找到他说的那个地儿,一挖,果然得了一包银子。

第二天,他又跟狱卒说:"大哥,某处桥垛之下还有银子,你去挖吧。"

就这样,这狱卒挖得许多银子。有一天,这人跟狱卒说:"我想回家看看,你放我出去吧。你想,我能有什么罪啊?府尹大人不过是误认了,也没说我就准是那个'我来也',连判都还没判呢。我这样的,就是走丢了,也没你的大罪过。"

狱卒一想,拿他那么多钱,他想回家看看,不帮不合适。再说,他说得也对,就算他不回来,到时候也有办法抵赖。

得,放他出去一天吧。

这位一出牢门,根本不走大门,顺着房檐上房就跑了。

当天晚上,这狱卒家里从天花板上噼里啪啦往下掉东西。狱卒的媳妇打开一看,全是金银珠宝。狱卒一看,就明白了。

果不其然,第二天一大早,这位从外面又回牢里坐着了。府衙刚一上班,就来了好几拨人,都是报案的:"我们家让人偷啦,墙上还留着字:我来也!"

府尹一听,啊?又有失窃的?那牢里关着的那个肯定不是"我来也"啦!

他就把牢里这位放了。

其实呢?您肯定明白了吧,牢里这位,正是"我来也"。

"我来也"这个故事,只是个引子。《二刻拍案惊奇》这一卷,主要写的还不是"我来也"。这卷真正的主角是一个著名的怪盗,叫"一枝梅"。他的故事也挺有意思，还有一部港片，就是以他的故事为基础拍的。别看一枝梅的故事字数多，其实没有"我来也"的故事精彩。所以我在这里就不细说了，大家感兴趣的话，可以找来原书自己看看。

还有一种贼，也经常能听到。什么贼呢？采花贼。

比如咱们刚才说的《三侠五义》里的花蝴蝶，就是采花贼。真正的采花贼不见得会什么武功，就是心眼多、坏，但是要说坏，书里这些采花贼可排不上号。

明朝成化年间，有一个著名的采花贼，这人名叫"桑冲"。他本姓李，是个山西人，从小就爱去风月场所消费。有一回，他听一个同道中人说，大同府有一个人，叫谷才。这谷才会易容术，善于男扮女装。十几年了，他骗奸骗财，从未失手。

桑冲一听，也想和谷才一样去干这类伤风败俗的事，就到大同府找谷才去了。

谷才一看桑冲，这身量、个头、体型，行！有潜力！是干这个的！于是对他进行了"重点培养"。他先把桑冲的胡子、汗毛都刮掉，眉毛修淡、修细，然后还给他裹小脚，穿女人的衣服，搽脂抹粉，描眉打鬓。另外，谷才又教他学女人的动作、仪态、声音。

总之，桑冲"毕业"的时候，已经比女的还像女的了。

已经顺利"出师"啦，怎么"采花"呢？明朝有人专门写了本书，记录了桑冲"采花"的全过程。那时的大家闺秀都在家里待着，大门不出、二门不迈，每天在家做点女红打发时间。所以常有大户人家从外面找来一些妇女，教太太小姐们针线活儿。

桑冲为了"采花"，练了一手漂亮的针线活儿。不管谁家招人，桑冲都踊跃报名。大家都以为他是女的，桑冲就大摇大摆地进了小姐们的闺阁绣楼里。接下来，那就不说啦，该发生什么就发生什么。

要暂时没有这方面的招聘启事,怎么办呢?桑冲也有办法,他装可怜,上人家门口乞求:"让我干点儿什么吧,我卖身葬全家!"

这家人只要一让他进去,那就算完了。

要是小姐不从怎么办呢?这位还有迷药,用迷药将小姐迷倒,再祸害人家。

那么,桑冲这么干,就没人报案吗?

还真没人报案。桑冲就这样祸害良家妇女长达十年,一共祸害了一百八十二个人,一次都没失手。因为在那个年代,饿死事小,失节事大。大部分受害者都不敢声张,打掉了牙往肚子里咽。桑冲这个色狼就这样横行了十年。

最后是怎么把他抓住的呢?

有一回,桑冲照方抓药,又跑到真定府晋州聂村作案。这村里有个生员,名叫高宣。桑冲跑到高宣家里,本来是为了祸害高家的女眷,结果没想到,半夜三更,主人高宣的女婿摸进桑冲屋里来了。

干吗呀?

看上桑冲了!

"哎呀小娘子,你就从了我吧。"这女婿不由分说,上来就扑,上下一顿乱摸,这么一摸,发现这个"小娘子"其实是男的!桑冲就这么着落网了。

这个案子往地方官那儿一送,马上就引起了轰动。因为桑冲实在是罪大恶极,各级官员都觉得案情重大,一级级往上报,最后就一直报到了成化皇帝那儿。

皇帝的御批很快就下来了:"这厮情犯丑恶,有伤风化,便凌迟了,不必覆奏。"

就这样,桑冲被刽子手一刀一刀地剐了。

啰啰唆唆又说这么多，是要干什么呢？我的目的很简单，就是提醒您注意安全。

贼啊，不见得比咱们聪明，但绝对比咱们坏，不然他能叫"贼"吗？对这些坏人，咱们还是要时刻保持警惕！

012 谋事

「坑」队友：不成功的原因未必是你

郭 论 *Guo Theory*

  运气差点儿的，可能就死无葬身之地了。

  这世界上，普通人居多，成功者终究是少数人。

  有的人心态好，能接受"自己就是个普通人"的现实；有的人不行，活得特别励志，看别人成功了，再看看自己还是一事无成，马上就急了，拼命从自己身上找原因："是我这里没做好吗？还是我那里没做好？"说实在的，成功这种事涉及的环节和方方面面的因素实在太多。有句古话叫"谋事在人，成事在天"，讲的就是这个意思：有的时候不是光靠自己努力就行，还得天时地利人和都凑到点儿上了，才能成功。

  吾日三省吾身，有问题从自己身上找原因，这是美德。但有的时候，您也要抽空看看身边的队友，不成功的原因未必是您自己，也可能是因为队友是个坑。

  今儿我要讲的，就是历史上这种"坑人"的队友。

  "队友坑人"这种事可以分成几个类型。我先说第一类：互相坑。

  南宋开禧二年，也就是公元1206年，宋宁宗赵扩打算北伐。

  此时距离"靖康之耻"已经快八十年了，距离冤杀岳飞的"绍兴和议"也有六十多年了，距离上一次北伐——隆兴北伐，也有四十多年的时间了。中国人的特点就是会搞经济，您可以看看中国古代史，但凡有个三五十年不打仗，没什么大的天灾人祸，多半就能出个中兴盛世。开禧二年，国库充盈，社会稳定，眼看国家的方方面面发展得都不错，宋宁宗赵扩就开始盘算了："要不我北伐吧？收复中原，青史留名？"

说干就干！

但要北伐首先要有前进基地。部队要从出发地开始往前推，要先集结，还要安排后勤补给什么的，非常复杂。所以，要北伐就需要先找到前进基地。这回赵扩想把哪儿当前进基地呢？

宿州，也就是今天安徽宿州市附近。

为了夺取宿州，宋宁宗赵扩派出三路人马，分别是主管军马行司公事李汝翼、池州副都统郭倬、军马司统制田俊迈。这其中，田俊迈是一直在抗金前线征战的将领，已经跟金人结下了血海深仇。另外两位，史书上记载不多，估计平时都是打酱油的。但这回北伐，他们扮演的角色戏份很重，就是我要说的专门负责坑队友的那种人。

这事本来挺顺利，宋军先后攻克了新息县和虹县，取得了对金战争的初步胜利。开禧二年五月初七，宋宁宗正式下诏伐金。李汝翼、郭倬、田俊迈三路大军抵达宿州城下，各自安营扎寨。在宿州城外，三位将领觉得有些意外。因为对面城池外，没有严阵以待的金军，反倒有一群当地的义军，呐喊着登上了城墙。

这是怎么回事呢？

其实是这样的，宿州的金军守将认为城里兵少，没法守，就准备投降。当地的百姓一听说宋军来了，高兴坏了，就抢在大军攻城之前，组织起义军，自发打上了宿州的城墙。

义军们本来的想法是提前攻克城池。王师一到，直接进来就行了，多省事。

但他们不懂当兵打仗这事里有个底层逻辑——没仗打，就没功劳。没功劳，那就什么都没有了。

所以，当李汝翼、郭倬和田俊迈看到城池已经被义军占领之后，三个人就各有想法了。

田俊迈觉得挺好，兵不血刃，不费一兵一卒就把宿州拿下了，这多合适。

可李汝翼、郭倬不这么想，城池不攻而破，还怎么邀功请赏呢？不行！城破了也得打！

于是二人下令，命手下的士兵开弓放箭。

田俊迈发觉郭、李二人要抢功，立刻命手下的士兵也向义军发动攻击。

城上的义军一下就被打蒙了，以为宋军没发现他们是自己人。义军的士兵就在城上喊："我们是一家人，别打了！"城内原本准备投降的金军看了，说："一家人犹尔，我辈何以脱于戮？"意思是："义军帮助王师还被打成这样，我们肯定会被杀的。"于是，守城金军为了活命坚决不降。

这事多荒诞！

到这儿还没完呢。金国主帅一看宋军内斗，当下派出三千铁骑驰援宿州，不但打退了宋军，还一路反攻到蕲县。

按理说，宋军的部队没攻下宿州，能好好把蕲县守住也行。谁料金军的主帅给李汝翼、郭倬写了一封信，说："我和你们无冤无仇，我就恨田俊迈。你们只要把田俊迈交出来，我就让你们带着人走。"

两个坑人的队友一合计："人家说得有理啊。"两人就以商量军情为由把田俊迈给骗过来，捆上送给金军了。

可怜这田俊迈，打死也没想到，最危险的敌人不在城外，他们一直就在身边。

再说一种坑人的形式，叫作连环坑。什么叫连环坑呢？就是你坑我，我坑他。这种形式最典型的代表就是范增、项羽和项伯了，真是没有最坑，只有更坑。

楚汉争霸的故事大家都特别熟了，尤其是鸿门宴那段，范增想趁机把刘邦做掉，然后就万事大吉了。结果项羽优柔寡断，放跑了刘邦。因为这事，大家对项羽的评价两极分化，有人说他为人仗义，有人说他妇人之仁，这里我们就不展开聊了。但是不是项羽在鸿门宴上把刘邦放跑了，他就注定要输了呢？

说实话，真不是。鸿门宴那会儿，项羽和刘邦在实力对比上来说，根本就不

谋 事

在一个次元上。说白了,项羽就没正经把刘邦当一个对手,心说:"就你这攒鸡毛凑掸子几个人,跟我争天下?"

但对范增来说,他看的可不是一时的成败。他那时候都七十多岁了,相过的人比项羽见过的人都多,早就成精了。而且从范增给项羽出的那些主意来看,本质上他跟刘邦是一类人,就是为达目的不择手段。在争天下这事上,没啥高尚下流之分,胜者为王,败者为寇。只要能赢,用什么流氓手段都无所谓。

范增作为项羽的首席幕僚,还是他的长辈,这么用手段没什么问题,这是他的责任,也是他的工作。但范增没料到的是,项羽居然会坑队友。

我就不说鸿门宴上项羽怎么坑范增了,我再说一个别的。

鸿门宴两年之后,项羽跟刘邦在荥阳对峙。刘邦被切断了补给,眼看要败,只得向项羽求和。这次,范增还是坚持一举消灭刘邦。项羽也答应:"行,这回听您的,我们灭他。"

但刘邦多坏啊,他知道现在求项羽别打自己是没用的,唯一的办法就是从敌人的内部瓦解敌人,于是他采纳了陈平的反间计。

怎么个反间法呢?

当项羽的使者过来见刘邦的时候,刘邦就开始演戏。先是盛情款待对方,等使者坐定不久,刘邦问出这使者是项羽的人之后,就假装很惊讶:"我还以为您是范增派来的呢,原来是项羽的人啊?那就先这样吧……我还有事。"说完刘邦就走了。不仅他人走了,还把给使者准备的饭菜换了,山珍海味全撤,就给准备了些粗茶淡饭。

使者回去就把自己在刘邦那儿的经历一五一十地告诉了项羽。项羽一听,嗯?范增想干吗?从此开始提防起范增来。范增这老狐狸能看不出来?气坏了。他一怒之下,请辞回家。结果在归乡路上,范增毒疮发作,加上气急攻心,死了。

说白了范增气项羽什么,是他怀疑自己吗?不是。这种大政治家不会为这种小事生气的。他气的是,项羽但凡有点儿脑子,不那么坑,他们早就定鼎天下了。有这个队友,心太累。

郭 论 *Guo Theory*

反过来说项羽，再怎么说他也是一世枭雄。自负、刚愎自用那也是有资本的——破釜沉舟、背水一战可不是随便一个人就能干的。所以，即便没有范增，他也有机会一统天下。当然，前提是他身边别有坑他的队友。但很不幸，他身边有项伯。

一看姓就知道，项伯和项羽是亲戚。他是项羽的一个叔叔。按说有这层关系在，项伯也不至于把项羽往死里坑，但他的决心很大……没坑死算输。

当初范增设计鸿门宴，项羽的态度属于暧昧，就是不支持也不反对。反正杀人的骂名是范增背，不杀也行。西楚霸王灭个刘邦还不跟捏死个臭虫一般？所以要不是有人捣乱，刘邦基本是死定了。而项伯就是那个捣乱的人。

他知道范增要杀刘邦之后，连夜跑到刘邦那儿去报信。可刘邦手下的文臣武将一合计，这要是跑了，项羽可算抓着口实了，那还不往死了撵。所以，这鸿门宴还是得去。说白了就是赌运气，不赌还不行，打起来肯定是个死，所以只能赌。

从范增的角度来说，他认定刘邦只有两个选择：跑，那就追着刘邦打，把对方的人马都灭了；来，那更好办，直接把刘邦宰了以绝后患。他甚至连项羽可能下不去手都算到了，所以安排了项庄舞剑这么一个才艺表演环节。项羽下不去手，那让项庄下手，人一死，项羽也就只能顺水推舟了。但他千算万算也没算到，他们的阵营里出了项伯这个坑人的队友。

项庄舞剑意在沛公，这大家都知道。就在项庄准备下手的时候，谁挡在刘邦前面不让项庄行刺呢？项伯。您说气不气？都是一家人，那还怎么下手？

还是那句话，如果只是在鸿门宴上坑队友，那都不算往死了坑。毕竟鸿门宴之后楚汉两边的实力还是悬殊，放就放了吧，反正刘邦也打不过项羽。但之后项伯还干了一件事，算是彻底把项羽给坑死了。

汉高祖二年（前205年），楚汉两边的争斗已经进入白热化。项羽虽然强，但架不住刘邦的诡计多。这时候，刘邦几乎已经把所有割据势力都拉拢过来一起对付项羽，但还有一个例外，那就是英布，他是项羽的盟友。

但刘邦怎么可能放过他，拼命用计拉拢。最后，英布不得不归顺刘邦。但其实他就是摇摆不定，想左右逢源。他作为九江王，既不想得罪刘邦，也得罪不起项羽，所以就想两边下注，看看时局变化再定。

项羽知道英布倒戈之后，派项伯去九江，打算把那边的部队整理整理，带出来和刘邦打。

项伯可能觉得项羽死得太慢，不坑一下心里过不去。他到了九江，不仅把英布的部队给收了，还瞒着项羽杀了英布全家妻小。那英布能干吗？当场就反了。这一反，项羽就彻底与全天下为敌了，一个盟友都没有了。

所以您看，项羽这一家人，一坑套着一坑。不是一家人，不进一家门。

我最后要讲的这种类型就厉害了。怎么坑都坑不死的队友，大家见过吗？

这个怎么都坑不死的队友不是别人，正是东魏时期的权臣、北齐王朝的奠基人、史称北齐神武帝的高欢。

这人有这么长的头衔，必定是有点儿东西。尤其是在无数队友拖后腿的情况下，他居然还能获得如此成就，那真是命硬。

公元543年，东魏和西魏之间的第四次大战揭开序幕，史称邙山大战。

这次战役是决定两魏存亡的一战。但高欢之所以决定打这场战役，并不是蓄谋已久想要讨伐西魏，而是因为他被一个猪队友给坑了。

谁呢？他的儿子，高澄。

高澄特别好色。好色到什么程度呢？他十四岁就看上了自己爸爸的宠姬郑氏，和她通奸。高欢发现后，差点没把儿子给杀了。但当时有个叫司马子如的臣子从中周旋，把首先告发的那个奴婢给杀了灭口。虽然问题并没有迎刃而解，但解决了提出问题的人，高欢也算有了台阶下，父子两人重归于好。

高澄并没有吸取教训，而是继续胡作非为。他不敢再打自己爸爸的女人的主意，那就看看别人的吧。左右一看，御史中尉高仲密的老婆李昌仪长得很得要领！高澄就在光天化日之下试图强暴李昌仪，对方誓死不从，史书上的描写是"衣带尽裂"。李昌仪逃出高澄的府邸，回家就把自己险些受辱的事情告诉了丈夫高

郭 论 Guo Theory

仲密。

高仲密当时正好要外放去北豫州当刺史，一听这事，心中惊惧气恼，暗道："走着瞧，不报复你誓不为人！"到任之后，高仲密直接投降西魏，还献出了东魏最重要的战略要地虎牢关，就是三英战吕布的那个地方。但凡打仗，虎牢关都是兵家必争之地。您就说高欢这儿子坑不坑吧？

西魏的宇文泰带兵接应高仲密之后，兵锋直指洛阳，包围了河桥南城。

高欢一看，没办法了，那就打吧！于是亲自领兵十万，自黄河北岸渡河，据邙山为阵。高欢也知道，自己这是仓促上阵，不能轻举妄动，于是稳住阵脚，按兵不动，想观察观察。宇文泰当然不会给他喘息的时间，下令夜登邙山偷袭高欢。

高欢真乃一代枭雄。这边宇文泰刚出发，那边高欢的侦察兵就发现了，把消息传回去："宇文泰来偷袭啦，还有四十里就到。"

高欢一听，立刻命手下摆阵，埋伏。

那宇文泰来偷袭还有个好？刚发起进攻，高欢这边一个大将彭乐就抄了他后路，一口气就抓了西魏五个王爷，还有督将参谋共四十八人。高欢一见，这还等什么，乘胜追击啊！传令彭乐："给我追！"

这时，第二个坑高欢的猪队友出现了，就是这个勇猛无比的大将彭乐。

彭乐带着兵马一路追击，把宇文泰撵得魂飞魄散，彭乐紧追不舍，最终竟和宇文泰并驾齐驱！宇文泰开头还闷头跑呢，一偏头，瞅见彭乐，吓了一大跳！宇文泰就在马上央求彭乐："这不是彭乐将军吗？今天你杀掉我，明天你还有用吗？你为什么不马上还营，把我丢下的金银宝物一并取走呢？"

彭乐一想，觉得宇文泰说得有道理。于是拨马掉头，去抢宇文泰留下的金银细软。回去还跟高欢嘚瑟，说宇文泰已经被吓破胆了。高欢一听他把宇文泰放跑了，气得差点砍了他，但再气也于事无补，主将跑了，那仗就还得继续打啊。

隔天宇文泰重整旗鼓，三军合击东魏军，高欢大败，手下的步兵也几乎全都被俘。

这时候，第三个坑高欢的猪队友"粉墨登场"了。高欢手下有一个小兵，投降后为了请功,向宇文泰告密,告诉他高欢逃跑的方向。宇文泰一听,当下点了三千轻骑兵,由大都督贺拔胜为骑兵首领,追!

高欢这次被追兵撵得有多狼狈呢?史书上说,贺拔胜看到高欢策马狂奔,马上执槊便追,一连追了几里地,好几次槊尖都几乎刺到高欢了,但就差这么一点点,让高欢跑了。

如果不是贺拔胜立功心切,忘记带弓箭,可以说高欢是必死无疑。

九死一生的高欢,跑着跑着,遇到了前来救助自己的援军。按理说,一般人刚经过这么惊心动魄的时刻,怎么还不得喘会儿?高欢没有,而是立刻带着人往回杀。那边宇文泰还高兴着呢,以为大获全胜,正要凯旋,高欢的人马已经到了。东魏军一个冲锋就将宇文泰部队摆下的阵型冲散了。西魏的士兵一看大势已去,溃不成军,漫山遍野地逃命去了。

经此一战,西魏损失督将四百余人,军士被俘斩六万人,宇文泰就此一蹶不振,从此退出历史舞台。

话说一个篱笆三个桩,没有谁能赤手空拳地打天下,总得有几个朋友帮衬着,要不怎么说秦桧还有三个朋友呢?

但这话您也别偏听偏信,朋友、哥们儿交情好,那真是兄弟齐心,其利断金。但朋友要万一是个坑人的货,运气好点儿的,也就是觉得欲哭无泪;运气差点儿的,可能就死无葬身之地了。

013 谋事

孝顺：
雷打真孝子，打谁谁知道

李安导演说过一句话:"我不教孩子孝顺,我只要他爱我。"

前些天有朋友说:"郭老师,给我们讲讲出殡的那些事吧!出殡都有什么流程、说法、讲究?"

出殡的流程,过去叫丧仪,是中国民间比较大的礼仪之一。一般来说,各地有不同的风俗。但总的来说,基本都是家里有人去世之后,先发丧,门口挂白布来告诉其他人家中有丧事,进出的人也很多,要是有什么忌讳或者不方便的地方,还请别人自行绕道。

当然,这还有另外一层意思,就是让来奔丧或者吊唁的人知道丧事在哪儿办,别走错门给别人找晦气。

除了门上挂白,家里的老老小小也都要穿白。这叫什么?披麻戴孝。

过去讲究这个啊,家里人去世,特别是老人去世了,身为子孙后代,包括家奴婢女,一律不准穿红戴绿,女人连胭脂、铅粉都不让用。

为什么这么做啊?您想啊,家里有人没了,家里人还穿红戴绿,脸上擦得跟唱戏的一样,这样谁看了心里能舒服?

不光要披麻戴孝,家里的孝子贤孙从发丧到下葬结束的这段时间内,都不能洗脸洗脚,也不能洗澡。

这是为什么呢?这里边也有讲究。说是家里的老人过世之后,下葬之前的这段时间里，家里的孝子贤孙、媳妇女婿洗脸洗脚用的这些水，都是将来老人到阎王殿门口报到的时候要喝下去的水。您想啊，家中的小辈这边洗脸洗脚，阎王殿门口的小鬼抬着几大桶水，咚咚咚给老人往下灌，这小辈们安的什么心？更别说洗澡了！那得多少水？阎王殿门口得放个游泳池才够装。

当然，这也是过去迷信的说法。为的是什么呢？是让别人看，这帮孝子贤孙，一个个面容憔悴，都顾不上穿衣打扮。老人一过世，孩子们一个比一个邋遢难看，这得多孝顺？是这个意思。

不仅如此！死者的大儿子，也就是大孝子，还得抱着棍子跪在棺材前哭丧。但凡来了吊丧的客人，这边上完香，司仪一喊："家属答礼！"那边孝子就得一边哭，一边给人家鞠躬或是磕头，表示自己的感谢。

这个大孝子跟其他人的区别就在于，他的手里得拿着根棍儿。这个棍儿叫哭丧棒，只能由他抱着。为什么他要抱着哭丧棒？过去有一种说法，叫"哀伤不食，毁骨难立，须执杖而行"。这是什么意思呢？就是这个孝子啊，他太孝顺了！老人走了，他难过得都吃不下饭，跪在灵前悲恸欲绝。因为跪得太久了，腿都快废了，站都站不起来。所以，他需要拿根棍儿，走路的时候拄着点儿。

大家要是不信，哪天自己在家试着跪一下。别说几天，就跪十分钟，腿就得麻了。孝子在灵前要跪好几天，所以他得拿根哭丧棒，一直到出殡发表回来，这根哭丧棒都得杵着。

等到吊丧的人都来得差不多了，道士看好了风水宝地，挑好了日子，就可以下葬了。

下葬，就得抬棺起灵。

什么叫抬棺起灵？就是棺材抬起来的时候，也要把逝者的牌位同时端起来，一起走。为什么要一起走啊？据说，人死了之后，魂魄不能住在身体里了，就得换个地方待着，这时家人做好了牌位，死者的魂魄就在这个牌位上住着。下葬的时候，得连着牌位一块儿端起来送到坟地里去。这叫抬棺起灵。

抬棺起灵之前，就得先抱盆摔瓦。为什么要抱盆摔瓦呢？过去讲究这个，说，

郭 论 *Guo Theory*

人死了之后要去阎王殿报到。他去报到之前，还能在家里暂住一段时间。这段时间也正是家人办丧事的时候，大孝子要跪在灵前烧纸，这个烧纸的盆，和别的盆不一样，底下单有一个小圆洞。为什么开个小圆洞呢？为了将来死者用这个漏盆喝孟婆汤的时候能少喝点儿。他来世就还能记得这辈子的亲人，大家能够再续未了的情分。

这个盆呢，得在抬棺起灵的时候摔碎。为什么要摔盆？这里边有两个意思，第一个是说，家人死了孝子很难过，家里所有值钱的东西，他都不想要了，但是家里其他人毕竟还要过日子，也不能真抱着家里值钱的东西摔，就取这个意思。

还有一个就是说，这个盆摔碎了，去世之人的魂魄去阎王殿报到的时候，比较好拿一点儿。

不单摔，还得摔得粉碎。第一下没摔碎就不准摔第二下，这不吉利，得拿脚踩。

摔盆是次子干的。过去有一个说法：老大抱盆，老二摔。意思就是要兄友弟恭，哥哥不能独占了好处，得让弟弟也有点儿福利。

老话讲抱盆摔瓦，怎么又说摔的是盆呢？

过去烧纸的盆都是用烧瓦的泥做的，摔碎了再看，跟瓦片差不多。

这个摔碎的盆，子孙后代得抢。为什么抢？过去讲究这个，如果死者是老人，特别是长寿或者寿终正寝的人，把给他烧纸的这个盆摔碎之后捡回去，贴在家门口的墙上，可以借点儿福气，所以这又叫"借寿砖"。

盆摔完了，再抬棺起灵，把老人送到坟地去，这就是过去办丧事的一套流程。这一趟下来，看热闹的一瞧，这家人这么一套完整的流程都走完了，了不得，都得说他家的后辈孝顺。

大家可能想问，这么搞就算是真孝顺了吗？严格点儿说，不光要走这一套流程，还得请一帮人在办丧事的时候敲锣打鼓，热热闹闹的，再给死者做点儿纸人纸马一起烧掉，意思是让老人走得不要太寂寞。

过去是请人来打锣鼓，现在不流行这个，也有好多人家请一帮唱歌跳舞的，弄得跟"坟头蹦迪"一样。现在的人有现在的人的想法,反正我看不懂,就不瞎琢磨了。

其实过去也有丧事办得跟喜事一样的。有人就问,谁啊?

大家都知道《世说新语》,其中有一则故事叫"阮籍遭母丧"。阮籍是三国时期魏国的一个名士。这个人性格很孤僻,也没什么朋友。他十六七岁的时候,跟着自己的叔叔去别的地方玩儿,遇到了魏国的兖州刺史王昶。整整一天,阮籍一句话都没说。这令王昶惊叹不已,认为阮籍此人深不可测。

阮籍的母亲去世了,他家里要办丧事。别人家办丧事,孝子都抱着哭丧棒哭得死去活来的。他倒好,客人来了,主动跟人打招呼:"来啦?吃了没?我这儿刚买的酒,一起喝两盅?"

这还不算,那边孝子贤孙们哭着,他跟没听见一样。别人哭别人的,阮籍自己拉着客人从这桌喝到那桌,喝得烂醉如泥,还蒸了一头小肥猪吃。

周围的邻居、来奔丧的亲朋好友,个个看得直摇头:这叫什么儿子?!家里办丧事,他又吃肉又喝酒,一天都没清醒过,醒了就喝,他啊,一点儿都不在乎妈妈死了这个事!

丧事都还没办完,阮籍不孝的名声已经传开了,大家都觉得阮籍不是人。阮籍自己也不在乎别人说什么,也不解释。

丧事办完之后,阮籍亲自看着母亲下葬。所有人都走了,阮籍的朋友送他回家。刚一进家门,阮籍一口血就喷了出来,拉着朋友说了一句:"一切都已经结束了……"

从此以后,阮籍精神颓废,恍惚了很久仍旧振作不起来。

阮籍其实是非常难过的。他的悲痛程度绝不比那些抱着哭丧棒的人低。可他为什么这么做呢?

在那个时代,不管老人生前孩子孝顺不孝顺,老人死了,孩子就得在别人面前哭。孝子要是不哭,那"杀人不用刀",左邻右舍的风言风语就得把他骂得臭

郭论 *Guo Theory*

了街。

阮籍为什么不哭呢？很多时候，成年人有成年人的悲伤，作为一个成熟的人，有时要把自己所有的情绪掩埋，再难过也不能表现出来。阮籍认为，在妈妈的面前不能哭，要让老人看见他高高兴兴的。这样，老人走的时候才不会难过。

阮籍是这个意思，但是别人不懂啊！他又性格孤僻，什么也不跟别人说，别人爱说什么说什么，反正他只做自己觉得对的事情。

但是，他心里是真的很难过，难过到必须要把自己给灌醉了才能跟别人谈笑风生。

过去有一句老话，叫"雷打真孝子"。什么意思呢？就是说：如果一个人是孝顺的孩子，他心里的苦，大家是看不到的。他为老人做了什么，也不可能一件件拿出来跟别人说，那样看起来不像话。心里存不住事，逮着别人就跟人家念叨自己多苦，像祥林嫂似的，这不是一个成年人应该有的表现。

他心里所有的苦楚，只能自己消化，这种感觉就像被雷打中了一样，谁也不能和你感同身受。所以，过去管这个叫"雷打真孝子"。

那些天天嘴上说自己孝敬了爹妈多少多少的人，好大喜功，只知道要面子。这种人，成不了气候，眼睛里边就这点儿事。别人真有什么大事，都不敢拉着他一起干。

可能是怕看书的人看不懂，《世说新语》里还有一则叫"生孝与死孝"的故事。

这里说的是什么呢？说的是古时候有两个人，一个叫王戎，一个叫和峤。这两个人的母亲前后过世了。巧的是，这两个人都是皇帝面前的大臣，官职还都不小。王戎继承了自己父亲的爵位，叫贞陵亭侯；和峤也继承了自己父亲的爵位，叫上蔡伯。

一个贞陵亭侯，一个上蔡伯，官职都不小，家里母亲去世了，皇帝都要表示

谋　事

一下。

　　皇帝就派人去慰问这两位了。

　　皇帝派的人叫刘仲雄。他到了王戎家里一看，王戎神色如常，不仅在服丧期间饮酒食肉，还看别人下棋。

　　再到了和峤家里，只见和峤抱着哭丧棒，哭得上气不接下气，连句整话都说不出来。家里人还得拦着："这是皇帝派来吊唁的人，您得谢恩啊。"

　　和峤扶着哭丧棒起身，站都站不住，刚站起来就跪下去了，边上的人看了都觉得肉疼。

　　刘仲雄好一顿安慰，然后辞别了和峤，带着太监回去复命了。

　　到了金殿上，见了皇帝，皇帝问："这二位卿家怎么样啊？"

　　刘仲雄还没说话，边上的太监搭茬儿："皇帝，这王戎太不像话了！"

　　皇帝就纳闷儿了："怎么了？"

　　太监就把王戎不守规矩，办丧不穿孝，还喝酒吃肉下棋的事跟皇帝说了。

　　皇帝一听就蒙了："啊？还能这么玩儿啊？"

　　皇后连忙捅了皇帝一下，意思是您怎么能说这种话呢？！

　　被皇后一捅，皇帝懂了，连忙又问："那和峤呢？"

　　刘仲雄赶紧回话："哭得很伤心。"

　　皇帝说："哎呀，都说王戎是孝子，看来也不过如此啊。倒是和峤，是个孝顺的人。"

　　皇帝这么一说，刘仲雄连忙作揖："皇上，也不尽然。"

　　皇帝好奇了："哦？这是何意啊？"

　　刘仲雄说："回皇上话。王戎虽然不守规矩，吃喝照旧，但整个人瘦骨嶙峋，看着一阵风就能吹倒。"

　　皇帝一听："他这么能吃能喝都瘦成那样，那和峤还好吗？"

　　刘仲雄点点头："好着呢，一见微臣进门，哭得嗓子都要劈了。虽然也有些憔悴，但身体看起来并无大碍。"

皇帝就愣了："这说明了什么啊？"

刘仲雄连忙回答："皇帝，王戎侍母至孝，众人皆知。他母亲快过世之前，王戎天天来上班，晚上回去还得一边批公文，一边伺候老母。而且，他母亲过世之后，他虽然大吃大喝，不守丧仪，人却瘦得不成人样，他心里的苦只有他自己才知道。这种孝顺，是在老人活着的时候孝顺，叫生孝。"

皇帝想了想："有道理。那和峤呢？"

刘仲雄又说："和峤虽然哭得很伤心，却是在臣进门之后，才开始大哭。他很守丧仪，对老人的孝顺流于形式，这叫死孝。"

皇帝听了叹了口气："那王戎比和峤更值得让人担心。"

这是《世说新语》里边的两个小故事，说的是丧仪上面的事。但是，归根结底，说的是忠孝节义。

中国人讲究孝道，说一个人好不好，得看他对家里人怎么样，对自己的母亲怎么样。

孝，最本来的意思，说的是父子之间的感情。父慈子孝是一家和睦的关键，家和万事兴，全家人齐心协力，日子才能过得好。但不管是过去还是现在，有很多人都是窝里横，只会跟自己人横，在家跟家人横，出门看见别人，怂得不行。

李安导演说过一句话："我不教孩子孝顺，我只要他爱我。"为什么呢？因为衡量一个家好不好，不是看人死了之后，孩子们把场面办得有多大、哭得多伤心，而是父母爱孩子，孩子也爱父母，一家人的心是连在一起的，这才是一个好的家庭。

014 |谋事|

逼婚：
皇帝，和尚，
谁也逃不脱被逼婚的命运

郭 论 *Guo Theory*

和他们比起来，现在的年轻人遇到的逼婚都只能算和风细雨了。

现在很多年轻男女不愿意和父母见面，倒不是感情不好，而是每回见面都要被逼婚。本来挺和谐的家庭聚会，瞬间就"腥风血雨""剑拔弩张"。

我觉得结婚这事需要互相理解。长辈们要明白，现在的年轻人和当年他们年轻的时候已经不一样了。像我这个年纪的人，年轻的时候每天除了工作，真没什么事可干，闲得都快要上房了。找个对象，谈个恋爱，就是最好的业余生活。再看现在的年轻人，且不说 K 歌蹦迪刷夜的，就算宅在家里天天玩儿游戏也比找个人谈恋爱有意思。而且更重要的是，很多长辈在孩子大学毕业前坚决不准孩子交朋友，可毕业第二天，就开始逼婚……不带这样的，爱情不是电灯开关，"咔吧"一按就亮了。谈恋爱也是个手艺活儿，不花个几年时间，不遇几个人渣，不被伤害几回，怎么辨得清哪个是真爱？

不过呢，年轻人也得理解长辈们为什么对他们的感情生活这么上心。大家看疫情结束，学校开门那天，朋友圈那些家长那个高兴的样子，就知道他们是多想让孩子赶紧离开家了。说一千道一万，长辈们没啥恶意，孩子们不一定要言听计从，理解万岁。如果大家实在理解不了，我就跟您聊聊咱们中国历史上，古人都是怎么逼婚的。大家听完，保准觉得现在逼婚的长辈都是天使。

现在年轻人怼逼婚的长辈，最常说的一句话就是："我不结婚犯法吗？"

现在当然是不犯法的，这是社会的进步。但搁古时候，几乎历朝历代，"不结婚"都是犯法的。

我在这里随便引用几条古代关于结婚的法律。

西周时期，法律规定："男三十而娶，女子二十而嫁。"

《宋书·周朗传》记载："女子十五不嫁，家人坐之。"什么意思？女孩到了十五岁还没嫁人，那家里人就都要去坐牢。

《晋书·武帝纪》记载："女年十七父母不嫁者，使长吏配之。"这里说的是如果女孩十七岁还没嫁人，那就别废话了，官府出面包办婚姻。

大家可能觉得政府发个男朋友或女朋友挺好。但事实上，那时候政府给包办婚姻，一般都是把女孩嫁给那些找不到老婆的人，比如戍边的战士，或者边远地区的公务员。女孩跟这种人结了婚，就得跟着他们去边关或者苦寒之地生活，这可不是什么好事。

类似的法律一直到清代都有。可能有人不理解，为什么国家对老百姓恋爱结婚的事这么上心，处罚得还挺严厉。这是古代封建落后，不尊重人的情感自由。这么认为也没毛病，但有些事情，我们得放在当时的历史背景下去看、去评价，这样才能获得一个比较客观的认知。在古代，人口问题是关系到一个国家生死存亡的大问题。人少就意味着劳动力少，劳动力少就意味着打的粮食少，能养活的人就少，如此恶性循环，很容易就亡国了。

那为什么打的粮食少，能养活的人就少？他们还可以干别的呀。

那时候生产力水平低，一个农民养活不了几个人。不像现在，一个农民能种多少多少顷地，那时候一个人能种几亩地就不错了。所以，一个国家要富强，就必须有大量的人去垦荒种地，然后国家还得搞基建，还得有军队……这些都需要人。所以，就必须想方设法让国家里的人尽可能多地生孩子。那时候的女孩十四五岁结婚，十六岁就生孩子；现在大部分人都在二十五六岁之后才生孩子，这几乎就差出去一代人。从国家层面来说，当权者能不着急吗？要是由着百姓的性子来，不用一百年就能比隔壁国家差出上百万人口，这个国家不被灭，谁被灭？

那么是不是只有平头百姓才会被逼婚啊？不，皇帝照样被逼婚。

这倒霉皇帝是谁呢？

阿斗，刘禅。

蜀汉的后主刘禅，留给大家最深的印象，就是在长坂坡赵云救主后，刘备为了邀买人心，"吧唧"把他往地上一摔："为你这小子，差点折了我一员大将。"

可能就是这一摔，把阿斗摔傻了。刘备死后，刘禅继位，成了一个昏庸无能的君主。诸葛亮一死，他就把蜀国的基业给败光了。

但最近也有人提出了另外一个观点，说后主刘禅无心理政，不是因为脑子被摔傻了，而是因为两段不称心的婚姻。

大家都知道，刘备临死前给诸葛亮留了遗诏："若嗣子可辅，辅之；如其不才，君可自取。"

刘备临死前最不放心的便是自己这个傻儿子，就跟诸葛亮说："我这傻儿子要是还有救呢，你就辅佐他；要是他完全不行呢，那你就自己上，别管他。"

所以，刘禅继位之后，对诸葛亮相当忌惮。他亲爹都把话说到这个份儿上了，他要是不听诸葛亮的，还不是死路一条？所以刘禅在诸葛亮面前相当乖巧。

但乖巧归乖巧，求生欲再强的人心里也会有自己的想法。比如，结婚这事，他就不想办得太早。他不缺女人，大小是个皇帝，身边有的是美女。刘禅觉得结婚后就会有个皇后管着自己，不能随心所欲了，所以就一直拖着不肯结婚。

诸葛亮是什么人，看刘禅一眼就知道他动的是什么心思，诸葛亮就开始逼婚。诸葛亮对刘禅来说是近乎父亲的存在，刘禅一听诸葛亮急了，不敢不答应，结结结结……立刻结。在后宫找个好的，马上就结。

诸葛亮一听，不答应。

刘禅就纳闷了，问道："你来逼婚，我就结婚，你怎么又不答应了？"

诸葛亮就说:"你不能和后宫的美人结婚,美人在侧,你还有心思理政?"

刘禅没办法了,问:"行吧,你说娶谁?"

诸葛亮说:"我觉得……张飞的女儿,甚贤。"

您听听……张飞的女儿,这是人话吗?

诸葛亮说的"甚贤",就是"非常贤惠"的意思。有点儿社会经验的人都知道,别人夸人,一般都是能夸漂亮的不夸瘦,能夸瘦的不夸个儿高,能夸个儿高的不夸聪明,能夸聪明的不夸性格。"甚贤",实际上就是没什么可夸的了。

评书里是怎么说张飞的长相的?那都是:"身长八尺,面似锅底,豹头环眼,燕颔虎须,声若巨雷,势如奔马。"

面似锅底,还豹头环眼……都说女儿长得像爸爸,诸葛亮看中的这位,仅就长相来说,搁谁都得肝儿颤。这里没有任何歧视别人容貌的意思,以貌取人当然不对,但是爱美之心人皆有之,找对象想要漂亮的,这也没毛病。刘禅从小就被美人环绕,结果结婚娶回来一个张飞那样的,换谁心里都不会痛快。

但这是诸葛亮定的,满朝文武都双挑大拇指表示赞成。刘禅没办法,只能答应。结婚之后,后主刘禅的心情格外抑郁,逐渐就开始不理朝政了。

过了十几年,刘禅娶的张皇后就得病身亡。刘禅心想,自己这回可算解脱了。为什么这么说呢?因为这时候诸葛亮也已经去世,这回谁还敢拦着皇帝娶美人儿?

结果满朝文武也不知道揣着什么心思,呼啦啦跪倒一片,就劝刘禅不能娶美人儿。当皇帝自由?不见得。能不能说了算得看这个皇帝有多大本事,像刘禅这样的,连结个婚自己都做不了主。

刘禅一看文武百官这架势,没办法,就问:"那……那你们说,我再婚娶谁家闺女合适呢?"他心想,张飞的女儿自己都熬过来了,总不至于更惨吧?

哪儿承想,众臣异口同声:"张飞的二女儿,甚贤。"

我要是刘禅,这皇帝我也不想当了,谁爱当谁当。所以,他亡国,也许是傻,也许是日子实在没法过了。

当然，这只是戏说，是故事。张飞的两个女儿长什么样，我们无从考证。读完这个故事，可能有人觉得这不完全是逼婚，更像是封建社会的包办婚姻。真正的逼婚是死乞白赖地逼着那不想结婚的人结婚。这种案例，古代有没有？

还别说，真有。那婚逼的，绝对史诗级。和他们比起来，现在的年轻人遇到的逼婚都只能算和风细雨了。

为什么这么说？因为这位被逼婚的人，他不是普通人，而是一个出了家的和尚。您就说，还有什么样的逼婚能比逼一个和尚结婚更凶残的吧？

这位被逼婚的和尚是谁呢？著名的高僧鸠摩罗什。这个名字说出来可能大家觉得不熟，但他翻译的佛经大家肯定都听过：《大品般若经》《法华经》《维摩诘经》《阿弥陀经》，还有最著名的《金刚经》……在佛学界，他是一位与玄奘法师齐名的大师。

鸠摩罗什祖籍天竺，出生于西域龟兹国，也就是今天的新疆库车一带，他是个混血儿。

如果要用一个词形容鸠摩罗什的一生，那就是"传奇"，要再多几个字，就是"狂拽酷炫"！据说鸠摩罗什生得英俊潇洒，一度艳绝长安，这词儿一般不用来形容男性，但他的魅力实在太过惊人，几个政权都为了争夺他而先后覆灭。您想，这个人当时得有多红。

鸠摩罗什注定要成为传奇，因为他的母亲就是一个奇女子。

公元344年，龟兹公主耆婆和天竺宰相的长子鸠摩罗炎结合，生下了一个儿子，这个孩子就是故事的主角——鸠摩罗什。孩子的父亲鸠摩罗炎本来是有机会当天竺宰相的，但是此人思路比较奇葩，他为了不继承相位，硬是逃到西域的龟兹国出家了。鸠摩罗炎对于世俗的名利没有欲望，他一心向佛，只想做个得道的高僧。

龟兹国有位公主，不但聪慧美艳，还喜好佛法，这就是鸠摩罗什的母亲耆婆。她刚出生的时候就有高人给她算命，说："你身上有块红色的胎记，这预示着你会生下一个神童。"

机缘巧合之下,耆婆公主见到了来自天竺的僧人鸠摩罗炎,对他一见钟情。公主非要跟人家结婚,也不管人家是不是出家了,甚至不惜动用国王的力量逼他就范。最后生米煮成熟饭,耆婆公主顺利地把鸠摩罗炎拐回来当了驸马。

没过多久,耆婆就怀上了鸠摩罗什。俗话说一孕傻三年,可耆婆没有。怀上鸠摩罗什之后,她的记忆力倍增,还无师自通地学会了说梵语,没事就"哇啦哇啦"地说外语。把鸠摩罗什生下来后,她立刻就不会梵语了,这才算是恢复了原厂设置。

鸠摩罗什生下来就继承了父母双方的盛世美颜,还有预言功能,这种顶配设置让他赢在了起跑线。鸠摩罗什自幼聪慧异常,耆婆一看,这是个大师的坯子啊。于是她每天啥也不干,专心培养自己的儿子鸠摩罗什。

鸠摩罗什七岁那年,有一天,耆婆带着他去郊游,结果看到郊外尸横遍野,这个场景触动了耆婆。这可了不得了,耆婆做了一个了不起的决定——带着儿子出家!

可想而知驸马鸠摩罗炎的心理阴影面积有多大。他当年清清静静地出家当和尚,耆婆绞尽脑汁地把他拐来当驸马,好不容易他决定重回红尘拥抱新生活了,耆婆又要出家,这公主是要闹哪样?

鸠摩罗炎自然不同意。但耆婆可不是一般人,鸠摩罗炎不让她出家,她竟然绝食六天以示抗议。鸠摩罗炎没办法了,只得允许她带着儿子皈依佛门。

鸠摩罗什跟着妈妈一出家,算是彻底开挂了。他一天能背上千条偈语,这是什么概念呢?一条偈语三十二个字,一千条就是三万两千字,加起来比一个电影剧本还长。这都不算什么,他九岁就学完了《阿毗昙经》,继而学《阿含经》和大乘佛法……最终成了一代名僧。据传,鸠摩罗什讲法的时候,下头人山人海,听到的信众个个痛哭流涕,只怨相见恨晚。

人怕红,猪怕壮。鸠摩罗什声名鹊起,连中原人都听说龟兹有这么一位得道高僧。当时中原正是五胡十六国的时代,那叫一个乱,各家诸侯都打成一锅粥了。一般情况下,越是民不聊生的时候,宗教越容易传播。前秦的皇帝苻坚为了得到

郭 论 Guo Theory

鸠摩罗什，干脆派出大将吕光，让他直接去把龟兹给灭了。为什么？抢人啊！

吕光就抑郁了：派堂堂一员大将，跑这么远，费这么大劲儿，死这么多人，就为了抓一个和尚？是不是脑子坏掉了？因为有了这样的怨念，所以他抓到鸠摩罗什之后，就用了所有方法来凌辱这位高僧。但鸠摩罗什是高僧，任凭吕光怎么折腾都镇定自若。鸠摩罗什越淡定，吕光就越生气。这时就有坏人出主意了，对吕光说："这种和尚，打他骂他，对他来说都不算什么刑罚，他觉得这是修行的一部分。你要想羞辱他，就得让他破戒。"

这吕光一听，认为有理。于是就派人摁着鸠摩罗什给他灌烈酒，灌醉之后，又把他跟他的表妹——龟兹国的公主关在一个屋里。鸠摩罗什破戒后十分伤心，而吕光却十分满足，觉得自己征服了这个高僧。

让吕光没想到的是，大军还没有回国，苻坚就在淝水大败，两年后被羌族首领姚苌杀害，姚苌称帝，史称"后秦"。吕光索性羁留凉州，在这个地方自立为王，这就是后凉。后秦的皇帝姚苌听说后凉有鸠摩罗什这么个人，虚心来请，但吕光不肯放人，鸠摩罗什因此在凉州客居了十七年。

公元401年，后秦的新君主姚兴派兵攻后凉，以国师之礼将鸠摩罗什请到长安。作为"真爱粉"，姚兴请鸠摩罗什翻译佛经，就住在逍遥园，派了八百个僧人来给他打工。鸠摩罗什的学识确实渊博，影响力也很大。他先后译经九十八部，共四百二十五卷，直到现在，民间流行的各版佛经还以鸠摩罗什的译本为主。

这时候可能有读者要纳闷儿了：不是要说逼婚的事吗？对啊，别急，这就来了。

在长安住了没多久，鸠摩罗什的"真爱粉"姚兴就开始着急了：眼看大师就要到花甲之年了，这一身优质基因不延续下去可惜了啊！于是他突发奇想，开始逼婚，直接塞了十个美女给鸠摩罗什，说："借法种！不借杀了你！"

鸠摩罗什一想，自己的一副躯壳和传播佛法这样伟大的事业比起来又算什么呢？于是……随便借吧。

这一下可了不得喽……你想啊，鸠摩罗什当时是全天下人气最旺的高僧，这一结婚，人设崩塌，舆论一片哗然。很多人就来质问他："你怎么结婚了呢?!"

鸠摩罗什也不解释，拿出一把银针，一口吞下！吞完，神色从容，表情平静。众人都惊呆了，所有来质问他的人都闭上了嘴。

鸠摩罗什的意思其实很明白了：你们要是有这样的修行，戒，随便破。

公元413年，鸠摩罗什圆寂。临死前，他留下遗言："我译过的经书如果无误，那我的舌头火化后就不会烂。"

果然，众僧人将他的尸体送去火化，其他部分都化为灰烬，唯独舌头化成了一枚舍利。至今，这枚舍利还供奉在甘肃武威的鸠摩罗什寺里。

讲这个故事给大家是想说什么呢？

当逼婚不可避免的时候，试着去寻找真爱吧！

015 —谋事—

玩物丧志的最高境界：开疆拓土

"要马",可能只是皇帝发动扩张战争的借口罢了。

大家一定看见过这种场景:

孩子天天打游戏,家长看见就骂:"玩物丧志!你这天天就是玩儿,也不好好学习,将来能干吗?你还靠打游戏吃饭啊?"

哎!您别说,现在真有靠打游戏为生的职业电竞选手,他们的年薪也不少呢。

今儿我就给大家讲讲"玩儿"这事。老话说玩物丧志,这话不全对,有些人玩物,不仅没丧志,还成就了一番伟业!

我们今天讲的第一个"玩物不丧志"的故事,是关于一本书的。

什么书呢?

宋刻的《汉书》和《后汉书》。

吴中收藏家喜欢宋元刻本和抄本,而且这套书的装帧十分漂亮。尤为难得的是,这部书原本是元代收藏大家赵孟頫的旧藏,书前的扉页上绘有赵孟頫的小像,从这个小像可知,这套"两汉书"当年也是他的珍爱之物。

就因为这么一套书,引出了一个绵延三百年、与数位风云人物有关的传奇。

首先出场的人物是一位明代的大儒,王世贞。

谋事

这王世贞生于嘉靖五年（1526年），嘉靖二十六年（1547年）就中了进士，官运亨通，曾任刑部主事、员外郎、大理寺卿、南京刑部尚书，可以说他一生都在公检法部门工作。除此之外，生活中的王世贞还是文学家、史学家、收藏家。

他最爱收藏的是什么呢？

书。

收藏这件事本身就具有两面性。有的人喜欢收藏古董，收着收着能把自己收破产；但从另一个角度看，他确实保护了很多有价值的东西，为世界和后人留下了不可估量的文明成果。

王世贞就是这种人。他爱书如命，只要见到好书，就必须将其收为藏品。他有个别墅叫弇山园，里头建了三座楼，其中一座名叫"小酉馆"。有史记载，单这一个楼就藏书三万多卷；"尔雅楼"专门存放宋元刻本；"九友斋"里面收藏的是他的镇园之宝，这里头的书就不是一般人能看到的了。

王世贞风头最盛的时候，因为有钱，天下的好书他都能先挑。某天，一位书商拿来一套宋刻的"两汉书"，就是前文中说的那套。王世贞一看，了不得！爱不释手！

书商一看，大鱼上钩了，就开出了一个天价。

具体多少钱，史书上没有记载，但肯定是天文数字，因为王世贞是出了名的不差钱，但还是被书商的报价难住了。

有人可能觉得奇怪，不是不差钱吗，还能被报价难住？是这样的，再有钱的人也不可能把整个身家都藏家里，一般也就留下日常开支和一点点应急的钱，其他的钱都会用来投资。王世贞手头没那么多现金，但又真喜欢这套书，生怕这书商一出门就把书卖给别人了，死活摁住了书商不让人家走。

书商也不着急，奇货可居嘛，只追问王世贞："您是什么意思？没钱，还不让我走，打算抢是怎么着？"

王世贞没辙了，只好说："我有一处庄园，我把这座庄园给你，你把书留下，如何？"

书商一听，高兴了。那可是一座庄园，不是一栋别墅。敢叫庄园，就得有庄子有院子，您现在全国打听打听，取名叫某某庄园的有低于一亿的吗？

这件事在收藏界轰动一时，很多人暗地里说王世贞脑子坏掉了。但王世贞听到以后不以为然，他认为自己收藏了那么多宋元本，没有一部能超过这套"两汉书"。

然而世事难测，王世贞拿庄园换了这套"两汉书"没多久，就真的没钱了。没钱怎么办？变卖家产。

他的家产里最重要的一部分就是藏书。但藏书这东西，在爱书的人眼里是无价宝，在一般人眼里，跟废纸差不多。不管怎么变卖家产，王世贞也没舍得卖这套"两汉书"，硬是把书传给了自己的儿子。

按理说，大儒的儿子也该是个爱书的人。但再爱书也架不住饿肚子，王世贞的儿子最终还是把老爹用一座庄园换来的"两汉书"送进了当铺。

这部宝书就此流落民间。

转眼到了崇祯年间，这"两汉书"运气不错，几经漂泊竟然没有损毁，而是落到了另一位风云人物手里。

谁呢？

钱谦益。

钱谦益是个情种，娶了当时位列"秦淮八艳"之首的柳如是。

钱谦益起初花一千二百金买了"两汉书"，后来又以一千金的价格转卖给了情敌谢象三。怎么在手里囤半天不升值，还搭出去二百金呢？

谋事

为了给柳如是修绛云楼。

钱谦益爱柳如是，为她赴汤蹈火在所不惜。钱谦益得到这套书后，"每日焚香礼拜"二十多年，为了柳如是连这套书都能舍去，看这架势命都可以给她。

绛云楼建好之后，钱谦益老爷子带着柳如是和自己的藏书搬进去了，生活得很幸福，唯一的遗憾是藏书里已经没了他最爱的"两汉书"。有一天，绛云楼起火，虽然人没事，但是钱谦益的藏书被烧了个精光。看着这把大火，钱谦益不哭反笑。

有人问他："你是不是疯了？这有什么可笑的？"

钱谦益说："幸好我把"两汉书"给卖了，不然这把火就把它也给烧了，万幸万幸！"

即使逃过了绛云楼大火这一劫，"两汉书"也没能躲过被付之一炬的命运。

谁的手这么欠呢？

乾隆皇帝。

这套"两汉书"历尽周折，最终落在了这位"弹幕皇帝"的手上。不用说，先刷弹幕。他学赵孟頫的样子，在书的扉页上画了自己的小像，然后再卖弄卖弄，把这书的来龙去脉写成跋语放到扉页里。后来乾清宫忽然失火，殃及昭仁殿，这部传奇之书就此化作了灰烬。

有迷信的人说这部书不吉利，和它沾边的都没啥好事。有一说一，关人家书什么事？时间长了，经手的人多了，纸质书保存的难度确实很大。现在的平头百姓家里要是有个珍贵的证书、照片、文件什么的，还是早早保存一份电子版本比较安全。

讲了学者大儒，咱们再讲一个皇帝玩物不丧志的故事。这个故事的主人公是汉武帝。他喜欢收藏什么呢？

郭 论 Guo Theory

马。

汉朝刚建立的时候，经常受到北方游牧民族的袭扰。人家是骑兵，打完就跑，汉朝军队的步兵根本追不上。等到汉武帝执政的时候，他就命人成立了专门养马的部门——牧师苑。这里的"牧师"可不是我们平时说的传教的那个牧师，虽然字一样，但这个牧师指的是西汉掌管牧畜的官员，跟弼马温的意思差不多。

汉武帝为了养马，不惜倾全国之力，牧师苑的马逐渐从最初的几十匹发展到了四十万匹。到汉武帝执政晚期，马已经是城市居民的日常交通工具了。后来，出使西域的张骞给汉武帝带来了一个消息，说在遥远西方的大宛国有一种宝马，日行一千，夜行八百，而且流的汗是血红色的。对，就是传说中的汗血宝马，金庸的小说里郭靖就有这么一匹马。

汉武帝一听，还有这么神奇的物种？必须得搞来。

于是他派出了一个三百人组成的使团，带着金银财宝，又专门铸造了一座金马，去向大宛国王求购汗血宝马。

使团到了大宛，说明来意之后，大宛国王就和群臣商议了起来："他们想买马，咱卖吗？"

讨论的结果是不卖。

大宛国王问："那咱不卖马，就眼睁睁地看着他们把金马和金银财宝带回去？"

讨论的结果是可以把他们的财物抢过来。

有慎重的臣子就说了："抢汉武帝的东西，活不活了？他可是'虽远必诛'的主儿。"

又有胆大的说："怕什么？他们如果走北线，很容易被匈奴伏击。走南线呢？南边是绝地，沿途荒无人烟，没有补给。要是走西边，得多走好几万里……他怎么诛？抢他！"

谋 事

这帮不知死活的大宛君臣就真的抢走了财物。

使团的人逃回长安，把情况汇报给了汉武帝。汉武帝听完，当然觉得不能忍！区区一个大宛，全国才三十万人口，只有六万士兵，敢动大汉？那还不打它？

当下派李广利率领六千骑兵、数万郡国兵丁远征大宛，但是没有安排补给，让李广利自己想办法。

汉武帝想的是，就这么一个弹丸小国，汉军一到，还不把他们吓得屁滚尿流？犯不着派那么多人去，减轻点儿国家负担也好。

李广利就带着人马出发了，一走就是九个月。一路全是草原沙漠，还没有补给，只好走到哪儿抢到哪儿，把沿途小国挨个打了一遍。最后军队到了大宛旁边的一个小国，叫郁成国。出发时带的兵丁死的死跑的跑，只剩几千人了。不出意料，汉军被郁成国的军队打得溃不成军。李广利就和两个副将商量："咱连郁成国都打不过了，去大宛不是白给吗，咱还是撤了吧？"

副将们都觉得主帅说得没错，于是李广利带着残兵败将往回走，这次西征大宛，来回走了两年多，终于回到了玉门关。

到了玉门关，李广利上奏："由于路途遥远，经常缺少饮食，士兵们不怕打仗，就怕挨饿。现在兵力不足，无法打仗。希望皇上下令暂时收兵，将来再多派军队前去征讨。"

此时汉武帝知道李广利打了败仗回来了，马也没弄回来，龙颜震怒，下令："退入玉门关者斩。"

李广利害怕啊，只能将部队留驻在敦煌。有大臣看不下去，反对让李广利继续征讨大宛。汉武帝也没废话，谁反对就把谁抓起来。

当然，汉武帝能成为一代贤君，绝不是因为他任性、孩子气，实际上他是一个文韬武略俱全的人。李广利在玉门关外的这段时间，他也没闲着，开始大量赦免囚徒中的勇士，将平时爱打架斗殴的青壮年组织起来。一年多之后，他就凑足了一支六万人的部队，交给了李广利。

此外，还有很多自带衣食参战的民兵加入李广利的队伍。这些人总共携带了十万头牛、三万余匹马以及无数的驴、骆驼等牲畜，还有大量的粮食和兵器……最绝的是，汉武帝听说大宛城中没有水井，生活用水都来自流经城内的河流，他就招募了一大批河工加入远征军。干吗？他要让河水改道，断绝城中水源，从而逼迫大宛投降。

为了保护远征军的侧翼和后方，汉武帝又增派十八万甲兵戍守在酒泉、张掖一带，让他们做远征军的后援。他还调发了全国七种罪人，让他们给大军运送粮食。光是转运军用物资的人就多得难以计数，在路上络绎不绝，直到敦煌。

最后，汉武帝招募了两位善于相马的伯乐，任命他们为执马校尉和驱马校尉，以便在占领大宛后，到贰师城去挑选汗血宝马。

太初三年（前102年），李广利带着重组的汉军从敦煌出征。

西域那些小国一看汉军的阵仗，赶忙沿途供应饮食。当然，也有冒死抵抗的：李广利到达轮台国时，轮台国不肯顺服。那时的汉军专治各种不服，直接把城攻破后屠城。这一战震惊西域，从此再也没有敢跟李广利叁刺的了。

很快，汉军抵达大宛。

大宛这时候也是骑虎难下，知道打不赢，又怕投降了被灭国，只能硬着头皮迎战。哪有胜算啊，汉军打这些边远小国就是降维打击，一连串的汉弩把大宛兵给射得连门都不敢出。他们本想靠高墙深沟抵抗一段时间，没想到这回汉武帝连河工都给配置上了。城外的汉军根本没给大宛打消耗战的机会，直接把河给改道了！

谋 事

别说，这招确实很绝，城里生活着几十万人，没水了，那还怎么打？

四十多天后，大宛的外城被攻破，出身贵族的大宛勇将煎靡被李广利生擒。大宛士兵也纷纷从外城退入中城。

大宛的官员马上投降，并且串通在一起谋逆，把国王毋寡杀了，带着他的头去见李广利。

李广利就让自己带来的相马师赶紧选马，最后挑中顶级战马几十匹，次一等的战马三千匹，这才班师回朝。

这次远征，部队足足走了好几千公里，就算出发时给养充足，回来的时候也已经吃喝得差不多了。经过艰苦跋涉，这支远征军最终完成了使命，只是出发时派去了六万人，回国的只有一万来人，选出来的那三千多匹宝马也只剩下一千多匹活着回到了汉朝。

有人可能会觉得，为了这一千多匹马死了这么多将士，也太败家了，这属于典型的玩物丧志啊。但您想一想，因为这次远征，汉武帝把整个汉朝的版图直接扩大到了西域。

"要马"，可能只是皇帝发动扩张战争的借口罢了。

016 谋事

官场糊咖：李白的公务员之路

郭 论 *Guo Theory*

咱们今天不聊李白的诗，聊聊他作为一个"社畜"，那些年踩过的坑！

朝辞白帝彩云间，千里江陵一日还。
两岸猿声啼不住，轻舟已过万重山。

这诗听着是不是很耳熟？

没错，您小时候一定背过。好像没有一个小孩儿没背过李白的诗。这首《早发白帝城》实在太经典了，一千里路一天就走完，这是有高铁了吗？没有。不是路真的走得这么快，而是李白的心情太放松了，心都飞了。

又有人要说了："老郭别吊我们胃口了，李白我们太熟了。他的诗，我小学就都会背了。"

咱们今天不聊李白的诗，聊聊他作为一个"社畜"，那些年踩过的坑！

李白什么时候成社畜了？"天子呼来不上船"，多硬气啊！

哎，这说的是青年李白，是诗里面的李白。我今天说的是现实中的李白。他写诗总能踩在点子上，可是到了在官场押宝的时候，李白的运气却总是差了那么一点点。

今天，我们就专门盘点一下李大仙人在职场沉浮的那些趣事。

谋 事

诗仙李白,最基本的人设是了不得的大诗人。

李白,出生于公元701年。如果他能活到现在,那就得有一千三百二十岁了。至于他出生在哪儿,历史上争议很多,今天就不讨论了,回头我专门写一篇博士论文说这个事。

转眼到了公元725年,李白仗剑去国,辞亲远游。云游途中,他认识了很多文化名人,大家你夸我,我夸你,互粉互关,彼此互动得十分热烈。

公元734、735年,李白分别写了两篇文章。这两篇文章写得飘逸豪放、气韵生动,都是历史上有名的好文章。

第一篇是为韩朝宗写的,当时韩朝宗任荆州长史,人称"韩荆州",所以这篇文章就叫《与韩荆州书》。李白把老韩一通猛夸:"我听说了,天下名士都夸您,说'生不用封万户侯,但愿一识韩荆州'。"您瞅瞅,这就跟金庸老爷子在《鹿鼎记》里头夸奖天地会总舵主是一个路数:平生不识陈近南,纵称英雄也枉然!

第二篇是献给唐玄宗李隆基的。开元二十三年,即公元735年,李白作《明堂赋》,赋中写道:"四门启兮万国来,考休征兮进贤才。"意思是万国来朝,贤才广进。言下之意:"谁是贤才?我呀!我李白呀!有了好人才,皇帝您江山永固啊!天下永远都是老李家的!"

两篇文章,一个意思——"你们看看我呀!给我点个关注啊!兄弟我可有才华了!有绝活儿呀!我会写诗,会写文章,赶紧让我当官吧!"

可是,写了那么多,李白也没捞着一官半职。没办法,李白再次开启云游模式。七年后,皇帝才召他入宫侍奉。

刚开始,玄宗对他真的是够好了。李白喝汤,皇帝亲自拿勺喂。这个待遇估计很多皇子都没享受过。李白的工作就是跟着皇帝四处走,皇帝问什么,他就答什么,皇帝让描写什么东西,他立刻就提笔写诗。在当时,这个岗位叫翰林供奉,其实就是御用文人。

后来呢,情况就变了。李白喜欢喝酒,和七个朋友组成了"饮中八仙"组合。几个人白酒啤酒红酒黄酒一块儿喝,您想那好得了吗,肯定是天天宿醉,醉得都没法儿上朝。玄宗喊他:"你得上班了,早上得打卡呀。"李白说:"我不打卡,凡是让员工打卡的公司,都是会走下坡路的。"

这皇帝能高兴吗?

有一次,玄宗命李白填新词为自己助兴。他可好,喝了个酩酊大醉,脚一伸,指挥高力士说:"你把我鞋给脱了。"

高力士可是玄宗最贴身的亲信啊!

渐渐地,李白把同朝为官的同事、皇帝身边的宦官,甚至皇帝本人,都得罪了个干干净净。好不容易混来的一个官位,才干了一年多就丢了。

用今天的话来说,李白就是火得太容易了,还没来得及摸清上层路线的门道,就先把自己给"烧糊"了。

失业下岗的李白没钱当"长漂"了,长安物价贵呀,他索性再次云游!

这次游历的途中,李白认识了比自己小十一岁的杜甫,两人结下了深厚的友谊。这二位,一个诗仙,一个诗圣,他俩的友谊被传为千古佳话。杜甫非常非常佩服李白,总是想念他,给他写诗。搁今天,杜甫就是李白"超话"主持人、李白粉丝团团长。但是两人终归聚少离多,转眼就到了公元755年,安史之乱爆发了。

这一年,李白和老婆宗氏正在庐山一带居住。我们先把他们两口子放在那儿不说,先说说长安的局势。

长安当年可是宇宙中心,相当于今天的五道口,盛极一时啊,可惜安史之乱一开始,叛军一路从河北就打过去了。唐玄宗起初没把叛军放在眼里,他寄希望于潼关的守军。潼关是长安的门户,潼关不失守,长安就不会丢。可惜,叛军很快就攻破了潼关,玄宗也没犹豫,收拾东西就跑了。

玄宗和太子逃到马嵬坡,大军就不肯走了。众将士说都是杨家害了大唐,要把狐媚惑主的杨贵妃弄死!

玄宗舍不得,可也没办法,部队要哗变啊!为了稳定军心,更为了自保,他

谋事

只得赐死杨玉环。杨玉环死后,玄宗要继续跑,当地的百姓不干了,纷纷把玄宗围住,劝他统领军队和百姓们共同抵御敌军。但是现在的玄宗已经无力与敌军作战,只好留下太子李亨。李亨被百姓挽留,在玄宗的建议下去往宁夏,玄宗与太子两人就此分两路逃跑。

李亨觉得大唐已是风雨飘摇,能不能挺住都是个问题,如果继续由玄宗执掌政权,估计大唐也没戏了,要是自己上台,登高一呼,也许大唐还有延续下去的希望。于是,在流亡途中,李亨称帝了,史称唐肃宗。李亨还尊父亲玄宗为太上皇。按理说,中国古代一般都要等到老皇帝去世了,太子才能即位。玄宗、肃宗爷俩的情况是很特殊的,玄宗还活着呢,太子就上台了。

玄宗还挺硬朗,又撑了七年才去世,他死了十三天,肃宗也死了。基本上,肃宗当了几年皇帝,玄宗就当了几年太上皇。

虽然肃宗对爸爸足够客气,但是玄宗可不止肃宗这一个儿子。玄宗的儿子挺多的,当爹的也没做到一碗水端平,总是轻了这个,重了那个。

玄宗偏爱谁呢?偏爱李璘,就是历史上的永王。

据说永王李璘是个丑八怪,身上有残疾,脖子歪,晚上睡不好觉,李亨经常抱着他睡,为的是照顾弟弟的脖子,让他能睡好。天长日久,李璘就膨胀了,他觉得:"三哥对我多好啊,好到我跟他要皇位,他都能让给我。"

这孩子也是想不明白了。以前好,以前他们是兄弟,现在他们的关系已经变成君臣了。角色转换这么大,李璘都不明白其间的微妙之处,可见这个富贵王爷不太懂人情世故。

玄宗给了永王很多好处,他利用自己最后一点儿权力,封李璘为四道节度使,兼江陵大都督,让他镇守江陵。

这个安排真的太偏心了。

四道,包括山南东路、江南西路、岭南、黔中,叛军根本没往这边打,非常安全;再加上这里有国家修建的几大粮库,粮草充足。所以说,玄宗给李璘安排的这个位置实在是太好了。

郭 论 *Guo Theory*

那边肃宗李亨还等着十六弟永王出人出粮来帮他平叛呢，没想到他最疼爱的十六弟竟然按兵不动，坐等他与叛军两败俱伤，好安享渔翁之利！

兄弟俩就这样产生了嫌隙。

永王也知道，自己的行为会被天下人耻笑。所以他需要洗白自己，营销自己。这时，他想到了李白。

李白不在西北战区，安史之乱爆发时，他住在庐山一带，离永王的驻地很近。李白过来上班，不用经过敌占区，没有性命危险；而且，李白是个巨大的 KOL，这个 KOL① 太大了，他要是来了，天下的读书人都会觉得永王值得追随，连李白都跟永王了，那还错得了吗？

永王这个 offer（录用信）一发过来，李白就坐不住了。他这一辈子一直想当官，眼看第一个机会没把握好，"糊了。"他不能再失去现在这个机会了。李白马上就收拾行李，打算投奔永王。他老婆就劝他："你先别着急，创业得跟对老板，永王这人不靠谱，去了会遭殃。"

李白不以为然："你懂什么，永王不靠谱，我靠谱啊！有我辅佐，他一定能走正道！"

这么一对比我们就看出来了，李白这个书呆子见识远远没有他老婆高。再说了，他下岗在家，老婆劝他别急于工作，好好选个单位，这样深谋远虑的老婆多好啊。

可惜李白没有老婆的政治智慧。他拿着行李，径直赶向永王的幕府，当了幕僚。

前面说过，永王已被肃宗猜忌。肃宗知道，调永王来宁夏觐见自己是不可能的，让他出兵袭击安禄山、史思明的老巢也不太现实。为了考验永王的忠诚度，肃宗想了一个办法：他下令让永王去四川见太上皇。永王若不去，就是抗旨不遵；

---

① Key Opinion Leader 的简称，意为关键意见领袖。KOL 是营销学上的概念，通常被定义为拥有更多更准确的产品信息，且为相关群体所接受或信任，并对该群体的购买行为有较大影响力的人。

若是去了，可能就永远都回不来了。

永王知道肃宗这是调虎离山，要把自己和自己的根据地分开。他决定抗旨，不去见玄宗。不仅没去，他还组织人马往东打。

叛军在西边，他往东打，就是要从湖北出发打到江苏，然后绕过山东，到河北、北京摧毁安禄山的老窝。这一招挺狠。这么一走，时间短不了。等永王走到了，安禄山也彻底占领长安了，说不定那时已经把肃宗都消灭了，老窝要不要都无所谓了。

永王出兵，对平叛没有任何意义，倒是可以保存他自己的兵力，扩大根据地。弄不好还能跟晋朝一样，搞个东唐或者南唐啥的，分裂出一个小朝廷。

李白没看清永王的目的，还歌颂他呢。他一连写了十一首永王东巡歌，把永王夸得都没边了。

肃宗不干了："我打不了安禄山还打不了你？留着你，我更打不过安禄山了！"

恰逢此时，江南东路采访使李希言写信责问永王："你擅自发兵东下，意图究竟是什么？"

永王恼羞成怒，派兵攻打李希言，这一来等于是当众打了肃宗的脸。肃宗对自己的十六弟彻底失望，传令三军，讨伐永王李璘。

没过多久，永王的部下季广琛被前宰相之子韦陟策反，众将领跟随季广琛四下奔逃，永王被打得节节败退，最终兵败被杀。远在四川的玄宗知道小儿子肯定没好果子吃，他下令免去永王四道节度使、江陵大都督的职务，把永王贬为庶民，看起来是惩罚永王，其实是想保住永王一条命。

但已经来不及了。看到下属把永王的妻儿送到四川的时候，玄宗就知道，完了，李璘没了。

确实是没了。永王李璘这个行为，如果要定性的话，那就是标准的"逆"，十恶不赦里的一恶。犯这个罪，那就是死路一条。但是玄宗心疼这个小儿子，肃宗也亲自照顾过这个弟弟，对他比对别的弟弟感情更深。肃宗顾及兄弟情分，隐而不言。他没有正式公开永王的罪行，一扭头，却把李白的罪行给公布了，是"附逆"，就是说他跟着叛贼反叛了，他不是什么好东西！

李白被判了死刑。

幸运的是，这个死刑不是要立即执行的那种。今天我们国家的死刑也分为两类，立即执行和缓期执行，那会儿也差不多。被判缓期执行，他就还有机会。

喜欢李白诗文的人，都在帮李白求情。

李白被捕后关入浔阳狱中，得宣慰大使崔涣与御史中丞宋若思相助。在这二人的劝说下，肃宗将李白的死刑改判为流刑。流刑也是古代的一种常见刑罚。李白被流放到了夜郎——不是夜郎自大那个夜郎，唐朝的夜郎就是今天的桐梓。

李白就这样踏上了流放之路。他很不情愿地从安徽向贵州行进，夜郎的生活条件很艰苦，他又快六十岁了，去了必定凶多吉少。于是他这一路都走得很慢。这个时期李白依然在写诗，不少诗句都表现出了他在流放途中的沉重心情。比如路过黄牛峡的时候，李白写道："三朝上黄牛，三暮行太迟。三朝又三暮，不觉鬓成丝。"

到了白帝城，好消息来了：肃宗大赦天下！

大赦和特赦不同，特赦是针对某一个人或几个人，是有名单的，不在名单上的人要继续蹲监狱。大赦不分人，所有罪犯都可以减刑！当时关中大旱，肃宗有些自责，认为自己举止不当，得罪了天神，于是大赦天下赎罪。当时的犯人，判死刑的都被改成流刑，判流刑的都被无罪释放。原本被判处流刑的李白在白帝城接到这样一个消息，一时间喜出望外。他的心都飞了，飞到了安徽当涂，叔叔李阳冰家里。

公元762年，李白死于当涂采石矶，时年六十二岁。

017 — 谋 事 —

喜剧的传承：
相声为什么这么好听？

一个社会没有喜剧是不行的，一个开不起玩笑的民族，绝对是可悲的。

生活在当今这个时代，看歌剧、舞剧、话剧、相声、脱口秀的现场演出是轻而易举的事，常看看演出也很有必要，对不对？不看的话，您上哪儿受正能量的熏陶去？尤其是相声，最能贬恶扬善，弘扬正气。

今天老郭就专门跟大家聊聊喜剧。

喜剧的源头在哪儿，大家可能不知道。老郭考古多年，上山下河这么一研究，有了一个重要的发现：喜剧起源于巫术。

提到"巫"，大家千万别误会，各个民族都曾有过自己的"巫"。因为远古时代，人类文明还处在萌芽阶段。人类掌握的知识也少，理解不了大自然，就觉得冥冥之中，有神在控制着他们。那他们得跟神沟通啊！得有人与神对接，哄神高兴，告诉神他们都要啥啊！

这个人是谁呢？就是"巫"。

"巫"很重要，她能通神。

顺便说一句，"巫"都是女的，没有男的。我们学外语时不难发现，很多外语的单词分阴阳，比如梵语，比丘是出家的男性，比丘尼就是出家的女性，加个尼就是阴性词。

谋事

那汉语怎么不分阴阳呢？汉语也分。汉字是很了不起的艺术，一个字一个意思。在古汉语中，"巫"就是女巫师，男巫师叫"觋"。古汉语中的"婴"也是指女婴，男婴一般用"儿"来形容。

"巫"，得会作法。作法，是很讲求仪式感的。"巫"得舞动起来，失去自我的意识，才能与神对接上。

不过求神不能事到临头再求。平时就得"娱神"，让神高兴，得给神唱歌、跳舞、表演节目。日子久了，"巫"就分化出了乐手、歌手、喜剧演员等工种。有些巫还开始采集药物，给人看病，这就是人类最古老的职业之一，巫医。

从巫分化而来的几个职业中，有几个专有名词是用来代称乐舞艺人的，叫作"倡""优""俳"："倡"是唱歌的；专门负责演杂戏搞笑的人叫作"俳"；还有一种人叫作"优"，类似于今天的话剧演员。但是优的表演，不逗乐也不行。所以"倡"和"俳"一起出现的时候，就是表示歌舞演员、喜剧演员都有，简直是一场晚会的阵容；而"俳"和"优"放一起，那就是专指喜剧演员了。

俳优的演出，多数是单人表演，很少有两个人搭着演的，演的又都是原创内容。所以我觉得这种演出形式类似于今天的脱口秀，是一种情景式的、戏剧化的表演。

中国传统文化把人分为四类：士农工商。分别是读书的、种地的、做工的、经商的，都是对社会有用的，都是正经人。而倡、俳、优和侏儒[①]这几类人，不读书，不种地，不做工，不经商，在传统文化中，这些人都不算正经做事的人。这就导致整个社会对俳优的认同度特别低，人们都看不起这个行业。所以旧社会的艺人身份低，经常受人侮辱。幸好现在的社会讲文明，大家都挺看得起我们，知道我们挖空心思逗观众们乐，也挺不容易的，一直愿意捧我们。在这里，我谨代

[①] 古代文献中，侏儒一词经常与倡优连用。这些侏儒有与生俱来的生理缺陷，从小就被送去学习一些滑稽逗乐的本领，长大后直接在俳优行业工作，是丑角的原型。若后文无特别标注，则注释均为编者注。

郭 论 Guo Theory

表郭德纲，感谢各位读者朋友。

在古代，俳优这个行业的社会地位不高，也不被主流文化认同。但是，有一位大师看得起俳优，专门给他们树碑立传，这位大师就是司马迁。

他在《史记》里写了七十二篇列传，其中之一就是《滑稽列传》，这可太了不起了，喜剧演员也有人给立传！司马迁之后的史学家，再没有写过喜剧演员的传记的。

司马迁在文章里说："天道恢恢，岂不大哉！谈言微中，亦可以解纷。"意思是："天道太大了，难道不大吗？有些喜剧的小段子能够暗合天道，触及问题的本质，解决世间的纠纷。"

《滑稽列传》里，第一个写的就是齐国的俳优淳于髡。髡是一种刑罚，就是把犯人的头发剃了。古代中国人讲究身体发肤受之父母，不能损伤，所以轻易不能剃发，只有犯罪分子才剃。可见淳于髡应该是一个犯过错误，受过刑罚的人。

淳于髡在齐威王身边侍奉，齐威王喜欢喝酒，一喝喝一宿。有一次他就问淳于髡："你能喝多少？"

淳于髡说："我喝一两也醉，喝一斤也醉。"

齐威王说："这怎么回事啊，酒量怎么飘忽不定的？"

淳于髡说："大王啊！您赐我酒的时候，监酒官站在我旁边，我心惊胆战，只喝一两就醉了。家里有双亲请来的尊贵的客人，我上去敬酒，这种时候我喝二两就醉了。要是好久没见的朋友来了，我们天南海北地聊着，这时我就要喝五六两。如果是男女一起喝，玩着六博、投壶，搂着姑娘，喝八两也不醉；要是喝得衬衫也脱了，姑娘外套也没了，灯越来越暗，越喝越没有忌惮，菜乱夹，手乱摸，可兴奋、可有意思了，哎呀，想想都爽，这个场合八两绝对醉不了，怎么也得一斤多！"

齐威王一听，这是在讽刺自己长夜饮酒啊！于是他下令禁止宫里通宵喝酒，还封淳于髡为主客。

谋事

楚国的喜剧演员里也有这样善于讽谏的人才,叫优孟。

优孟,名孟。他并不姓优,只因他从事的职业是"优",所以大家称呼他优孟。优孟服侍的是楚庄王。

楚庄王有一匹心爱的宝马死了,庄王十分悲痛,要用安葬大夫的礼仪来安葬这匹马。很多大臣就不乐意,这不是把马抬到和他们平起平坐的地位了吗?大家就打算上奏折,跟庄王掰扯掰扯。

庄王早料到了,马上昭告群臣:"谁敢谈葬马这个事,砍头。"

大臣们没招了,这个时候就得喜剧演员上了。

这一天优孟入宫,刚进了宫门就号啕大哭。庄王都惊了:"你怎么这么难过呀?你和我这匹马是有亲戚关系吗?"

优孟说:"我主要是气不过,以堂堂楚国之大,想干什么都可以,怎么就只用区区大夫之礼来安葬这匹马呢?应该以国君之礼安葬!向社会发出讣告,要求齐国、赵国、韩国、魏国都派使臣来吊唁,再把马供到太庙里,跟列祖列宗放在一起!这多尊重!这样其他国家的人就会齐声赞叹,说人家楚王虽然看不起人,但是看得起马!"

楚王一听:"寡人之过一至此乎!那你说,现在怎么收场啊?"

优孟说:"好办,把马葬到大家的肚肠里,把它吃掉。"

于是庄王赶紧让人把死马交给宫中主管膳食的人做熟吃了,并告诉身边的人不要把这事流传出去为天下笑。

秦国也有一位很出名的喜剧演员。此人名叫优旃,是个侏儒,虽然个子矮小,但很聪明。

秦始皇的卫士都是大高个,每天拿着武器在门外站岗。一下雨,天气特别冷,这些卫士就站在雨里工作。

优旃就想帮帮他们。有一天下雨,优旃就大声喊道:"你们长那么高有什么用?别看我矮,下雨的时候,我能在屋里,你们不都得站外头吗?!"

郭 论 Guo Theory

秦始皇听完，明白了，说："那就特事特办吧，回头再下雨，留一半人轮换站岗。"

因此卫士们都十分感谢优旃。

又有一次，秦始皇想修一个大的狩猎场，从函谷关一直修到陈仓县。优旃说："挺好的啊，多放点儿鹿在狩猎场里。鹿角比较尖锐，敌人从东方打过来，就让鹿去把敌人顶死。"

秦始皇一听就知道优旃在讽刺自己。养鹿打仗？这不扯淡吗？！还是养兵养民吧，狩猎场别修了。

司马迁说："大家都瞧不起俳优，可是淳于髡、优孟、优旃却用自己的才华实实在在地帮国家解决了问题，这不也很伟大吗？"

确实伟大！喜剧是讽刺的艺术。三位大师都没有正面和君主辩论，而是侧面迂回，用喜剧常用的荒诞化手法，来回应君主的建议。君主提出一些想法，看似挺正常，实际上很荒唐。君主没看出来荒唐在哪儿，好，俳优们给他再往大了说说，他就知道荒唐了。

十六国时期，有个小国叫后赵。后赵高祖石勒在位的时候，有个参军叫周延。

参军是个官职。"清新庾开府，俊逸鲍参军"，这里的"鲍参军"就是用官职来称呼曾任参军的鲍照。

周延这个参军犯了贪污罪，贪污了数百匹官绢。官府没有把他关起来，而是用另一种办法来惩罚他：只要有重大场合，他都要上台演出，就演他自己贪污的过程。还有一个人做他的搭档，负责戏弄他。一个参军，一个戏，这个演出就叫参军戏了。

由官员变成俳优，这是巨大的耻辱。周延一上台，搭档就问他："你不是官员吗，怎么当了俳优了？"他就抖抖身上的黄绢，说："就是因为私拿了这些官绢，才跟你们一样了。"底下的官员一看，噢，贪污的下场这么惨啊，那以后不贪了。

后来这个表演形式就推广开了。条件有限，周延不能去各地巡演。那就得有人来扮演周延,以及和周延同类型的人物。久而久之,这个被戏弄的角色就叫作参军,戏弄参军的那个角色叫苍鹘。

这是我国戏剧史上最古老的表演定式,共两个人物:一个聪明,负责戏弄别人;一个傻乎乎,一直被戏弄。您看到这里,可能觉得有些熟悉,想问:"这是不是相声的起源?"

虽说人数一致,目的也都是逗乐,可我觉得这两种艺术形式不太一样。倒是日本有种喜剧叫漫才,跟参军戏的形式更像,一个聪明一个傻。传统的漫才,就是以轻佻的言语、诙谐的动作来博得观众的欢笑的。

到了北齐,出了一位天才喜剧演员,叫作石董桶。这个人饱读诗书,所以他的段子带着很强的知识性。石董桶曾经当着皇帝高欢的面儿,剥一位贪官的衣服。贪官不干了:"你干什么?"石董桶说:"你剥百姓,我就剥你。"

这是没有排练的,即兴的参军戏。

高欢这个皇帝,识字不多,喜欢听人给他读诗。有人给他读郭璞的游仙诗:"青溪千余仞,中有一道士。"高欢很喜欢这两句,石董桶就说:"这句不怎么好啊,我写得比他好一倍!"

高欢好奇了:"真的吗,你写得比郭璞好一倍?那你写。"

石董桶就写:"青溪二千仞,中有两道士。"

高欢都笑岔气了。

石董桶还去过国子监,与里边的博士辩论。他问博士:"孔子七十二弟子里,有多少戴帽子的、多少不戴帽子的?"

博士回答不上来,石董桶说:"很简单啊,三十个戴帽子的,四十二个不戴帽子的,《论语》里说过'冠者五六人',五乘以六,不就是三十嘛。"

您看看,他的段子里的知识点多么密集,没有中学文化根本听不懂!

唐代也有喜剧天才,梨园行出了这么一位,名叫黄幡绰。此人在音乐方面的造诣很深,深得唐玄宗的喜欢。

唐玄宗贵为天子,却经常和黄幡绰开玩笑。有一次黄幡绰说笑话惹怒了他,他把黄幡绰的头按到水里,按了好一会儿才放出来,还问人家:"你在水里看见了什么?"

黄幡绰说:"我看见屈原了。屈原跟我说:'我是遇上昏君了,才投水的;你身边的是明君,怎么也到水里来了?'"

唐玄宗一听,转怒为喜,哈哈大笑。

开元十三年(725年),唐玄宗封禅泰山,随行的官员都可以升迁。但按照规矩,三公以下官员可升一级,只有宰相张说偷偷给自己的女婿升了四级。唐玄宗发现后,就问:"这是怎么回事?"

黄幡绰高喊:"这是泰山的力量啊!"

这本来是讽刺张说的一个段子,却造就了一个新的代名词:泰山。这里的"泰山"可不是说的人猿泰山,它指的是岳父。泰山是东岳嘛,所以妻子的父亲就是岳父老泰山。没想到吧?这个词是喜剧演员造出来的,没有喜剧演员,大家知道该管媳妇的父亲叫什么吗?喜剧演员还这么有学问,上哪儿说理去!

安西牙将刘文树的口才也很不错,玄宗很喜欢他。刘将军长得丑,像猿猴,黄幡绰就说他长得像猢狲。刘文树就私下找他沟通:"老黄你得给我面子,以后你不许说我长得像猢狲!"

黄幡绰答应了,以后再演出就改词了:"刘文树长得不像猢狲,猢狲长得像刘文树。"

历史上也有女性喜剧演员,虽然数量不多,但是也有。正因为数量不多,我们好歹得说说这位前辈。

唐朝中期出了一位刘采春,江苏人,从小家境贫寒,她就学了曲艺。她擅长音乐和喜剧,后来嫁给一个伶工,叫周季崇,两口子就一起上台表演参军戏。

一男一女搭档表演参军戏,按照史书的记载,他们是最早的一对。周季崇还有个兄弟周季南,他们三个人组成了一个戏班子,经常外出巡回演出,巡演地点主要在江南一带。刘采春歌唱得好,段子也搞笑。可惜史料上没有记载她表演的段子内容,也许是因为他们的观众都是老百姓,文化水平不高,没能把她的演出记录下来。

不过,史料里有关于刘采春的其他记载,《全唐诗》里就存下了刘采春写的诗。一个喜剧演员能创作文学作品!很不错啊!有兴趣的朋友去书里找找去,我就不多说了。大诗人元稹还为她写过一首诗,名叫《赠刘采春》:

> 新妆巧样画双蛾,谩里常州透额罗。
> 正面偷匀光滑笏,缓行轻踏破纹波。
> 言辞雅措风流足,举止低回秀媚多。
> 更有恼人肠断处,选词能唱望夫歌。

李白写过《赠汪伦》,汪伦从此就青史留名了;元稹写《赠刘采春》,刘采春也得青史留名啊!毕竟有这么厉害的宣传文案,撰稿人还是元稹。

到了清代,为了给乾隆祝寿,安徽来了个叫三庆班的戏班子。三庆班在京城驻扎下来,形成了中国戏剧史上一个很重要的曲种——京剧。在那个年代,京剧可比今天的流行歌曲还要流行啊,毕竟可选择的娱乐项目少,大家伙儿都迷这个。当时的生活节奏慢,都不忙,老百姓一听戏就想听一天、听一宿什么的,所以演员特别累。总那么唱受不了,演员们就在念白的地方注注水。唱到该念白的地方,演员就会留一段自由发挥的时段。一般都是丑角来自由发挥,利用这个时段,说点儿讽刺时事的段子或者讽刺当天观众的段子。这个时段的表演,叫作"活口",灵活的单口,灵活的气口,怎么理解都行。这一段即兴表演,单拿出来,就跟今天的脱口秀表演很像了。

光绪年间,出了个很厉害的京剧演员,人称"京城第一丑"的丑角刘赶三!

这是个人物！同光十三绝里就有他一个。

据说刘赶三的偶像就是优孟，他在生活中也把自己比成当代的优孟，要为众生讨个说法。所以他表演时特别敢说，越是王公大臣来看演出，他越要在说活口的时候调侃一下，不管这些高门贵胄乐意不乐意，越不乐意越好。

有一次，台下有不少官员看戏，刘赶三演了个庸医。别人家里有病号，请他看病。到了门口，搭戏的说："先生，留点儿神，别让狗给咬了。"

刘赶三指着台下说："我早知道，这个门里是没有真狗的，有的是走狗。"

还有一次，刘赶三在台上演皇帝。看戏的是慈禧和光绪，慈禧对光绪异常严苛，看戏的时候，慈禧是坐着的，光绪一直站着。刘赶三就在活口部分说："我演个假皇帝还有座呢，你看那个真皇帝，只能站着。"

戏班子的人都吓坏了——惹谁不好，惹那个老娘们！结果慈禧这一次还真没发作，叫人给光绪搬了个凳子。等于是刘赶三帮了光绪一次，光绪欠了喜剧演员一个人情。

当然，刘赶三这么敢说，肯定也闯过祸、挨过揍。

咸丰皇帝排行老四，上面三个哥哥都死了。老五、老六、老七三个弟弟都封为亲王，其中六弟就是鬼子六恭亲王，恭王府的房主；老七就是奕譞，醇王府的房主，这两位都是在什刹海有房的老北京。

有这么一天，哥儿仨来看戏。刘赶三演个老鸨，直接对台下就喊："老五、老六、老七，出来接客啦。"那时候妓院都给妓女排行，不叫名字，都叫排行，老几老几。

刘赶三这么一喊，老六老七觉得就是个演出嘛，忍忍就过去了；但是老五惇亲王脾气暴，气量照两个弟弟没法儿比，当即叫人把刘赶三扯下来，重打了四十大板。

所以说，喜剧有风险，入行须谨慎。但是正是勇敢的喜剧人，为人民群众带来了欢乐，还解决了一些社会问题。一个社会没有喜剧是不行的，一个开不起玩笑的民族，绝对是可悲的。

018 谋事

魔术：土生土长的中国『Magic』

"金皮彩挂、平团调柳",魔术属于"金皮彩挂"的这个"彩"。

经常有朋友说,想看我写点儿古代的幻术、仙术、巫术、魔术啊什么的。

这事是这样,幻术、仙术、巫术,这些都不好说。因为我也不是内行,就算说,我也只能是怎么听来的就怎么给您讲。

唯独这魔术呢,跟我们说相声的,多少有点儿关系。我倒是也知道一些,今儿就跟您简单介绍几句吧。不过,写之前,有几件事,咱得先说好喽。

魔术师,按旧社会的说法,那是江湖人,变戏法的嘛!"金皮彩挂、平团调柳",魔术属于"金皮彩挂"的这个"彩"。过去不是有句话吗?"既生江湖内,便是薄命人",咱说归说,不能砸人家饭碗。再者说了,隔行如隔山,我也不见得都知道。就算我知道,我也不能把人家的底都给抖搂了。回头您看着乐了,来四十多位魔术师找我说理来,也是事!

老郭姑且拣那能说的,给您念叨念叨。

首先,魔术跟幻术,在古时候的意思差不多,基本上就是一回事。咱们古代管变魔术的人叫"幻人",佛家管这种人叫"幻师"。《列子》这本书里,就记载了好多所谓仙术、幻术。当年这些表演把观众唬得一愣一愣的。可是今天咱们再看,大部分幻术就是戏法。

《列子》里说，周穆王接待过一批人，这些人是从西方来的，叫"化人"。这些人能干什么呢？表演各种神迹。比如说，乘虚不坠。

什么意思啊？就是身子在半空中飘着，不掉下来。这其实就是今天魔术里的"飘浮术"，或者叫"悬浮术"。

在魔术里，飘浮术算一大门类。现在的魔术师可以使用各种高科技工具，带来的视觉效果肯定比古人厉害。我看有那国外魔术师的表演，在半空中飞来飞去。其实就是类似于吊威亚，上面有根丝吊着。这丝是特制的，透明，而且不反光。表演的时候，必须找一个大太阳天儿，赶上太阳光特别刺眼那会儿表演。而且这类表演的选址也很重要，围观魔术师的观众抬头看他的这个角度，正好是太阳光特刺眼的角度，那谁还看得清楚？就真以为他在天上飘呢。

但在古代，表演技巧要原始得多。那会儿，哪儿给幻人找大吊车去？

最土味的飘浮术，根本用不着大吊车，特简单。最典型的就是印度人爱玩儿的那种——底下铺一条毛毯，表演的哥们儿拄着一根棍，穿着大长袍，整个人坐在半空中飘着。

其实半空中有一个特制的座，跟棍连着，连接的部分都藏在表演者的袍子里、袖子里。有那藏得好的，就算观众离得很近，也看不出来。

还有一种飘浮术，盖一块大被单子的，那就更好蒙事了。表演者手里拿两根杆，杆上套着一双鞋。这位把这套着鞋的两根杆横着往前一探，整个上半身往后面一躺，身上再盖一块大被单，遮住里面这些机关。这样，打侧面看，观众就感觉他横躺着飘起来了。玩儿这个，表演者得有点儿下腰的功夫。虽然观众看着他是横躺着的，其实他真正的两条腿还在地上踩着呢。所以表演的时候，魔术师还前后走几步。乍一看过去，这人就好像在忽忽悠悠地来回飘。今天看，大家不觉得奇怪，可这要是搁古代，确实能吓人一跳！

到了汉朝，出了个大学问家，名叫张衡，就是发明地动仪那哥们儿。

郭 论 *Guo Theory*

这位还是个文学家,写过一篇《西京赋》。在这篇赋里,张衡记录了很多汉代的戏法。《西京赋》里说魔术师能表演下雪。一比画,雪就下来了。然后现场不知道打哪儿冒出来一个特大个儿的神兽,神兽这后背"咔"一下就裂开了,出来一座神山。山上又下来熊、虎、猿猴等等好多动物。然后,这位变戏法的在地上拿笔一画,在地面上画出一条河来!您听听,挺神奇的哈!这哥们儿要搁到今天,应该去迪士尼乐园上班去,肯定挣钱。

到了三国时期,传说吴国的孙权就特别爱看魔术表演。为这个,他手底下还专门养了两个御用的魔术师,一个叫介象,一个叫葛玄。

这两位真正的社会身份,都是道士。有一回,孙权跟介象吃饭。吃着吃着,孙权就说:"这个鲻鱼啊,味道太好了。肉细嫩,做出汤来也鲜。可惜啊,这鱼只有海里有,不能常吃着。"

介象就说:"嘻,那算什么,您让人给我准备点儿东西,我现在就给您弄来!"

怎么弄呢?先弄点儿泥,拿这泥在平地上垒起一个水塘来。为了有效果,还弄成山形,跟真的似的。然后往这水塘里倒井水。倒完了,介象拿着一根鱼竿就开始钓,一条,两条,三……孙权一看,嘿!果然是鲻鱼。还废什么话呀,弄鱼吃吧!

一吃,味儿也对,就是真正的鲻鱼。

另一位葛玄,还真跟他这名儿似的,挺玄的。

有一天葛玄和孙权在楼上坐着,就看见楼下有求雨用的土人,孙权就说:"百姓求雨,能不能下雨呢?"葛玄回答:"雨是很容易得到的。"说完了,葛玄就画了一道符放在土地庙里,顷刻间天昏地暗,大雨倾盆。

孙权一看,挺好,又问:"这地上的积水里有鱼吗?"

葛玄又画了一道符,把它扔到地上的积水里,那水里立刻就出现了很多条大鱼。孙权呢,就叫人把鱼捞上来吃了。

听着是不是挺神奇的?

这个葛玄这戏法怎么变的我是不清楚,但是我知道孙权是挺爱吃鱼的。

唐朝有个叫蒋防的人,他写了一本书,叫《霍小玉传》,这是唐传奇里一个很有名的小说。他还写过一本书,叫《幻戏志》。这本书里说,有一个叫"马自然"的道士,精通各种奇怪的道术。比如说,他能变钱。马自然无论在哪儿,随手在身上一摸就能摸出钱来,甭管要多少,随摸随有。

这能耐太大了!这要自己没事在家摸个一年半载的,还不得摸出一间银行来啊?

其实在今天,这种魔术很常见。对专门玩儿近景魔术的人来说,这类的魔术就是小菜一碟,说变就变。

马自然还有一样魔术,叫"水里唤钱"。"唤"是呼唤的唤。这个,大家可能就没见过了。先找一口水井,把一串钱都扔井里。

扔井里还找得回来吗?人家找得回来。就见马自然口中念念有词,念叨半天,然后高喊一声:"钱来!"

就听"唰"的一声,这钱自己就从井里蹦出来,掉回马自然手心里了!

这怎么弄的?好多人在现场瞧着呢,这位手上也没根线拽着,钱怎么又回来了呢?这我就不知道了。

唐朝还有一个更怪的魔术,叫"入马腹舞"。这什么意思呢?跟今天这个"大切活人"有点儿像,用术语讲就是"分身术"。大家肯定在电视上看见过:找一个大箱子,人站进去。这魔术师抄起锯子来,"刺啦刺啦"地把这个箱子锯成好几块。里面那人的脑袋和身体就跟分家了似的,脑袋在一部分箱子里,身子在另一部分箱子里。打开箱门一看,人脑袋还能动呢。

"入马腹舞"跟这个在原理上类似,但是演出来的效果要神奇得多。魔术师先牵上一匹活马来,再找观众上来看,问:"是不是活马、真马?"观众说:"是。"台上才开始表演。

这个表演的细节有点儿恶心。只见魔术师一个箭步就从马的后门钻进去了。观众们还没回过神来呢,这位的脑袋已经从马嘴里出来了。而且那马还活蹦乱跳的!

您说这个……是不是挺神的?这还没完,过一会儿,魔术师又从马的后门出来了,再看这匹马,一点儿事没有!

其实要说千奇百怪呀,还是明清以后,魔术道具多了,人也越来越聪明了,戏法就变得更精彩了。明清的时候,出了好多说魔术的书。这里面记载的戏法可是太多太多了,连插图带文字,全有!好多戏法那个"绝"劲儿,咱们今天的人听着都觉得脑洞大开。

比如说,我们相声里头有一段叫《口吐莲花》,您可别以为是说相声的胡编的,还真有这个戏法,清朝人就在书里记载过。只不过这戏法没有相声里说得那么神。什么"含口水,吐出一朵莲花来,绕着剧场转三圈"之类的,没有。真正这"口吐莲花"是什么呢?含口水,往墙上一喷,墙上就显现出一朵红色的莲花来。再含一口水,再喷一下,莲花就没了。

怎么变的呢?说出来一点儿都不稀奇。先拿碱水在白粉皮墙上画一朵莲花,水干了就看不出来了。变戏法的人嘴里含的这口水是姜黄水,"噗"一喷,莲花就显出来了。等再喷的时候,他换成白矾水,"噗"再一喷,莲花又没了。

还有比这个复杂一点儿的,叫"口吐四花",就是墙上显出四种花,原理跟"口吐莲花"差不多。用中药五倍子调水,画一朵花。再用中药白及调水,画一朵花。再用碱水画一朵花。最后把五倍子水和碱水兑在一块儿,再画一朵花,一共四朵花。干了以后就看不见了。接着,变戏法的人含一口姜黄水,一喷,青、红、紫、黑四个色的花就都出来了。

到了近代,过去天桥上那变戏法的,学问就更大了。

首先说,像北京的天桥、天津的三不管,这些地方的走江湖的、变戏法的,都不是光站在那儿傻变。如果只说变,无非就是什么空壶变酒、玻璃变鸡蛋、破

谋 事

扇子还原，太简单了。一把扇子，一开始给人看，是把破扇子。合上扇子，吹口气再打开，扇子就好了。这个戏法全靠道具：扇子还是那把扇子，顺着打开就是破的，反着打开就是好的。类似的天桥戏法，其实没什么可说的。

在天桥这些地方变戏法挣钱，关键要看怎么卖。比如说，有人变戏法，往地上插根鸡毛，然后嚷嚷："嘿，一会儿我就把它变成一只老鹰！"大伙儿就等着看。嗯，等着吧，他这儿且白话呢。先来几个空手变金鱼之类的，然后跟大伙儿要钱，要了八遍钱了，观众还等着看老鹰在哪儿呢，其实他压根儿就不会！

天桥还有卖戏法的。教人变戏法，行话叫"挑厨供的"。教您变的这些戏法，有"仙人摘豆""三仙归洞""空盒变洋火"①……很多很多。干这个，也得会"圆黏儿""把点儿"这些能耐。比如说，一毛钱卖给别人四个戏法。戏法怎么变，都写在纸条上，买戏法的人一看就会。卖的都是什么戏法呢？比如"小鬼叫门"——上药铺，买几枚胆南星②，把它研成末，跟醋搁一块儿，打成面糊。恨谁就把这面糊往谁家门上抹。这一宿，他们家这门动不动就"啪啪"响。这家人还以为有人拍门呢，起来一看，什么人都没有。反正就是折腾人一宿甭睡。可是真的管用吗？其实也不见得灵，都是蒙事。

说到这儿咱还得说，戏法最怕的就是让坏人学了去。坏人学了不用在正道上啊。比如说，过去掷骰子。拿一盅，把几个骰子搁在里面，要几点就是几点。怎么弄的啊？就是从戏法来的。那香港电影《赌神》里的人，一摇起骰子就拧着个眉，在那儿听。其实呢，听傻了也没用。人家那盅里都有夹层，里面藏着三四个特制的骰子。这骰子设计得很科学。比如其中有一种，对立的两个面上的"点"都一样。这面要是"三"，对面也是"三"。这面是"四"，对面也是"四"，就这样，两两相对。那这还不让人看出来啦？不会。骰子嘛，四四方方的，是有视觉盲区的。哪怕大家就眼盯眼地瞅着，只要摇骰子的人不说破，一群人就很难看出毛病来。摇骰子这盅上还有个特小的眼儿。摇骰子的人在摇之前不想要哪个骰子，

① 即火柴。
② 中药名。

就把这骰子藏手里，手法快极了。然后，他在右手大拇指上戴个小刺儿，顶在盅的眼儿上，暗地里扒拉夹层里的骰子。扒拉哪个，哪个就掉在盅里。这样再一扣，别人没个赢。

得啦，今儿咱们啰啰唆唆又说了一大堆。最后啊，我教各位一个小魔术，也是清朝书里就有的古戏法。拿一个鸡蛋，然后，您在指甲盖里藏几粒盐。变魔术的时候，偷偷按在鸡蛋底下，"啪"一立，鸡蛋就立起来了。过去都是用粗盐，几粒就够了。现在的细盐或者糖，多捏几粒，其实也行。变的时候呢，别人要问您怎么变的，您就打死也不说！把那神秘劲儿坚持到底！

019 谋事

明朝的『密室厉鬼杀人案』

郭 论 *Guo Theory*

如果真有个闹鬼的平行宇宙，那也鬼比人单纯多了，它想弄死你，肯定是因为你得罪了它，责任在你。但人不一样，人想弄死你，理由多了去了。

现在五花八门的侦探剧层出不穷，大家都觉得现在的侦探特别了不起。其实咱们老祖宗的破案能力也很强！有一本叫《皇明诸司公案》的书就记载了一个非常厉害的破案高手，堪称古代版的名侦探柯南，他破了轰动一时的"密室厉鬼杀人案"！今天我们就来聊聊这个奇案。

明朝有个小说家，姓余，名象斗。这位余先生是位出版大亨。大家都知道吴承恩写了《西游记》，这位余先生不甘落后，编写了《南游记》《北游记》《皇明诸司公案》。

《南游记》讲述了主角"华光天王"为救母亲，大闹三界的故事。《北游记》讲的是真武大帝降妖除魔的故事。《皇明诸司公案》则收录了很多稀奇古怪的案子，奸情偷盗、鬼魅作祟，什么都有。今天我就讲一个最离奇的，叫"密室厉鬼杀人案"。

案子发生在明朝中期，书里没说是哪个皇帝在位的时候。不过明朝中期，除了一个弘治皇帝非常厉害，让大明中兴了一把，其他几个皇帝都不大像话。爱上老大姐的成化皇帝、封自个儿为大将军的正德皇帝、天天炼仙丹的嘉靖皇帝，都比较奇葩。故事发生在这段时期，也就不奇怪了。皇帝不管事，"山精""狐妖""厉鬼"什么的自然就出来折腾了。

这个故事发生在思南府印江县（今属贵州铜仁市）。

很多人都知道，铜仁是贵州的一个地级市。在明朝的时候，铜仁的经济不怎么发达，民风有点儿彪悍。惹急了，老太太都能撸起袖子和人干上一架。据说印江县本来叫"邛江县"，曾有官员向皇帝呈报奏折，皇帝不认识这个字，把"邛"字认作"印"字，脱口而出，叫了一声"印江"。天子发话，金口玉言，从此"邛江"就变成了"印江"。

小县城里发生了一件非常离奇的事：接连好几任县长都莫名其妙地死在了县衙里，公安局也破不了案。

这事太古怪了，新来的县长害怕啊，就派了很多官兵守在县衙里，昼夜保护自己。

这天夜里，新县长正打着呼噜睡大觉呢，卧室门关着，门外站着全副武装的士兵。就在这时候，屋内突然出现了莫名的响动。新县长感觉胸口一凉，还没明白怎么回事就一命呜呼了。紧接着，门外站岗的士兵也惨叫了一声。

门房大爷听到叫声赶紧跑进来，于是就看到了瘆人的一幕：站岗的士兵倒在血泊中，已经死了。卧室里的县太爷瞪着眼，死不瞑目！

天哪，这简直太恐怖了！待在门窗紧闭的卧室里还能被杀！连保护他的士兵都莫名其妙地死了！除了厉鬼杀人，还能怎么解释？

这下不得了了，坊间传闻县衙有厉鬼索命，住进去的人都会被冤魂缠身。这事在茶楼酒馆中不断地传播，一传十，十传百，最后传到了北京城。吏部的官员可就头疼了。

为什么呢？因为很多进士、举人都知道印江闹鬼了，就没人愿意去当官了啊。但是地方上没一把手也不行。吏部的官员们仔细斟酌，把一帮官二代和富二代都排除掉，最后决定派一个叫尤思廉的倒霉蛋去当县长。

尤思廉是个刚登科的举人，他听说这个事以后，窝火憋气，就在酒店喝闷酒。他喝多了以后，就开始胡言乱语："我一生贫困，本以为考中举人可以就此发迹，

郭 论 Guo Theory

谁知道连性命也难保了。居然派我去印江，谁不知道那儿闹鬼啊！为什么倒霉事总轮到我呢？"

在尤思廉的旁边，有一个叫周元汲的人正在吃饭。此人是个预备官员，还是个"家里蹲大学"毕业的侦探。他听到尤思廉在自言自语，马上坐过去，自来熟地打了个招呼："兄弟，我也听说县衙闹鬼的事了，扯犊子呢！我就不信这个邪，我替你去怎么样？"

尤思廉诧异地看了他一眼，然后摇摇头："已经死了好几个同僚了，你还愿意去？"

周元汲连连点头："巧了，我就喜欢找死。"

尤思廉愣了半天才说："我都已经被任命了，你还有办法改？"

周元汲拍拍胸脯："咱上面有人！就是得花点钱。"

尤思廉说："那行，那我出钱，你去呗。"

他心里简直乐开了花——居然还有这种傻子！

接下来，周元汲和尤思廉就把事情搞定了。尤思廉被改派到其他地方任职，周元汲自己到印江当县长。

所以说，喝酒之后如果不哭不闹、不瞎打电话、不给喜欢的人发微信，这酒算是白瞎了！咱们这位尤大人，就是靠着闹腾才逃过一劫，如果换他去印江当知县，八成得被"厉鬼"当韭菜给割了。所以大伙儿如果遇到什么烦心事，酒后一定要把话说出来，说不定就解决了。

开个玩笑，咱们继续讲故事。

周元汲虽然不信厉鬼索命，但万一真有鬼呢？一般人去当官，都要带着家眷赴任，光宗耀祖啊！他怕害了家人，只带了两个仆人。

昼夜兼行，周元汲主仆三人终于到了印江。来到县衙，办完入职手续，周元汲跟所有人打了招呼。然后他检查县衙，发现这里并不像传说中那么邪乎。周元汲又找来公安局局长了解杀人案的大致情况，还调阅了卷宗，发现那些死者都是被刺而亡，一刀毙命。

看过港片的人都知道，鬼杀人一般是直接把人吓死或者控制人自杀，难不成明朝的鬼落后一些，还要拿刀杀人？

讲到这里，大家一定会想，如果闹鬼，摆上一尊关二爷，驱邪避凶，不就得了？这地方的人也太笨了，咋没想到这一茬？我插一句嘴，不是别人不想，是不合适。比方说，您去区政府办事，在大厅里看到手持青龙偃月刀的关二爷神像，然后公务员在旁边双手合十，念念叨叨："关二爷保佑。"这还叫政府吗？改关帝庙还差不多。

发现最近没闹鬼，周元汲也没松懈。他还是做了一些安排：他和两个仆人分别住在内宅两旁的房间里，周元汲住左边，两个仆人住右边。

古代县衙的大门门口摆着一面鼓，是让人击鼓鸣冤的。大门后面就是放着太师椅的大堂，上面挂着"明镜高悬"的牌匾。县太爷坐堂审案，衙役们站两边。大堂后面还有二堂，是县太爷日常办公、批阅文书的地方。再往后就是内宅，也就是县太爷居住的地方，一般人是不能进去的，周元汲就住这儿。

到了晚上，县衙的工作人员都下班了。周元汲在左边房间的床前挂了三支蘸满红色墨汁的毛笔，在右边房间的床前挂了三支蘸满黑色墨汁的毛笔。做完了这些，他和两个仆人就跑到内宅中间的二楼睡觉去了。

为什么要挂毛笔？这就是周大侦探布的局了。

如果要问，世界上概率最小的事是什么？英语考试五十道选择题全错呗！就这样的低概率事件，就被咱们的周大人遇到了——连续几个月，始终没见鬼！要换成一般人，早放松警惕了，该吃吃，该玩玩，享受一下当县太爷的权力。但周元汲选择静观其变，等厉鬼现身。

这段日子虽然没见着鬼，但他还是有些收获的，和一帮衙役发展了良好的友谊。这些衙役，不但听话、聪明，还很懂得帮他捞油水。比方说，有人想塞关系户到县衙上班，有些大牢里的犯人想减刑，这都要钱啊！衙役们收了钱再悄悄转给他，他就睁一只眼闭一只眼，给这些人行个方便。

郭 论 Guo Theory

就这么过了半年，在县衙上下的通力配合下，印江非常太平，老百姓安居乐业，周元汲还赚了三四千两银子的外快。不仅没见着鬼，还发了笔小财，这县太爷的日子过得也算滋润了。

一天夜里，大概十一点，外面刮着风，呜呜呜地响，听起来特别凄厉。

周元汲和两个仆人原本睡得正香，一向警惕的周元汲突然被一阵细微的声音吵醒了。他吓得一个激灵，赶紧睁开眼，没有说话，仔细听着，竟然是一连串的脚步声！

两个仆人也惊醒了，吓得牙齿打战。两人正要说话，周元汲连忙把手指放到嘴边"嘘"了一声。两个仆人点点头，马上不说话了。

正在这万分紧张的时刻，他们白天休息的房间里突然传来一丝响动。

周元汲深吸一口气，扯着嗓子大喊："有人吗？快点灯！"

话音刚落，外面立刻嘈杂起来，穿衣的，穿鞋的，各种声音乱作一团。很快，整个县衙变得灯火通明。周元汲这才放下心来，和两个仆人一起出来了。

院子里站满了人，有刚起床的衙役，还有从门外进来的守门人。大家叽叽喳喳，都不知道发生了什么。有个衙役打了个哈欠，问："大人，这大半夜的，您是发梦癫了？"

周元汲瞪了他一眼，对众人说："不是梦癫，刚才我见到鬼了！她披头散发，口吐长舌，吓死我了！大家可别再回去睡觉了。我们一起去大堂，人多阳气重，这样鬼就不敢出来了，等天亮了再去休息。"

一听鬼来了，众人吓得直哆嗦，谁还敢去睡觉啊？再加上深更半夜，外头刮风，呜呜呜地响，大家一听，更害怕了，赶紧屁颠屁颠地赶着去大堂。周元汲悄悄命令仆人去通知公安局局长带人来撑场子。没过多久，公安局局长、武装部长……印江县的大佬都来了，还来了一大批特警，就是卫所兵。

什么是卫所兵？朱元璋建立明朝后，让他的百万大军都解甲归田。但是朱元璋也没让他们完全归隐，而是把他们变成了世袭的军户，父传子，子传孙，一代

谋 事

传一代，永远替老朱家守卫江山，这些军户就是卫所兵。他们平时屯田，自给自足，打仗的时候能迅速集结，保卫国家安全。不过到了明朝中后期，由于生活困难，缺乏训练，卫所兵几乎没什么战斗力。

周元汲一看人都到了，突然指向了下面的八个衙役："他，他，还有他，对，就是他们八个，全抓起来！"

不是抓鬼吗，怎么抓自己人了？所有人都是一脸懵圈。但碍于县太爷的权威，众人也不敢问个一二三。卫所兵马上出来把那八个衙役抓住，按在地上。卫所兵虽然战斗力差，但对付这些衙役还是绰绰有余的。

周元汲拍了一下惊堂木，对八人喝道："大胆！你们意图谋杀本官，该当何罪！"

跪着的这八个人，分别叫作惠琛、甄鉴、家利、靳保等等。八人纷纷叫道："老爷哟，要害你的可是鬼，跟我们有什么关系！"

大堂里顿时人声鼎沸，众人交头接耳，对周元汲的行为充满了不解。周元汲猛拍惊堂木："鬼怎么能杀人？前任的那些县太爷都是被你们害死的！"

这时候，叫惠琛的那个衙役鼓起勇气骂道："我去你二大爷的，自个儿抓不到鬼，就想让我们顶罪，你个草菅人命、损人肥己的昏官！"他骂得龇牙咧嘴，一副恨不得把周元汲给弄死的样子。幸亏周大人提前喊了一帮兄弟来镇场子，不然这些人今天是要反啊！

周元汲这些日子天天担心，今儿终于真相大白了，他松了口气，开始柯南附身："胡说八道！真相只有一个！"

他看着这八个人说："这几个月我一直装着没事干，天天跟你们插科打诨，为的就是降低你们的警惕。我在左右两边的客房里分别悬挂了三支红色的毛笔，三支黑色的毛笔。凶手如果要杀我，肯定会碰到床边的毛笔，脸上就会留下墨痕，不信的话，你们互相看看自己的脸。"

众人一惊，连忙向八个人的脸上看去。古代没有电灯，蜡烛不够亮，刚才都

郭 论 *Guo Theory*

没看清楚，现在仔细一看，嚯！八人的脸上，还真有黑色、红色的墨痕！

周元汲冷笑一声："为了麻痹你们，我白天和两个仆人住在客房里，晚上一直住后院！这下，你们还有什么可说的？"

在场的众人又是一惊，哎哟，原来真相是这个样子！县太爷真是包公转世，英明神武啊！

这八个衙役见证据确凿，只能低头认罪，竹筒倒豆子一般，把"密室厉鬼杀人案"的前因后果全都供了出来。

原来，这八个衙役做事勤快，会巴结上司，很快就得到了县长的信任。俗话说"天下有大蠹，吏胥为之首"。什么意思呢？古时候，那些衙门的差役虽然没有官职，工资也很低，但流水的县令，铁打的衙役！县令会定期更换，但衙役基本都是干一辈子。他们把持着衙门，结党营私干坏事。"蠹"就是蛀虫的意思。这些衙役大都来自市井，却不想着为百姓谋福利，反而为恶乡里。老百姓恨死他们了，称他们为蛀虫。

这八个衙役就是印江的蛀虫！除了坑害老百姓，他们还盯上了县长！有钱人要找县长帮忙，他们就牵线搭桥，把油水交给县长。等县长赚得盆满钵满的时候，他们就杀了县长把赃款给分了。

杀了好几任县长之后，为了避免被追究责任，他们就散布谣言，说县衙闹鬼。新县长来了，听信了这些谣言，派兵守在县衙里。可没想到这些人有一条秘密通道，直接通到县长的房间！不去玩地道战，真是可惜了他们这一身本事。新知县就悲剧了，辛辛苦苦地捞油水，到头来一场空，为八个坏蛋作了嫁衣。连守在院内的士兵也倒了血霉。所以说啊，老天不许人太贪，是有道理的。

案子终于明了，周元汲判处这八个人死刑，剥夺政治权利终身，财产充公。他们的家人全部流放边关。消息传到北京城，连皇帝都对周元汲大为赞赏，给他发了各种荣誉证书。

看到最后的处理结果，您是不是觉得很爽？其实这个"厉鬼杀人案"并不复杂，所谓鬼就是几个贪婪的人而已。

我再强调一句：鬼片没有鬼，都是人在搞鬼！

所以，咱们没必要怕鬼。如果真有个闹鬼的平行宇宙，那鬼也比人单纯多了，它想弄死你，肯定是因为你得罪了它，责任在你。但人不一样，人想弄死你，理由多了去了：贪图你的钱，艳羡你的伴侣，眼馋你的岗位……而且，人会想尽一切办法弄死你。论起耍阴谋诡计，人可比鬼厉害多了。

020 谋事

从男一号到路人甲：被淹没在历史长河里的狠角色

郭 论 *Guo Theory*

照理说,这么传奇的人不应该默默无闻啊!

咱这一章一章地写故事,写的都是历史上有名的人和事。您想啊,中华大地,上下几千年,得有多少人来来往往,乱哄哄你方唱罢我登场。好在汉字发明得早,而且中华文明一直流传了下来,所以只要您在某个时期是个人物,后人们就能找到一些对应的文字资料,大约能领略到您的风采。

但凡事总有例外,就有那么几个在当时风头无两,最终却被淹没在历史长河里的狠角色。今天,咱们就聊几位这样的狠人。

第一位是鬼谷子。

听名字,很多人都知道:"哦……鬼谷子啊,我听说过。"但是,要是再多问一句"他干过什么啊?",可能就没那么多人知道了。

"鬼谷子"这个名字其实是个"艺名"。此人另有真名实姓。他姓王名诩,又名王禅,号玄微子。春秋战国时期卫国人,就是今天河南淇县人;又有一说,说他是战国魏国邺地人,就是河北临漳县人;还有一说,说他是陈国郸城人,也就是今天的河南郸城县人。

也不知道这鬼谷子的户口是怎么上的,出生地一直闹不明白,反正不是河南人就是河北人吧。据说鬼谷子的长相很是特别——额前四颗肉痣,成鬼宿之相。

别看这人长得不咋的,论能耐,那是空前绝后,半个神仙一样!

谋事

大家都知道，春秋战国时期，百家争鸣，就是有很多思想家出来阐述自己的各种思想。像墨翟，就是墨家的代表人物；韩非是法家的代表人物；孔子、孟子是儒家的代表人物。

然而鬼谷子，一个人跨越了好多家。他既是道家的代表人物，又是兵家的集大成者，还是纵横家的鼻祖，精通百家学问！别人怎么评价他这一身通天彻地的本领呢？说他"日星象纬，在其掌中，占往察来，言无不验；六韬三略，变化无穷，布阵行兵，鬼神不测；广记多闻，明理审势，出词吐辩，万口莫当；修真养性，祛病延年，服食导引，平地飞升"。看见没？怎么说神仙就怎么说他。

再看看他的徒弟就知道他能耐有多大了。鬼谷子的徒弟都有谁呢？苏秦、张仪、白起、李牧、毛遂……这名单，是不是华丽丽的？

但是，本事大的人一般都喜欢嘚瑟，特别爱作死。

像鬼谷子这种半仙似的人物，内心特别自信，啥事都只信自己，别人说什么都不管用。

鬼谷子最擅长的是什么呢？卜卦！号称前知五百年，后知五百年，地上的事全知道，天上的事知道一半。但算卦的人一般都不能给自己算，为什么呢？有两种说法：一种说法是给自己算算不准，一种说法是给自己算会损阳寿。不管怎么说，就是不能给自己算。

但鬼谷子偏不，没事就给自己算，这就相当于考试偷看答案。别人都过一天是一天，不知道明天和意外哪个先来。鬼谷子啥事都知道，什么时候升职加薪，什么时候结婚生子……他掐指一算，算出自己这辈子无后，然后就坦然地开始了坑娃之旅。

鬼谷子直到五十多岁才结婚，婚后没多久，老婆怀孕，生下了一个儿子。鬼谷子一看："嗯？不对呀，我命中无后啊。这小子哪儿来的？"就给儿子算卦，看完卦面，跟媳妇说："这孩子命短，肯定得夭折，养了也白养，要不就算了？"

他媳妇估计是他的"脑残粉",鬼谷子说啥她都信。两个人直接把儿子给送庙里去了。

可没过多久,他媳妇又生了。这鬼谷子就又算了一卦,看完就跟媳妇说:"这孩子也命短,也得夭折,别费劲了……"

要不说他媳妇是"脑残粉"呢,一听鬼谷子这么说,二话没说,又把孩子送走了。

结果,第三个孩子不期而至。鬼谷子还是那句话:"这孩子养不大,咱还是算了。"这回他媳妇不乐意了。人家是"脑残粉",不是脑残啊!就问鬼谷子:"怎么就养不大了?"

鬼谷子说:"从卦面上看,这孩子有三险。第一险风墙坎,第二险老虎吃,第三险强盗杀。这三险天生注定,谁也解化不了。"

意思就是说这孩子要么被墙压死,要么被老虎吃了,要么被强盗给杀了,反正就是活不了。

但这一次,媳妇怎么都不信了,非要把这孩子养大。鬼谷子想想,算了,她爱养就养着吧,反正命中注定。于是就自己去云游了。

岁月如梭,孩子一眨眼已经十六岁了,长得挺好。他妈妈就说:"你在家也没啥事,去找你爹吧。"

孩子就出发去找鬼谷子了。

别说,鬼谷子算得还真是挺准,孩子真遇到了他说的三险,就是风墙坎、老虎吃和强盗杀。但出乎鬼谷子的预料,三次危机都没能置这个孩子于死地。为什么呢?因为这孩子特别善良,一路上见义勇为,与人为善,所以屡次化险为夷。

当这孩子生龙活虎地出现在鬼谷子面前时,半仙吓坏了:这……太打脸了。于是鬼谷子就把自己的占卜之书都给烧了。据说烧书的时候,天上飞过一群白鸟。鸟被他烧书的烟给熏了一下,都变黑了,还吸了点儿仙气。它们不会别的,就会断生死吉凶。哪儿有不好的事,比如死人,这鸟就去哪儿——没错,这就是乌鸦。有的地方管它们叫老鸹。老鸹进宅,无事不来嘛。

谋 事

我们刚讲的这个故事，明眼人一看就知道，这纯粹是民间传说。事实上，关于鬼谷子的故事基本都是民间传说，正史里几乎没有关于他的记载。为什么正史中关于鬼谷子的记载这么少呢？我有个猜测，纯属个人见解啊，就是这人实在是太神奇了，神奇到让人觉得不真实。没准儿原来正史里有关于他的记载，后来史官修史的时候一看觉得太没谱了，就给删了。所以正史当中对于这个人的描写就越来越少了。

有人可能觉得鬼谷子就是个传说，压根儿就没这人。怎么可能呢，一个这么厉害的大活人，就硬被历史给忽略了？

那行，我再说一位——李存孝。

这回您听着耳生了吧？

在评书里，经常有一句话，叫"王不过项，力不过霸，将不过李，拳不过金"。说的是历史上四个武力值最高的人物。分别是谁呢？"王不过项"说的是项羽，诸侯也好，皇帝也好，武力最强的，那得是项羽。"力不过霸"就是说论力气，那没有人比得过李元霸。"拳不过金"说的是金台，没有人拳法比金台更高。说句题外话，这金台也挺有意思。他是北宋著名的武术家，他有个徒弟叫周桐，周桐可了不得喽，收了好多徒弟。周桐的徒弟都有谁呢？岳飞、卢俊义、林冲、史文恭、武松……言归正传，最后这"将不过李"说的就是武将里头最能打的一位，咱今天的主角——李存孝。

在讲李存孝的故事之前，我们先隆重介绍一下另一位猛将——王彦章。

这王彦章有多猛呢？他作为后梁大将，和唐军对垒时，日不移影，连打了唐军三十六员大将。什么叫日不移影？人站在太阳底下都会有影子，这王彦章打唐军三十六员大将，从开始到结束，地上的影子都没来得及挪地儿就打完了！跟打地鼠似的。"日不移影"跟"温酒斩华雄"其实是一个意思，甭管对方多横，王彦章过去一个照面就直接拿下。

然而，这么强横的王彦章在李存孝面前，连一个照面都没走过去。

郭 论 *Guo Theory*

相传李存孝赤手空拳打死过老虎，也因此被李克用收为义子，位列"十三太保"第一。

有一次，唐军潞州节度使孙揆率一万三千人讨伐李克用。李存孝只带了三百骑兵，一个冲锋便击溃唐军，生擒了孙揆。三百破一万三，您说厉害不厉害？李存孝打仗，用一句话总结，那就是无往不利。这位大爷不仅活着的时候牛哄哄，死也死得格外硬气。

李存孝怎么死的呢？车裂！也叫五马分尸。这是古代一种极其残忍的酷刑，一般只有罪大恶极的犯人才会被处以这种极刑。

李存孝犯了什么事被判车裂呢？谋反！

其实他并不想谋反。李存孝有个叫李存信的哥哥，也是李克用的干儿子，李存孝就是被这个倒霉哥哥给忽悠了。当李存孝意识到自己犯了错的时候，事态已经无可挽回。李克用不但不再信任他，还对他十分忌惮，必取他的性命。

这也很好理解。李存孝太能打了，他要是真造反，谁也摁不住，所以好不容易抓住一个机会，就必须给他弄死。

监斩官是谁呢？很讽刺，就是忽悠李存孝谋反的李存信。

车裂当天，李存信赶着马来了。我在此简单介绍一下"五马分尸"。"五马分尸"就是把犯人的四肢和头分别绑在马身上，然后拿鞭子同时抽这五匹马，让马把人活生生拉扯死。

车裂李存孝的时候，新问题出现了。

什么问题呢？李存孝的劲儿忒大，恨天无把恨地无环的主儿。据说，绑上之后，刽子手怎么赶那些马都撕不开这李存孝，把刽子手给累得差点儿背过去。最后实在是没办法了，李存孝把哥哥李存信叫到跟前，说："你们这么弄，搞不死我。我劲儿大，能把马拽住。我看你们也挺累，我自己也挺辛苦。这么着，你们把我手筋脚筋都挑了，再把我手肘和膝盖的骨头都敲碎了。这样我就使不上劲儿了，保证一拉扯就死。"

果然，按照李存孝的办法去做，再一赶马，"哗"一下就把他撕开了。

谋事

李存孝这么厉害，却只在《旧五代史·卷五十三·唐书列传五》《新五代史·卷三十六·义儿传第二十四》里留下了一点点记载，主要形象都出自《残唐五代史演义》，您说亏不亏？

您可能想问为什么。估计是五代十国那会儿实在太乱，史官乱，国家也乱，一会儿一拨人，一会儿一拨人。这个皇帝的传记还没写完呢，他的敌人当政了："别废话，都删了重写！"按常理说，乱世出英雄，但五代十国没有几个大人物给人留下印象，我估计就是上述这个原因。

最后再跟各位讲一个，是我最喜欢的一位英雄，叫麦铁杖。这名字听着很怪：卖什么的，铁棍山药？

其实人家是姓麦，麦子的麦，号铁杖，以号行世，所以叫麦铁杖。

我打赌，很多人都不知道历史上还有这么一个人。

这不会是现编的吧？

还真不是。《隋书》中就有专门的一章，叫《麦铁杖传》，这位已经是今天聊的几位里混得最好的了，起码在正史上留下了一些名声！《麦铁杖传》里头说："麦铁杖，始兴人也。骁勇有膂力，日行五百里，走及奔马。性疏诞使酒……"就是说这人，劲儿大，跑得快，性格怪诞，爱喝酒。

这哥们儿其实是盗贼出身，一般人根本拿他没办法。您想啊，他日行五百里，跑起来跟汽车似的，上哪儿抓去。但一般这种体育特别好的人脑子都比较直，麦铁杖就是我们常说的"有勇无谋"的典型。最后，他被广州刺史给抓了，没为官奴。因为他身高臂长，相貌堂堂，就被选入了皇帝的仪仗队。

这时候的皇帝是谁呢？是南北朝时陈朝的陈叔宝。麦铁杖就在他的仪仗队里打伞。皇帝的伞叫旗罗伞盖，一个得有几十斤。但这对麦铁杖来说都不是事，他不是"骁勇有膂力"嘛。

这本来是多好的事，一个囚犯当上公务员了，还在皇帝身边当差，努努力，干点儿啥不行？但麦铁杖脑回路比较清奇，他觉得还是当贼比较得劲儿。但他是

郭 论 Guo Theory

有编制的人了,每天都得在皇宫里给皇帝打伞,哪有工夫出去作案呢?

一般人可能就没辙了,但麦铁杖不同,他脚力过人,传说他能日行五百里!为了避人耳目,麦铁杖选择下班后到百余里外的徐州城作案。每天半夜,他风风火火直扑徐州城下,飞身越墙入城,明目张胆地抢劫、偷盗。得手之后,他居然能在第二天天亮之前赶回京城皇宫,仍旧为皇帝打伞,跟没事人一样。

麦铁杖自以为手段高明,神不知鬼不觉。但常在河边走,哪能不湿鞋?连续作案达十数次后,徐州城内人心惶惶,当地的官员更是对这个惯犯恨之入骨。

不久,麦铁杖又故技重施,赶赴徐州城作案。不巧的是,麦铁杖在作案过程中被躲在暗处的官员看见了脸。这官员一看:"哟!这不是给皇帝打伞的那个人吗?"就把麦铁杖告到了京城。

麦铁杖偷盗作案的事很快在京城大小官员间传开了。可朝廷高官们怎么都不信:"这人天天见着,怎么可能去做贼?"这事最后惊动了给事郎蔡征。蔡大人想了一会儿,说道:"要断定麦铁杖是不是作案的人,也很容易!"

第二天,蔡征上朝向皇帝奏明麦铁杖作案一事。皇帝听后也不信,蔡征就说了:"皇帝,发一皇榜,明文告示:朝廷有十万火急文书,要连夜送往徐州刺史大人手中,送书之人必须在第二天天亮之前捎回刺史大人的回信。如果能顺利完成这个任务,即重奖白银一百两!条件是,送书人只能步行,不能骑马!"

皇帝准了蔡征的建议。告示一出,轰动京城。老百姓议论纷纷:"这快递费给得高啊,就是太费鞋。"

这么苛刻的条件,一般人就凑个热闹,这活儿根本接不了。但麦铁杖知道后高兴坏了:"这不是给我送钱吗?"赶紧就去把皇榜揭了。

任务做得肯定没话说,他是轻车熟路,天没亮就带着刺史大人的回信回京城了。本以为要收钱呢,结果金瓜武士上来就给他绑起来了。

这人的脑子,确实不太好使啊。其实这麦铁杖最后的结局还是很不错的,他为隋朝立下了汗马功劳,战死沙场。隋炀帝下旨表彰了他,赞其"先登陷阵,节高义烈",赠光禄大夫、宿国公,谥武烈。他的三个儿子也得到了厚赏,加官晋爵，满门荣耀。

照理说，这么传奇的人不应该默默无闻啊！我估计是因为他后期功成名就，都封了公爵了，史官们也不好老拿他年轻时当贼的事来说事，总还是要给后人留下宿国公光辉正面的形象，所以就一笔带过。挺好的男一号人设，生生被史官写成了路人甲，也算是造化弄人吧。

历史上被记住的人大多是王侯将相、才子佳人，但用唯物主义史观说，历史是人民写就的。不管时代如何风云变幻，最打动人的还是大时代背景下小人物的故事。不过但凡能在史书上有名有姓地留下一笔的，在当时肯定都不是小人物。只是他们在漫漫历史星河当中不是那么璀璨罢了。

— 谋事 —

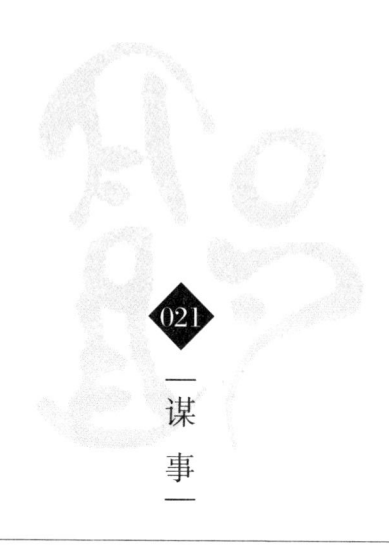

肥缺：
贪者愈贪，廉者愈廉

郭 论 *Guo Theory*

有的人见利忘义,有的人克己奉公。

最近网上有文章分析"德云社"的商业模式,说得头头是道,可惜我没看懂。说白了,德云社本质上还是一家传统班社,只是加入了一点儿现代企业管理的元素。比如说:每个演员每年必须在小剧场演多少场,没演够就扣钱。看上去这跟现代企业管理里的KPI之类的意思差不多,但在我看来,这其中的逻辑也是班社的逻辑:不干活儿就没饭吃!

就这么简单。

有管理了,就得有管理人才。像栾云平,他就做管理,做管理就会得罪人,于是得了个"栾忐忑"的江湖诨号。说实在的,做管理挺考验人的。有的人做管理,他知道自己是来给大家服务的,像"栾忐忑",他觉得哪怕骂人一句,那也是为了人好;但有的人做管理,他就会去算计,怎么以权谋私,怎么把这位置变成一个有油水的工作,这种人就会坏事。

小到一个企业,大到一个国家,都是这个道理。中国几千年的皇权更迭建立起了一套极其庞大的国家管理系统,每个位置的人都像机器上的螺丝,各司其职,各行其是。但职位跟职位有很大的不同:有的吃力不讨好,有的闷声发大财。同时,有的人见利忘义,有的人克己奉公。今儿,我就说说那些肥缺上的人生百态。

谋事

天下头号肥缺，非内务府总管莫属。

内务府是肥缺？难道不是管银子的户部或者管盐道的官吗？再不济也得是个管收税或者贸易的吧？怎么也轮不到一个管内务的总管最肥啊。

不得不承认，管盐道、管关税贸易，确实是很肥的差事，但和内务府总管比起来，那都是清水衙门。

怎么这么说呢？先说几个小例子。

据说清朝的道光皇帝是个很节俭的皇帝，而且他不像别的皇帝，没事专门盯着别人，天天吓唬人家"你得节俭！"，让别人省下钱来，自己铺张浪费。道光是从自己做起，龙袍破了，打打补丁照样穿。但他的衣服打一个补丁，需要花五两银子。内务府说了，这可是给龙袍打补丁，得用全国最好的裁缝、全国最好的布料。

道光喜欢吃鸡蛋，一个鸡蛋，内务府报价五两银子。好嘛，这得是母鸡中的"战斗机"下的蛋。

最夸张的一次是道光想吃片儿汤，然后内务府回报说，吃片儿汤得花上万两银子。道光听完就蹦起来了："为什么要这么多钱啊？"内务府还振振有词："您要吃的这片儿汤，御膳房的厨师不会做。所以我们得专门给您垒个灶，然后从外面请厨师，买食材。算下来，建一个'片儿汤膳房'要花上万两。"

道光说："不用费这么大劲，去前门买一碗不就结了吗？"内务府就说："那不行。谁知道前门那儿买的安全不安全呢，吃着地沟油怎么办？"道光听完，只得作罢。

据说，道光皇帝每餐要花八百两银子，可想而知，这里头有多少水分。

道光是个例吗？当然不是，他儿子咸丰皇帝也撞上过这种情况。据《南亭笔记》记载，有一回，上书房的门枢坏了，内务府要换门。咸丰不许，让他们来修。内务府狮子大开口："修门枢要五千两。"咸丰皇帝不像他爹那么好糊弄，一听就发飙了："给你们个机会重新组织下语言，再说一遍，修门枢到底多少钱！"

这时候内务府的官员才知道收敛："那什么，五十两……"

看这几个例子就知道，内务府的水很深。那些盐道、税官哪能跟他们比啊？盐道还得冒着杀头的风险做假账吧？人家内务府的官多好当，直接瞪着眼明坑，风险低，收益大。

内务府这样肆意敛财，皇帝主子们就不管吗？

怎么可能不管？刚开始也是管的，而且还管得挺好。在清朝开国初期，内务府还是一个相当有操守的衙门。康熙年间，很多在内务府当差的官吏都以廉洁奉公著称。所以康熙曾经说："今朕交内务府总管，凡一应所用之银，一月止五六百两。"俨然廉政楷模。

在清朝，在内务府当差的人都得是包衣出身。包衣就是那时候旗人的家奴，只有"上三旗"的包衣才能进入内务府当差。当时有个大名人曹寅，就是曹雪芹的祖父。他就是满洲正白旗包衣人，深得康熙皇帝信任，被封了苏州织造，后来又升任江宁织造。听起来似乎只是个管纺织的官，但人家是为皇宫干活的，属于内务府下属的分支机构。看上去不是特别重要的官，可是有钱。《红楼梦》里的贾家有多阔，那时候的曹家就有多阔。

要知道，就算是看起来老实巴交的家奴也是会被金钱腐蚀人性的。随着管理一点一点地松懈，到了慈禧听政那些年，内务府连遮掩都不遮掩了。慈禧太后喜欢骄奢淫逸的生活，内务府就打着老佛爷的名义横征暴敛。晚清年间，很多官都是用钱捐来的。您想，这些官员上了任，还不得拼命捞钱，不然他怎么回本儿呢？买官的时候花了大价钱了！

清末的大太监小德张，在他晚年写的回忆录里说，慈禧太后每天的生活费是四万两银子。这意味着什么？慈禧半个月的生活费，就能买一艘巡洋舰。

那这四万两全都花太后身上了吗？肯定不是啦，看看那修门枢、吃片儿汤的报价就知道里头有什么鬼名堂。别说总管这种大官，那会儿，一个内务府的厨子也能在北京买地买房，阔得一塌糊涂。

所以，老北京也有个说法："房新树小画不古，此人必是内务府。"为什么这么说呢？房新树小画不古，一看就知道这家人属于乍富，没家传。那为什么一定是内务府呢？说明内务府这样的人多，而且那时候也没中彩票一说，很少有人能乍富。突然变得特别有钱的，也就只有在内务府这种地方当差的人了。

内务府是一个明显能捞到油水的地方，因为内务府的任务就是给皇帝置办东西。这个世界上所有负责采购的部门都是肥缺。

但也有些岗位，乍看之下没觉得能捞多少油水，实际上却肥得流油。

比如晚清的库丁。

什么是库丁呢？说白了就是仓库的搬运工。但这仓库不是一般的仓库，而是国家的银库。

这听起来是卖傻力气的活儿啊，能有多肥？很肥，出人意料地肥！肥到想去当库丁的人得先拿出几万两银子来行贿！普通库丁退休的时候，怎么也能有数十万银子的积蓄，您就想，这差事得多趁钱。

那库丁是怎么捞钱的呢？江湖上有一个传说，说库丁有种绝技叫"肛门纳银"，用这方法往外偷银子。小说里也写过，有一个人把库银藏肛门里，结果出门时放了个屁，把银子崩了出来，入了大牢。

我现在就说说，这技能是怎么来的。

清代的库丁只用满人，不用汉人。这些库丁享受国家公务员的待遇。为了保护国库里的银两的安全，户部规定：凡是进出国库的人必须一丝不挂。出库的时候，库丁们还得"呱呱呱"地学鸭子叫，以示口中没含银子。这样做是怕有人偷银子，但终究，还是有大量的银子被人给偷了。怎么偷的呢？就是肛门纳银。这不用多解释吧？就是把银子藏在肛门里偷偷带出去。

说起来容易做起来难，这银子多大，小小肛门能藏多少？偷出去的银子还不够买马应龙的呢！而且银子多沉啊，一般人走两步就掉出来了，都不用打屁。所以，这是个祖传的绝活儿。据《清代野记》记载："闻之此中高手，每次能夹江西圆锭十枚，则百金矣。"一次就能偷出来上百两银子，惊人不惊人？

郭 论 Guo Theory

书中还说，为了达到高超的盗窃水平，看守国库的士兵们从小就接受艰苦的魔鬼训练。首先他们会把抹了麻油的鸡蛋往自己的肛门里塞，尽量把肛门撑大。等鸡蛋过关了，又换成更大的鸭蛋、鹅蛋直至最后的铁蛋。数量从一枚开始累加，逐渐加到七八枚。清朝的制度规定，看守银库的士兵，一届任期三年。所以他们就利用这三年拼命偷钱，功夫高点儿的，三年赚个几十万两不成问题；差点儿的也能赚三四万两，足够一辈子吃喝不愁。

是不是有人听到这儿都有点儿坐不住了？但野史终究是野史，不一定真的就是这么一回事，但也不能说肯定没有这么一回事，就把它当成一个故事吧。

那正史里是怎么描写真实的清朝户部银库的呢？

清朝，银库的库丁编制很少，只有四十名。想做库丁，首先要贿赂户部尚书。一个库丁的名额要花六七千金才能买到。

库丁每月上库工作九次，而且考勤非常严格。他们有时也会加班，所以每月入库十多次。如果搬运银两累了，库丁也可以稍事休息，但只要出库，必须赤身接受检查。

从这里咱就知道，库丁要想把银子夹带出去，可不是一件容易的事。况且，户部那些当官的老爷也都不是废物，有的是招儿防"肛门纳银"，比如说吧，库丁出库的时候，必须要喊着口号，跳过很高的门槛……这就是怕有人夹带银子出去。

那既然不能"肛门纳银"偷钱了，那库丁还算肥缺吗？

依然是。

人有人路，蛇有蛇道。到了冬天，天寒地冻，库丁们就把银子藏在茶壶里。按理说，茶壶出库也是要倒过来查验的，可天气太冷，银子被库丁们用水冻在壶里，倒不出来。可能有人想说，不对啊，虽然看不出来，但称重总能称出来吧？称出茶壶变重了，不就露馅了吗？没错，可就是用这种笨办法，都能偷出银子来！这么看，这缺肥不肥？

是不是所有人混到一个肥缺都琢磨着怎么搞钱呢？也不是。说实在的，肥缺里头的利益确实很大，对人性考验也很大，尤其是周围的人同流合污、里应外合的时候，想要忍住，洁身自好，挺难的。但好在中国的历史够长，出场人物够多，最不缺的就是例外。今天不多说，随便说一个——颜真卿。

这名字大家都熟，大书法家，小时候写大字，一般都是从柳体、颜体开始。很多人对颜真卿的认知也就仅止于此了。但其实，颜真卿不仅仅是个书法家，同时还是个政治家，历任监察御史、殿中侍御史，唐代宗时官至吏部尚书、太子太师，封鲁郡公，最后被派去劝降叛将李希烈的时候，被李希烈缢杀，也算唐朝的一代名臣。

他这辈子当了好多官，最小的也是县尉，前文中提到的那些官就更不用说了，基本都是肥缺。比如吏部尚书，就是管派官、升迁的，贪心的人在这位子上，那肯定赚个脑满肠肥。就不说这种大官了，就是长安县尉，也是个让人眼红的肥缺。

为什么这么说呢？在唐代的时候，县级政府行政机构中，县令是长官，负责统筹全县政务；县丞是副长官，辅佐县令行政；主簿是勾检官，负责勾检文书，监督县政；县尉的职能主要是司法捕盗、审理案件、判决文书、征收赋税等，就是在公检法税务部门具体负责庶务的官员。

中国有句话叫县官不如现管。这县尉就是现管，都是直接和利益相关的人。而且，那时候的长安可不只是唐朝的首都，还是整个世界的政治、经济、文化中心，真要有心，一年随随便便数以万计的贪污根本没人看得见。但颜真卿没有。

在书法圈有个著名的字帖叫《乞米帖》，就是颜真卿写的。现在的人把它当书法作品来看，但它其实就是颜真卿当年写的一个借条。

当时唐朝受安史之乱重创，加上关中大旱、江南涝灾，宰相元载还推行"厚外官而薄京官"的薪俸政策，这就导致为官清正、毫无积蓄的颜真卿生活异常拮据。他和夫人带头一日三餐以粥度日，数月之后，箪瓢屡空，彻底揭不开锅了，只能去借米。向谁借呢？因为他清廉啊，所以他不向朝廷要，不向贪奸要，也不向富贾人家要，而是向同样为人耿直、忠诚孝悌的好友李光弼要。于是，有了名垂青史的《乞米帖》——"拙于生事，举家食粥，来已数月。今又罄竭，只益忧煎,辄恃深情,故令投告。惠及少米,实济艰勤,仍恕干烦也。真卿状"。

听来着实令人唏嘘,这么大一个官,竟然没米下锅。再对比一下当时其他官员,即使国家已经风雨飘摇,却依然锦衣玉食,好不逍遥。

书法圈对于《乞米帖》的评价很高,最中肯的一句评价是——《乞米帖》有筋骨。现在看来,与其说这是对颜真卿书法的褒扬,不如说是对他人品的赞美。

其实,所有的官位都是本着为民服务的原则设立的,没有肥瘦之分。但在贪婪的人眼里,哪怕是跳蚤大的权力,也能榨出沙特那么多油水来……人性使然,人品使然。

022 — 谋事 —

古人取暖

郭 论 *Guo Theory*

  古时候的冬天比现在的冬天冷得多。古人防寒防冻的办法却没有那么多。实在冷得受不了了，就喝点儿酒。

  入冬了，天越来越冷了，您各位怎么样啊，家里暖气热不热，秋裤都套上没有？我看有的怕冷的人，尤其是小姑娘们，嘿，全副武装——吹着热风机，穿着棉袄棉裤，贴一身暖宝宝，还得端一杯奶茶，老远一看跟个球似的。南方的朋友冬天又没暖气，阴冷阴冷的，更不好受。

  咱们今天的人好歹还有些御寒的装备，古人遇上冷天可就够呛了。哎，不对啊，古装电视剧里的人都挺暖和的啊，一个个红光满面的。那不是古人暖和，那是拍电视剧的戏棚里暖和。大灯一照，头套一戴，想不暖和都不行。

  真正的古代压根儿就不是这样的。"朱门酒肉臭，路有冻死骨"不是编的，是真呀。专家分析过，古时候的冬天比现在的冬天冷得多。古人防寒防冻的办法却没有那么多。实在冷得受不了了，就喝点儿酒。《水浒传》里《林教头风雪山神庙》那一回，陆谦他们要杀林冲，幸亏林冲出去买酒去了，这才逃过一劫。那大军草料场，多冷啊。"北风那个吹，雪花那个飘"，林冲住的那个屋呢？书里说得很清楚："朔风吹撼，摇振得动。"这风一吹，整个房子直跳舞，那能住人吗？林冲心说："得了，我再待会儿非冻死不可，我买点儿酒喝去吧。"就因为动了喝酒祛寒的念头，林教头才没让陆谦他们害了。

可《水浒传》是小说，杜撰的成分很大，真正的古代，冬天有这么冷吗？

还真有。

"医圣"张仲景写过一本书叫《伤寒杂病论》。什么叫"伤寒"呢？伤寒，说白了就是"伤于寒"，那不就是冻的嘛。有的读者可能想说："不对！中医说的'伤寒'，那是受寒邪之后，外感热病，才叫伤寒呢。今天西医都已经证明了，那是'伤寒杆菌'闹的。"

真翻过《伤寒杂病论》这本书您就知道了，张仲景在书里都已经说了："冬时严寒……触冒之者，则名伤寒耳。"什么意思呢？冬天外面冷啊，冻得人直哆嗦。有的人不穿羽绒服，也不穿大衣，穿着单衣就往外跑，迎面跟寒气来一个热烈拥抱，"触冒之"了，就得了"伤寒"。

张仲景为什么写"伤寒"呢？因为他所在的那个东汉末年哪，天忒冷了。《汉书》上面写得很清楚，那会儿的天能冷到什么程度呢？大家都知道竹子是很抗冻的东西，"岁寒三友"嘛！可东汉有那么一年，这竹子愣是被冻枯萎了。竹子都这样了，更何况是人呢。再加上那会儿老百姓的生活条件差，大家穿的是粗布衣服，吃的是豆子叶。住的呢？"荆室蓬户"——用破树枝子搭个棚子，用野草塞窗户。就这条件，还能不冻死？所以《伤寒杂病论》里那些方子，都是让人吃完了可以发热、发汗的"麻黄汤""柴胡汤"什么的。

其实都不用说东汉，1949年以前，老百姓们过冬就很难。过去的北京大街上，一到冬天，净是"倒卧"。"倒卧"是老北京话，就是饿死、冻死在大街上的穷人。"卖火柴的小女孩"就是"外国倒卧"。

清朝北京城里有规定，"倒卧"死的时候头朝东就归大兴县收，死的时候头朝西就归宛平县收。"倒卧"里面有要饭的，有头天晚上被"鸡毛店"轰出来的病人。"鸡毛店""伙房子"本来都是最底层百姓的收容所，可是这些店也有底线，那就是住客不能死在店里，不然说不清是谁的责任。所以一瞅住客快死了，伙计就该轰人了："出去！死外头去！"这大冬天的，北风烟儿雪，到外面能有个活吗？必死无疑。

所以说，古代冻死几个人是常有的事，一点儿都不新鲜。

为了取暖，咱们的老祖宗动了不少脑筋。几千年下来，他们发明了不少取暖用的东西。比如说北方的壁炉、火墙。这些东西是什么时候有的呢？秦朝就有了。西安有一个遗址叫"兴乐宫"，专家在那儿发现了壁炉和火墙的遗址。那会儿的壁炉就已经是烧炭的了，出烟孔在屋外，省得人中毒。火墙呢？墙是中空的，里面有管道通着。拿两块瓦，一合，就是一截管子。一截一截的管子连在一块儿，就是土管道。管道砌在墙里，后面连着灶。这就是火墙。

汉朝以后，又发明一样好东西——火炕。这回行了，有壁炉、火墙、火炕，北方这取暖的一整套东西算是齐了。据说汉朝就开始有一种用火炕取暖的宫殿，叫"温调殿"，宫殿地面下事先用砖石砌好了管道，拿炭一烧，倍儿热乎。

到了明清，这种取暖方式就比较成熟了，使用火炕、火地取暖的屋子有了自己专门的名字：暖阁。故宫的坤宁宫东暖阁是三代皇帝的洞房——康熙、同治、光绪都是在这儿结的婚。这间暖阁的墙外有两个大坑，都足有一人多深，太监就在这里烧炭。叫"暖阁"是因为烧火炕和埋在墙里的烟道相连，组成了一套土暖气，一烧炭，特暖和。

这种东西其实在平民百姓家也看得见，只不过是低配版的。东北的火炕就跟这个没什么区别。说起火炕，就不得不说盘炕。盘炕可费劲了。别的甭说，就做这炕坯子，就是个累活儿。要"和大泥、脱大坯、吹大喇叭、锄大地"，在东北这叫"四大累"。盘炕也是手艺。炕要是弄得好，烧起来热得就均匀，而且还不冒烟。要是弄得不好，烧半天都不热，屋里比地窨子还冷，全家人都得去院子里取暖去。

等这炕真烧热了、烧烫了，那可太美了。尤其是炕头，离灶近，所以热，大伙儿都抢。相声定场诗说"老两口子争热炕"，说的就是抢炕头。热炕头铺上狗皮褥子，好嘛，甭管外面的冷风怎么吹，躺在上面都能睡出一身汗来。甚至于胃疼都不用吃药，撩开上衣往火炕上一趴，一会儿就好。

没有火炕、火墙，想取暖就得靠炉子。古人这炉子，一般是铜制的，博物馆里能看见好多。古人爱炉子爱到什么程度呢？大诗人白居易特地为自己的暖炉写过一首诗："暖阁春初入，温炉兴稍阑。晚风犹冷在，夜火且留看。独宿相依久，多情欲别难。谁能共天语，长遣四时寒。"意思是说，春天来了，天气回暖，用不上炉子了。但是入夜之后气温低，所以没有把炉子收起来。白居易抱着炉子待久了，现在要把炉子收起来，竟然生出了不舍之情。

取暖的炉子，叫"燎炉"。燎炉也分好几种，比如地炉、手炉、脚炉、袖炉。其中有一种"袖珍炉子"很有意思，是专门放在被窝里用的，叫"香薰球"或"熏球"。这东西特别小，只比核桃大一点儿。熏球，有铜做的，也有金子做的。做得好的熏球特别好看，跟个小玩具似的，不管怎么转它，里面烧的香丸都不会掉出来。睡觉的时候把熏球放在被窝里，可以取暖，还可以用它把被褥熏香，而且绝对烧不着。

这炉子啊，有精细的，就也会有粗的、笨的。比如说"地炉"。什么叫"地炉"啊？说起来很简单。这东西，并不是真正的炉子。古时候那穷人家屋子里哪儿有铺木地板的？顶多在地上垫几块砖。那就算好的了，大部分人家里，进门是土地。在地上挖一个坑，往里面堆上柴火，烧起来，这就叫地炉了。烧的东西一般是松木、杉木。这些东西有油，可以多烧会儿。据说过去的猎人、樵夫都会这个，随时随地都能搭窝棚、挖地炉，要不很容易在外面冻死。

当然了，穷人才烧柴和木头，达官贵人就不烧这些了，烧炭。一说这个，您肯定能想起《卖炭翁》那诗来。诗里说"伐薪烧炭南山中"，那诗中的"南山"其实就是终南山，是长安南面的一座山。当时像"卖炭翁"这种人，在唐朝属于"炭户"，祖祖辈辈就是干这个的。长安有多少人？中国的、外国的，有护照的、没护照的，一堆一堆的。这么多人要烧炭，那需要多少木头？所以诗中说"一车炭，千余斤"，真不夸张，需要炭的人多啊！

木炭这么难弄都拦不住有的人嘚瑟。比如杨国忠，就是杨贵妃的哥哥，据说就特别能"作"。这个人净玩儿邪的，好好的木炭不烧，而是把炭搓成炭屑。然后把蜂蜜和这炭屑混在一起，团成跟煤球似的"炭球"。烧炭球的时候，底下还得垫

郭 论 Guo Theory

上白檀木。那年头，蜂蜜多少钱？白檀木多少钱？他干脆烧钱多好。

除了炉子，古人还有一样取暖的东西，您肯定觉得特熟，在电影、电视剧里老能看见。什么呢？火盆。到现在，好些人结婚还弄一个假火盆，新娘子还得迈一下。这么一来，以后日子就"红红火火"啦。

明清的人特爱烧这火盆。为什么？好搬啊。不过火盆也有问题：容易着火，还容易中毒。明朝时，一个叫刘若愚的太监记载，说明朝皇宫里爱用火盆，而且烧的是"红罗炭"。这种炭劲儿大，还不爆火星。可是这种炭有一个毛病，那就是容易熏人。当时宫里就有小皇子、小公主被"红罗炭"熏死。

清朝的人也爱烧火盆。现在的旧物市场里还有很多清朝的老火盆卖。也没多少钱，几百块钱到一千多块钱一个。有的底下有腿，有的有配套的架子，有的还有配套的炉子、水壶什么的。不过清朝烧火盆也烧出过事来。

嘉庆二年（1797年），故宫的乾清宫失火，连后面的交泰殿都被燎了。这就是烧火盆烧的。火盆这玩意儿，烧到最后得把盆里的炭都倒出来用土埋灭。等火彻底灭干净了，剩下的炭还得搁在一个坛子里，收进炕洞，等第二天再取出来用。当时有一个太监姓郝，这位老郝烧完火盆，草草一灭，也没收到炕洞里，露天就搁在东穿堂底下了。东穿堂那儿全是楠木阁子呀！天干物燥，这没灭干净的炭一见风，呼呼就着起来了。把嘉庆皇帝给气的，火冒三丈，七窍生烟，自己差点儿也变成火盆。

嘉庆二十四年（1819年），因为烧火取暖，又出了一档子事。十一月，嘉庆皇帝的六旬万寿庆典刚结束不久，养心殿南边的文颖馆着火了。王公大臣们看到冲天火光，忙赶去救火。谁知值班的皇子不许这帮人进去，甚至在皇帝下令开门后仍不放人。对皇帝的命令置若罔闻，您说这嘉庆皇帝得多生气吧。

说完了火盆，就该说御寒的衣服了。咱们今天好办，冬天有羽绒服、呢子大衣什么的，有的是选择。古时候没有羽绒服啊，那穿什么呢？

穿棉袄行不行？还真不一定行。因为棉花进中国其实特别晚。南北朝时期，棉花才被引进中国，大批引进是宋朝以后的事了。佛教有一件圣物，叫"木棉袈裟"，据说是释迦牟尼当年穿过的。后来这件袈裟在南北朝的时候被达摩祖师带到了中原。什么是"木棉"呢？有人说是"木棉树"，不对。学者考证过了，那个时候的"木棉"，就是今天的棉花。"木棉袈裟"，说白了就是"棉布袈裟"。在当时，这还是新鲜事物呢。

推理可知，秦朝以前中国就更没有棉花了。所以说，"二十四孝"里有一个"鞭打芦花"，一看就不对。鞭打芦花是关于闵子骞的故事，闵子骞是孔子的徒弟。传说，他后妈给他做棉袄，里面不絮棉花，絮的都是芦花。可是闵子骞是春秋时期的人。那会儿，中国压根儿就还没棉花呢。

除了棉袄，古人还穿皮货。这皮货的事啊，我们德云社的相声里就有不少，什么"海龙的帽子""狐嗉的大衣"。尤其是这狐狸皮的衣服，自古只有有钱人才穿得起。不是有那么个故事嘛，说秦国把齐国的孟尝君给扣了，不让走。孟尝君求秦王的宠姬帮忙，宠姬答应帮他，条件是要他的一件名贵的白狐裘做谢礼。可孟尝君之前已经把这衣服给秦王啦！没辙，他手底下有个会学狗叫的门客，跑到秦王那儿把狐裘偷回来给了这位宠姬，孟尝君才被秦王放了。

孟尝君，那是什么人？战国四君子之一！这么有钱的主儿，也只有一件白狐狸皮，可想这东西有多贵重。其实，狐狸皮也分好多种。孟尝君这件，要按狐狸皮的部位分，应该是"狐肷儿"做的。狐肷儿是什么呢？就是狐狸腋下和肚子上的毛皮。这两个地方的毛，蓬松、暖和，而且都是白色的。到清朝、民国的时候，一般就很少用狐肷儿做大衣服了，都是做坎肩，穿里面。

狐狸皮里最常见的，其实还是"全狐"——狐狸去了脑袋，去了四条腿，一张整皮子。据说晏子，就是《丑娘娘》里那晏婴晏丞相，就有这么一件全狐的衣服。不光是评书里，据说真正历史上，晏子也特别抠。这一件全狐狸皮的衣服，他楞穿了三十年。这衣裳是真结实！

得啦，今儿咱也聊得差不多了，先到这儿吧。不过呢，您听完了可别误会：在古代，那可不是人人都有皮衣服穿。古时候，还是穷人多，没皮衣服，棉花又没引进，怎么办呢？条件好一点儿的，衣服里絮"丝绵"，就是缫丝剩下的那些毛毛。但丝绵也不是人人都絮得起的。再穷点儿的,絮什么呢?纸!比如唐朝的老百姓,不但衣服是纸做的,就连夜里盖的被子也是纸的。人人就都用得起纸吗?也不是。白居易有首诗,写的是那会儿农村过冬:"北风利如剑,布絮不蔽身。"随便什么东西,破麻袋片、草、树皮,都披在身上,这才是古代底层老百姓真正的模样啊!得啦,咱们还是珍惜今天的生活吧。

023 —谋事—

蒙汗药

郭论 *Guo Theory*

> 生命不息，挖坑不止——没有坑的人生不完整。

我说评书的时候特别爱挖坑，就有好多朋友催我："什么时候把原来的坑填了呀？欠我们不少啦！"

尤其是说《济公传》的时候，好多听众等得受不了，天天问我什么时候把这些坑填了。嗐，老坑迟早得填，但是填老坑的同时，难免挖出新坑。生命不息，挖坑不止——没有坑的人生不完整。所以，大家还是先好好读《郭论》，万一我哪天在书里把坑给填上了呢？

《济公传》里有句黑话："白干三壶，海海的迷子。"迷子，就是蒙汗药。这蒙汗药是怎么回事呢？哎，今儿既然提到这儿了，我就解释解释这事。

"蒙汗药"到底是什么，这事要说起来，还真有点儿复杂。过去的江湖侠义小说，比如《水浒传》《三侠剑》《雍正剑侠图》之类的书里净是这个——酒里掺上蒙汗药，人一喝下去，当场就被麻翻了。然后呢？生辰纲也让人抢了，人也让人家剁成馒头馅了。这还只是小说，要放到评书里，那就更有鼻子有眼了。评书里说，蒙汗药也分三六九等。最下等的，也就是三等的蒙汗药，有色又有味——这是最次的；二等的蒙汗药，有味无色，或者有色无味；最上等的蒙汗药，无色无味。《雍正剑侠图》里，剑山蓬莱岛有个护国军师，华图华亮羽，专门卖熏香、蒙汗药。人家那产品还时常更新升级一下，弄得跟卖手机的似的。

谋 事

照书上的说法，想解这蒙汗药也很容易，含一口凉水，照这个中了蒙汗药的人脸上"噗"地一喷，被麻翻了的这位让凉水这么一激，当场就能醒了。

那么说，到底有没有这东西呢？还是有的。只不过小说也好，评书也好，里面讲"蒙汗药"的情节都比较夸大。

蒙汗药，一开始也不叫"蒙汗药"。"蒙汗药"这叫法，在《水浒传》里出现过。《元典章》里管它叫"懞药"，也有叫"迷药"，或者"迷闷药"的。那"蒙汗药"这称呼是怎么来的呢？这仨字怎么解释呢？有人说，这药一吃下去，人身上这汗就憋着出不来啦——"汗"被"蒙住了"，那还好得了吗？所以叫"蒙汗药"。但是这个说法吧，有点儿想当然。

据说啊，蒙汗药的"蒙"，一开始不写成"蒙"，而应该写成"闷"。汗呢，也不是出汗的汗，是"大汉""好汉"的"汉"。所以，这药的名字，最开始应该叫"闷汉药"，也就是把江湖上的好汉给迷晕了，这个意思。"闷"和"蒙"读起来很像，"汉"和"汗"的读音又一模一样，久而久之，就传成"蒙汗药"了。

这东西的主要成分是什么呢？演义小说把这东西的方子说得可神了：《雍正剑侠图》不是说嘛，得找那怀孕的妇女，活取紫河车；《彭公案》说，配这药得挖小孩儿的眼珠。这些说法，听着就挺吓人的。我看网上，也有好多爱研究这个的人。有人说，蒙汗药用一种叫"曼陀罗花"的花当主料。曼陀罗花是什么东西呢？不知道。至少在明朝，李时珍写《本草纲目》之前，大家伙儿只是听说有这么个东西，但这东西具体是长的还是扁的、白的还是黑的，就没人知道了。

别看谁也没见过吧，人嘴两张皮，把这东西传得挺神。比如说，南宋的时候，有人就说，把曼陀罗花弄成粉末往酒里一放，人只要喝了就会通身麻痹，比死人还像死人。到什么程度呢？拿大斧子砍这人，这人都不带醒的。而且据说，这人要是中了曼陀罗花的毒，当时不能弄醒他，不然人就会死。什么时候救呢？必须得先耗三天，等药劲儿基本上快散了才能用解药，这人才能活过来。总之，整个过程挺危险的，不像评书里说的，喝一口药就昏过去，喷一口凉水就醒过来。

还有的记载说，曼陀罗花，原产印度。采这花的时候，采花人要是一边大笑

郭 论 Guo Theory

一边采摘这花，那么用这花酿成的酒，能让喝它的人也大笑；要是采花的时候，采花人一边跳着舞一边采花，那么这花拿回去酿成酒，谁喝了谁就跳舞。

这些说法，一听就太神了，有点儿像是胡编乱造的。所以等到了明朝，李时珍写《本草纲目》时写到曼陀罗花这个东西了，就觉得这些说法忒不靠谱。说得这么神，那这东西到底长什么样，能治什么啊？就没人说得清楚了。李时珍觉得这样不行，于是决定想办法弄清楚。

李时珍找了很多年，终于在北地发现了曼陀罗花。为了验证一下这花的药效，李时珍拿自己做试验。结果他发现，虽然过去的那些传说都有些夸大的成分，但是人喝了用这种花酿的酒以后，确实有点儿精神被控制的意思。比如说，某人喝了这种酒，别人要是做点儿滑稽动作，勾搭这位乐，这位确实会跟着乐，"嘿嘿嘿"傻乐个没完。李时珍就明白了，这个，其实是一种药性很强的麻醉剂。

那么今天看来，这到底是什么呢？其实就是俗称的"大喇叭花"。注意，是"大喇叭花"啊，不是咱平常看见的那"喇叭花"。中医一般叫它"洋金花"，或者叫"风茄花"。它的花、叶、果，都含有一些特殊的碱。这些碱能麻痹人的神经。现在，好些西药里面也有这种碱，一般都是用来止痛的，还能治晕车、晕船，在治疗精神疾病方面被广泛应用。

听到这儿，大家很容易联想到一个东西——华佗的"麻沸散"。没错，在李时珍那个时代，就有人传说华佗的"麻沸散"里面有曼陀罗花。有人说里面应该还有生草乌、香白芷、当归、川芎、天南星。但是这只是后人的推论，并不是东汉时代的古方，真正的"麻沸散"已经失传了。

据记载，可能真的有人用曼陀罗花做过蒙汗药。宋朝有记载，说有的盗贼，采曼陀罗花研成末，给人下在水里、下在酒里，人喝了就醉了。原文说："据是，则蒙汗药非妄。"意思是，要是这么看啊，蒙汗药这种东西还真的有、真的存在。

也有的书上说，很少有人会用曼陀罗花做蒙汗药。因为曼陀罗花比较贵，做药的成本比较高。另外一个，药性过强了，量稍微控制不好，人就真死了。所以关于做蒙汗药的方子还有另一种说法，那就是用天仙子。天仙子，也是长得跟喇叭花很像的一种花。拿来入药的是它的种子。把种子晒干了，研成末，下到酒里、饭里。药书上说，这东西有"大毒"，也能麻痹人的神经。用在正道上的话，可以止疼、治发狂。那要不用到正道上呢？就是用来做蒙汗药。

有的书里还留下了蒙汗药的药方。具体配药的时候，天仙子是"君药"，但是还得配几味别的中药当"臣药"。具体是什么就不能详细地说了，不然让坏人听见了非得拿着它干坏事去不可。但是有一件事很明确——谁要是让人下了蒙汗药，照脸上喷凉水是不管事的。

如果要解蒙汗药，必须用正规的解药。如果手头一时半会儿没有解药，倒是可以给这中毒的人嘴里灌点儿凉水。注意，是灌凉水，不是喷凉水。但是，这也就是稍微缓解一下，不能从根本上解决问题。而且，一旦这碗凉水灌下去了，救治中途就不能停了，必须得抓紧时间，赶紧找到解药。为什么呢？因为人中了蒙汗药，整个神经几乎就不工作了，凉水的这股子寒不往下走，很容易停在心火下面。换句话说，这人要是身体素质稍微差一点儿，灌凉水也能把这人心脏灌停了，直接灌死。

正经的解药是什么呢？"止迷汤"。用茯苓五钱、生甘草二钱、瓜蒂七枚、陈皮五分煎汤，据说还得弄点儿香灰水当药引子。把药一灌下去，人就开始哇哇大吐，肚子里的东西都吐干净了，人就慢慢清醒了，这条命才算捡回来。那要是不灌解药，时间长了这人能醒吗？据说没戏，大概率得死。

所以，武侠小说、评书里说，谁谁中了蒙汗药，自己运个内功，"啪"就把这蒙汗药顺着经络逼出来了，那纯粹是胡说。真实的江湖里，任凭这个人有天大的本领，中了蒙汗药没人救，也是死路一条。

除了蒙汗药，还有一样东西很可怕——熏香。咱老说"熏香蒙汗药"，这都是一套。古时候，这东西正经名字叫"闷香"。

清朝康熙年间，广东有一个著名的案子，叫"老龙船户案"。这个故事里面不光有闷香，还有一些神神鬼鬼的东西。这不是宣传封建迷信啊，是书上就是这么记录的，我就照本宣科给您念叨念叨。

郭 论　Guo Theory

这事是怎么回事呢？当时有一个叫朱宏祚的广东巡抚。他刚一上任，衙门口就堵了一大堆人要告状。朱宏祚有点儿不高兴——州有州衙，县有县官，一群人跑到巡抚衙门来告状，而且还一来一大堆，什么事这么急啊？一问才知道，告状的人说的都是同一档子事，说最近广东境内出了件怪事。好多往来的客商，莫名其妙就失踪了，活不见人死不见尸。而且有的还是好几个大老爷们儿，一块儿出的门，结果一去不复返。算下来到现在，已经失踪了好几百口子了。要说让人杀了，那尸首呢？也找不着。要说让人拐了，谁放着妇女、小孩儿不拐，没事拐大老爷们儿啊？朱大人一听，觉得这事确实是怪。

查吧？撒下人去查。可查来查去，一点儿线索也没有。朱大人没辙了，就想起求神拜佛来了。他跑到城隍庙求城隍老爷（这不是我编的，书上就这么写的）："哎哟，城隍老爷，现在有一个事弄不清楚，查了半天也没点儿头绪。您给点儿提示，降低一下难度成不成？"当天晚上他就睡在城隍庙里了。睡到半夜，一个人掀开门帘子进来了。朱大人定睛一看，这位长得跟那城隍老爷的塑像一模一样。城隍爷显圣了，还给了朱大人一个提示："鬓边垂雪，天际生云，水中漂木，壁上安门。"说完，城隍爷就消失了。

"鬓边垂雪"？什么人"鬓边垂雪"？"老"啊。"天际生云"？风从虎，云从龙，天边上有云就是"龙"。再往下说，"水中漂木"就是"船"，"壁上安门"是"户"。连在一块儿是"老龙船户"。朱大人想明白后赶紧找人打听，探得广东有个地方叫"老龙津"。朱大人马上带队，去老龙津。

到那儿一看，当地有好多摆渡的。朱大人把这些船户都抓起来，升堂一问，问出怎么回事来了。这帮船户是一个靠蒙汗药作案的集体团伙。他们先骗人上船，把人骗上船来以后，在饭里下蒙汗药，怕还有人不中招，半夜还往船舱里吹"闷香"，就是前文中提到的"熏香"。坐他们船的人就全被药躺下了。等人都被麻翻了，船户们过来把值钱的东西一抢，然后把人的肚子整个剖开，在里面塞上大石头，再拿这人的衣服把这人捆上，往水里一沉。凭他是谁也甭想找着。

有人干这缺德事，就有人研究怎么防范。有医书记载，说现在世道不太平，

谋事

出门办事不安全，经常有人半夜顺着窗户往屋里吹闷香。怎么防范一下呢？临睡的时候在嘴里含上一块儿冰糖，或者含点儿甘草也行。另外，在门窗缝隙间也要撒点儿白糖。

不过道高一尺，魔高一丈。坏人要真憋着害人，怎么都有招儿。民国的时候，报纸上曝出过一个用迷药抢劫的团伙。这小团伙一共五个人，老张、老刘、王小和尚、小黑子、老周。这五个人里，王小和尚、小黑子、老周是钱庄里的伙计。有人上他们钱庄做生意，带了很多钱。这三个人看着眼红，就凑在一块儿商量，想把这些钱弄到手。琢磨来琢磨去，他们就想出下药这办法来了。三个人串通了厨子老刘，谁上他们这儿做生意，他们就留人家吃饭——关爱客户嘛。然后老刘在饭里下药，把人家迷晕之后再偷钱。

那受害人要是闹起来怎么办呢？他们认识的老张曾经是侦探队的。受害人醒过来后要是闹了，这帮人就说："没事没事，您也别吵，您也别闹。不就是钱丢了吗，咱们找侦探队去啊，给您找。"然后这位老张就来了，他当过探长，有执照和编号。有这两样东西还能是骗人的吗？嗯——骗的就是信他这执照的。

这位老张就给受害人立案："你丢多少钱啊？什么时候丢的啊？丢钱的时候还记得怎么回事吗？"假模假式，一通问，然后说："得，我们给你找吧！"把受害人糊弄过去，这事就黑不提白不提了。事成之后，老张也分得到一份钱。

最后警察把五个人抓着了，问他们："你们这药从哪儿来的，跟谁买的呀？"王小和尚就说了："从西药店买的，药叫'盐松苦利'。"

具体怎么下的药呢？一开始，把这药下在饭里、菜里，别人一闻就闻出来了。因为有药的饭菜味儿不对，太苦。最后几个人试验了好多回，发现只能把这药下在一道叫"盐菜炒肉丝"的菜里，再多加点儿糖和酱就行了。这样不但分辨不出来，这菜的风味还变得很独特，特别好吃！好多人还专门点这菜："听说你们这儿盐菜炒肉丝好吃，点一个我尝尝吧！"这不是倒霉催的吗？

说了蒙汗药，说了闷香，再说一个在旧社会的时候跟迷药很有关系的行业——拍花子的。好多人对这个特感兴趣。过去传说，拍花子的拿着一块儿手绢，

郭 论　Guo Theory

里面有一种特制的香粉。见着小孩儿、妇女，他的手这么一抖搂，闻见味儿的这位，"咣叽"一下就晕过去了。还有一种，电视剧里老能看见：拿一块儿手绢，涂点儿乙醚，把人的嘴一捂。这人挣扎几下，就不动了。电视上都辟谣好几回了，这些只是江湖传言。现实生活中还没有能让人一闻就倒的东西。真正的拍花子的是拿吃的、玩的引诱小孩儿。吃的东西里有麻药，小孩儿一吃，就被麻过去了。甚至都不用这么费劲，在旧社会，拍花子的只要看见小孩儿落单，就用麻袋把小孩儿一套，提溜起来就走，手快得很，弄得人家一家失散。所以拍花子的从古到今都是遭人痛恨的对象。

好啦，咱们这次又说了这么多，差不多就到这儿吧。最后再提醒您一句，现在科学技术发达，侦破手段也比过去先进多了，老百姓们也安全多了。但是呢，坏人老是有新的坏招儿，网上现在又出现了各种新的迷药啊什么的，祸害老百姓。所以，咱们还真得提高点儿警惕，尤其是要告诉小孩儿，遇上陌生人给吃的、喝的，千万别拿。要是觉得可疑，别犹豫，赶紧报警！

024 — 谋事 —

雪夜谋杀案

郭 论 *Guo Theory*

唉，看来人心啊，可比天变得快呀！

这天啊，眼瞅着是越来越冷。好些地方，今年的头场雪都已经下来了。一下雪啊，就连咱这节目都好说。怎么呢？在下雪天发生的故事，从古至今，有太多太多，随便就能说出好几个来。"林教头风雪山神庙""窦娥冤、六月雪""童海川风雪入京师"，这都是下雪天的事吧？今儿个呢，咱们要说的故事也是在下雪天发生的。这是一起发生在宋朝的"雪夜谋杀案"，好多朋友可能知道这个事，没错，就是"烛影斧声"。

这个事以前我说书的时候也提过几句，但是没仔细说过。"烛影斧声"，又叫"烛影谋篡"，说的是宋太宗赵光义疑似篡位，害死了他哥哥宋太祖赵匡胤的事。这天晚上到底出了什么事，历朝历代的说法很多，但都没有明确的史料可以佐证。

这事发生在哪一天呢？时间是确定的，北宋的开宝九年，也就是公元976年，农历十月二十日这天的四更天——记得还挺清楚！

这宋太祖赵匡胤从这一年的下半年起，身体就一直不好。朝廷里又是求医问药，又是找道士作法，没少折腾。进了十月，皇帝缓过来了，身体状况比之前强点儿了。可到了二十日这天，出事了。据说上午这天还好好的，等到了下午，突然就变天了，跟相声里说的似的，"天上一阵黑咕隆咚，好似白面往下扔"，不一会儿就下起鹅毛大雪。赵匡胤一瞅天变了，而且还下雪了，身体一下就垮了。

谋事

怎么一瞅下雪就不行了呢？这还得从头说起。提起赵匡胤，大家都太熟了，宋太祖嘛，我老提他。评书里的赵匡胤简直就不是凡人，乃是上天的"赤须火龙"降世临凡。什么"三下河东""千里送京娘""高平关借人头""一盘棋输华山"……传奇的故事太多了。当然了，大部分都是说评书的人编的。

不过评书里有一样是真的——赵匡胤这身体素质确实好。他这体格壮到什么程度呢？他小时候骑烈马，速度太快，马脱缰了。赵匡胤的脑门儿"咣"一声结结实实地撞在了城门的门框上。当时所有人都觉得，准完！这么个撞法儿，那脑袋还不碎？一般人估计都撞成芝麻酱了。结果赵匡胤摸摸脑袋，愣爬起来了，什么事都没有。

这样看来，别说一百岁，他活到二百岁都没问题。但却有一个人说赵匡胤不见得能活过五十岁。谁呢？此人是一老道，道号"真无"。这个道号起得很玄妙，"真无"，到底有没有这人，旁人只能自己琢磨去了。

想当初，宋太祖没当皇帝的时候，这老道给他算命，说："你呀，'金猴虎头四，真龙得其位'。"果不其然，陈桥兵变，赵匡胤黄袍加身，正好是"庚申年正月初四"——"金猴虎头四"。

又过了好多年，赵匡胤又碰上这位老道了。一见面，赵匡胤就说："您再给我瞧瞧吧，我这寿数怎么样啊？"当上皇帝了嘛，他就不关心别的了，最关心的就是自己什么时候死。老道掐指寻文，这么一算，说："今年十月二十号，看吧。如果说这天夜里是个大晴天，你就能延寿一纪①，要不然呢……"往下就没明说，还用明说吗？买棺材预备着呗！

没过多久，赵匡胤果然病了。黑铁塔似的一个大汉，越来越瘦。到了十月二十号这一天，赵匡胤想起真无老道的话来，叫心腹太监王继恩和左押衙程德玄跟着自己，爬上了宫里的高楼太清阁。爬上去干什么呢？真无不是说了嘛，天不晴，赵匡胤准玩儿完哪。皇帝不放心，爬上来看看天呗。

---

① 一纪就是十二年。

郭 论 Guo Theory

结果呢？前文说了，上午本来还晴着呢，到下午，下雪了。就看赵匡胤这脸，"呱嗒"就撂下来了，拉得比驴脸还长。

民间传说，看见下雪赵匡胤立刻让王继恩去叫晋王。晋王是谁呀？皇帝的同胞兄弟赵光义。然后呢？赵光义就来了呗，哥儿俩交接了一下工作，赵太祖当天晚上就咽气了。赵光义即位，是为宋太宗。不过呢，要按这本书上的说法看，这事就不可疑了，咱也就没什么可说的了。

其他书中还有另外一种说法儿。下了太清阁以后，赵匡胤的嘴就歪了，说不出话来了。所以叫人的不是赵匡胤，而是他的皇后宋皇后。宋皇后让王继恩去叫贵州防御使赵德芳。

常听评书的读者准知道这位——八王爷嘛，手里老捧着金锏，上打昏君，下打谗臣。当然这只是故事。打皇帝，那还了得？手腕子一哆嗦，揍在皇帝太阳穴上，他就弑君了。

真实的赵德芳什么样呢？赵匡胤前后封过三位皇后：他的结发妻子贺皇后，育有燕王赵德昭、舒王赵德林、滕王赵德秀；贺皇后死了，又续娶王皇后，生了赵德芳；王氏也早死，赵匡胤又立宋氏为后，这就是前文中的宋皇后。所以说，赵匡胤一共有四个儿子，其中德林、德秀二人早夭，剩下的就是赵德昭、赵德芳哥儿俩。

这哥儿俩的妈都死得早，宋皇后就成了二人的继母了。对这哥儿俩，宋皇后有薄有厚。贺皇后死时，赵德昭已经长大了，所以他跟宋皇后只是名义上的母子，没什么感情。赵德芳年幼，得宋皇后偏爱。

所以一看皇帝不行了，宋皇后第一个反应就是叫王继恩去叫赵德芳。来干吗呀？继位啊！

王继恩答应一声"是喽"，扭头就出来了。出来一瞅，外面这雪下的，呼呼的，夹着风。大街上白茫茫一片，一个人都没有。

要是去叫贵州防御使，也就是赵德芳的话，王继恩应该往东走，赵德芳的府邸在汴梁城东边。但他没有，而是一扭脸儿，奔西边扎下来了。奔哪儿啊？晋王府，晋王赵光义他们家。

评书里说，当初赵匡胤和赵光义的妈——杜太后挑着挑子出门逃荒，筐里装着他们哥儿俩。三人正遇上老道苗广义，苗广义说："人人都道洛阳穷，担上挑着两条龙啊！"意思就是说，这哥儿俩将来都有当皇帝的命。如果让赵光义自己说呢，他继承他哥这皇位是天经地义的，因为杜太后早就把这事给定了。

据说，杜太后临死的时候把这哥儿俩叫到身边，并问赵匡胤："你这皇帝怎么当上的，心里有点儿数没有？"赵匡胤说，那不是因为走运嘛——"皆祖考及太后之积庆也"。老太太冷笑一声："我看不尽然。你能当皇帝，是因为周朝的皇帝太小，你欺负人家孤儿寡母！"

赵匡胤一听这话，半晌不语——没话说了。妈说这话什么意思啊？那还不明白？说穿了就是让他立长君，传位给弟弟赵光义。果然，杜太后一看他不说话了，就招呼宰相赵普："你！记下来，赵匡胤百年之后，传位给他弟弟光义！"这就是历史上有名的"金匮之盟"。匮，是盒子、柜子的意思。赵普把盟书写好之后，把它装进了一个小金匣子里，所以叫"金匮之盟"。

这事听着够玄的。老太太怎么就知道赵匡胤会早死，赵光义万一死在他哥前边了呢？而且，这盟书是赵普在赵光义即位后拿出来的，有为了堵住悠悠之口而伪造盟书的嫌疑。这其中的疑点很多，听着就不怎么靠谱。

先不说赵光义当皇帝是不是名正言顺，咱们继续讲他是怎么当上皇帝的。前文说到，王继恩一路顶着大雪，来到晋王府门前。到了之后，王继恩抬眼一瞅，愣了。怎么呢？下午跟赵匡胤一块儿爬太清阁的程德玄正跟晋王府门口晃悠呢。这位本是赵光义手下的一名"押衙"。大家都知道宋江是"押司"，程德玄的官职比宋江高，是个小吏。

想当初，赵匡胤刚得病，赵光义就跟他说，自己手下有个人，医术高明，让这人给他看病。然后，赵光义就把这程德玄安排在皇宫附近，皇帝不舒服，就把他叫进宫，给皇帝看病。可是自打宋太祖一死，这位一辈子再也没给谁看过什么病。

王继恩见了程德玄，一下就明白怎么回事了。于是两人一起入府拜见晋王，让他赶紧入宫。司马光的《涑水记闻》中说，晋王当时还犹豫了一下："吾当与家人议之。"（我得跟我们家里人商量商量。）王继恩就急了，说："事久，将为他人有矣！"（别磨叽了，再拖这皇位就是别人的了！）赵光义一听，套上衣服就跟着王继恩和程德玄出来了，三人直奔皇宫。

到宫里，天色已交四鼓。据说，王继恩还想先通报一声。程德玄说："还通报什么啊？甭等！直接进去！"赵光义一听觉得有理，迈开大步，"咔咔"就往里走。刚进寝殿，就听见宋皇后在那儿说："德芳来啦？"她还以为是赵德芳呢，等转过来一看，哪儿有赵德芳的影儿啊？是晋王！宋皇后一下就愣这儿了。缓了半天，她到底还是脑子快，赶紧就跪下了："吾母子之命，皆托于官家！"什么叫官家？那就是皇帝。晋王也赶紧跟着哭："共保富贵，勿忧也！"——有福同享，放心吧您！

说了半天，"烛影斧声"呢，蜡烛在哪儿呢，斧子在哪儿呢？别急，我刚才说的这个只是另一种说法儿。另外还有第三种说法儿，这个故事里就有斧子的事了。

说宋太祖这天确实没召赵德芳，召的就是他弟弟。晋王到了之后，哥儿俩把会议室大门一关，甭管是太监还是宫女，谁也不让进。近臣只能隐约看见点儿影，听见点儿声。《湘山野录》中记载，两个人本来是一边喝酒，一边聊天。突然，寝殿的帘子来回晃了几下。

过了一会儿，外面的人模糊看见晋王有"逊避状"。逊，就是谦逊。避，就是避让。意思就是说晋王曾趴地上磕头："我不行啊，我来不了啊！"然后二人喝够了酒，一起出门。赵匡胤用随身携带的玉斧砍雪，边砍边对赵光义说："好做好做！"回来之后，赵匡胤躺下就睡了，鼻息如雷。第二天早上，再一看，皇帝驾崩了。这就是"烛影斧声"。

一直到今天，都有好多人怀疑是宋太宗砍死了自己的哥哥，或者是谋害了自己的哥哥。是不是这么回事呢？咱还真不好说。看宋太宗继位以后的表现，就更会觉得蹊跷——凡是参与过这事的人，下场都挺可疑的。咱一个个说。

谋　事

首先就是赵德芳。戏里、评书里,那赵德芳可厉害了,招寇准,审潘杨。其实呢,赵光义当皇帝的第六年,赵德芳就死了,死的时候只有二十三岁。

然后就是宋皇后。当初要是赵德芳即位,那她铁定是皇太后。可这会儿不行,人家赵光义才是皇帝呢。她不过是位寡嫂,什么也不是,只能挪窝。宋太宗即位第二年,她就移到西宫去了,又过了几年,又移到东宫。宋娘娘死的时候,赵光义连去都没去。不但如此,文武大臣也都不许去,还不许用皇后的礼节为她办丧事。

然后是这位太监——王继恩。嚯,这位一下就火了,位高权重啊。又过了很多年,宋太宗也要死了,又得传位了。本来立的太子是寿王赵元侃,就是后来的宋真宗赵恒。可是王继恩不喜欢这位太子,又惦记着"行废立之事"。

可是呢,赶上当时的宰相吕端,比他还油、还鬼。吕端略施小计,就把王继恩反锁在宫里了。紧接着,吕端把太子往宫里一推,扶上皇位,这就是宋真宗。那宋真宗对这位王继恩王公公的印象能好得了吗?贬贬贬,滚得越远越好!王继恩后来就死在被流放的路上了。

最后,就是那位押衙程德玄。前文说了,宋太祖一死,这位突然就不会看病了。余下这些年,他净当官了。连他自己带他的子孙,官运一直都不错。

当然啦,也有的人认为宋太宗根本没杀他哥。那不是被杀,赵匡胤又是怎么死的呢?有人说,是因为家族遗传病。据说,北宋的皇帝有两样遗传病。一个是脑血管病,就是脑梗、中风啊什么的。这么说也有证据,北宋真宗、仁宗、英宗、神宗,连续四代皇帝都中过风,动不动就嘴歪眼斜、流哈喇子。

赵家据说还有一样遗传病——精神病。据说,赵家的人情绪都比较狂躁,在今天这叫狂躁症。就拿赵匡胤本人来说吧,有一回,他看上一个宫女,当天就宠幸了人家。结果第二天,皇帝上朝打卡迟到了。他愣嫌人家小姑娘耽误他上朝!他这脾气一上来,回到后宫,"刺杀之",咔嚓就给宰了。这是人脾气吗?而且,赵家的人里,这样的还不是一个两个。魏王赵元佐、宋英宗赵曙……全都这样,动不动就发狂。所以根据这个情况,有人认为"烛影斧声"事件中,其实什么阴

郭 论　Guo Theory

谋都没有，不过是赵匡胤自己发病了，把弟弟叫来嘱托后事而已。就这么简单，很正常。

"烛影斧声"这事，到今天也没有准确答案。但是不得不说，赵匡胤这个人跟下雪天还真有缘。有一幅画叫《雪夜访普图》，就在故宫里藏着呢，讲的就是"宋太祖雪夜访赵普"的故事。

想当初，北宋刚建国，赵匡胤老上宰相赵普他们家去讨论天下大事，弄得赵普在家都不敢穿便装。因为不定什么时候，门铃就响了。赵普这儿对着对讲机一问："谁呀？""我！皇帝！"这时候再现换衣服？不行。

有一回，天降大雪，风刮得呼呼的。赵普觉得，看今儿这天皇帝估计不能来了，于是就换上拖鞋，松快松快。嘿，不大会儿，门铃响了。赵普一问："谁？""我，皇帝！"得，还说什么呀？赶紧接待吧。皇帝一进来，也不见外，直接坐在地上。赵普就说："您看，今儿我都约了晋王了，他一会儿就到。"皇帝说："那怕什么的，我们俩一个娘胎里爬出来的，来了就一块儿聊呗。"不大会儿工夫，晋王赵光义也来了。三个人就一块儿在屋里烤肉、喝酒、聊天。《雪夜访普图》画的就是这事。而"烛影斧声"那天呢，也是个大雪天。也不知道这几个人想没想起来当初的情景——兄友弟恭，君臣和睦。唉，看来人心啊，可比天变得快呀！

025
谋事

臭史

郭 论 *Guo Theory*

《国语》里说，晋惠公给申生改葬，"臭彻于外"。

大家好，我是郭德纲。今儿各位读者得做好准备，咱聊一个比较"高能"的话题，什么呢？臭！

怎么想起说这个了呢？头些日子，我们一个朋友，有一天晚上跟人吃饭。吃完了都挺晚的了，又喝了点儿酒，说叫辆车吧。好嘛，这车叫的！人家这位司机师傅，人也挺好，也没绕路，开得也挺快，就是这司机师傅吧，有体味儿！哎呀！那味儿啊，也说不上是狐臭还是汗脚，还是臭嘴巴子，反正那真是"异香扑鼻"！跟臭豆腐返潮似的。坐完这趟车，我们这哥们儿恨不得都快得鼻炎了。

还有的人有狐臭！有时候，坐公共汽车、坐地铁，车里本来就挤，这儿还上来一位，臭胳肢窝！再赶上这位个儿高点儿，打排球的出身，往人旁边一站，胳膊一举，"单手拦网"。好嘛！得啦，下车吧！就算没到地方也先下去吧，没辙啊，惹不起人家！还有，就是在飞机的经济舱里、硬座的火车上，那更甭说啦！谁挨着谁坐，票上都安排好了，要是赶上了邻座身上味儿不好，那就是命啊，跑都没地儿跑去。

其实人身上的体味儿也不见得都难闻。比如小孩儿，小婴儿，身上就有一股奶香味儿。好些人还就因为这个味儿，特爱抱别人家的孩子。可人大了以后，这身上的味儿就越来越冲了。

谋 事

其实在古代,"臭"字一开始也不是就单指不好闻的味儿。"臭"字怎么写?上面一个自己的"自",下面一个"犬"。自,指的是什么呢?鼻子。这是一个象形字,这自己的"自",是不是长得就像鼻子?跟谁一介绍自己,大拇哥一指自己这鼻子,横打鼻梁:"老子谁谁谁。""自己"就是这个意思。所以鼻子的"鼻"字上面也是个"自"字。

到了"臭"字这儿,上面是这个"自",下面呢,是个"犬"字。"狗拿鼻子闻味儿",这就是"臭"字的原意。所以这不是名词,也不是形容词,而是一个动词。那应该念什么啊?"嗅",嗅觉的"嗅"。要按照《说文解字》的说法,"臭"的读音是"尺救切",所以这字的发音在古代应该和"糗(qiǔ)"差不多。甭管怎么念,反正"臭"这个字,一开始不是形容不好的味道的意思,而是指拿鼻子闻味儿的动作。

春秋的时候,这字的意思就已经变了,变成今天这个意思了。《国语》里说,晋惠公给申生改葬,"臭彻于外"。在这儿,这字就得念"臭"了。熟悉春秋历史的读者,应该都知道申生。他爸爸是晋献公,宠爱骊姬。因为想立骊姬的儿子当太子,所以晋献公打算杀了自己的另外三个亲儿子——申生、重耳、夷吾。申生没跑,让人杀了;夷吾跟他爸爸一顿周旋,不但保住了命,后来还当了国君,史称晋惠公;重耳,当时跑了,后来回到晋国,成了春秋五霸之一的晋文公。

夷吾当上了晋献公,觉得自己的哥哥申生当初死得惨,所以就把他哥这尸首刨出来改葬。那可是翻尸倒骨啊,那味儿可想而知有多难闻了。所以这里的"臭",应该和今天臭味儿的"臭"是一个意思了。

到了秦汉,"臭"这个字一般指的都是臭味儿了。比如说,后来秦始皇去全国到处瞎溜达去,结果死半道儿上了。当时正是大热天,高温、高湿,尸首禁不住这么搁着,眼瞅着就要烂。烂了就有腐臭味儿啊,怎么办呢?丞相李斯和宦官赵高马上叫人把秦始皇的尸首放在一个车里,再塞上满满一石[1]"鲍鱼",遮那个味

---

[1] 石,古代的一种计量单位,《国语·周语》记:"重不过石。注:百二十斤也。"

儿。对外不说皇帝死了，就说皇帝有病，可能是传染病，正跟车里隔离呢。两个人急急忙忙往咸阳赶。干吗呀？篡改遗诏啊。据说，秦始皇本来要把皇位传给太子扶苏的。赵高回到咸阳，给改了，改成传给二儿子胡亥了，就是秦二世。

这儿说的这个鲍鱼，不是海参鲍鱼的那个"鲍鱼"，是拿盐腌的咸鱼。有句话说"如入鲍鱼之肆，久而不闻其臭"，意思就是，在卖咸鱼的店里待久了就不觉得臭了。其实这段书还不能细琢磨。一百二十斤的咸鱼搁车里，那什么味儿啊，这么一车见天散味儿，愣是没人起疑心？所以，拿咸鱼的臭味儿挡着尸首的臭味儿，这说法恐怕不合理。要我说，这秦始皇啊，不定是怎么死的呢，是不是叫人给害了呀？所以才拿臭味儿掩盖一些不正常的味儿。当然我这个也是瞎猜，不一定对！

不过呢，老百姓又不成天摆弄死人，对吧？老百姓们闻得多的还是活人身上的味儿。遇到最多的臭味儿，其实是出汗导致的臭，包括狐臭、汗脚什么的。汗本身，其实也没有那么大味儿。但是这汗，跟细菌一碰面，就算没治了。怎么办呢？要么别出汗，要么就洗、杀菌，要么拿别的味儿遮。

不出汗，那谁也办不到。憋会儿眼泪，憋会儿打哈欠，这还行。汗怎么憋啊，有汗不出，都养起来？不可能。但是杀菌、勤洗着点儿，这个是能做到的，对吧？比如说，汉高祖刘邦有事没事就洗脚。郦食其，就是那"高阳酒徒"，想求见刘邦，就到刘邦这里来了。郦食其往里面一走，正看见刘邦叉开两条腿，让两个女人给他洗脚呢。人家那是皇帝，能跟老百姓似的随便一洗吗？那得是连修鸡眼带按摩足底，全套的。刘邦这儿美得直叫唤："嘿，嚯，好！爽！"

郦食其，充其量就是一个儒生，刘邦对他这么没礼貌，也就算了。可是后来，威震一方的大将英布也投刘邦来了。刘邦见英布，跟见郦食其一样，还那德行，让两个女的给他洗脚。为什么两回都一样啊？那就不是为了洗脚，那就是为了给别人下马威！

有爱洗脚的，就有不爱洗脚的。南北朝的时候有一人名叫阴子春。这人不爱洗脚。不但不爱洗脚，也不爱洗澡，衣服也不换。历史上记载他的这段文字，恨不得都能看出苍蝇来。他这脚啊,"数年一洗"。别人问他:"你怎么连脚都不洗,我们跟你说话都得戴口罩。"阴子春说:"我这脚不能洗。一洗脚,不是破财,就是打败仗。"后来打了败仗,好嘛,这回他更得着理啦:"我说不能洗这脚吧。你们看,因为洗个脚,打败了吧?"得,打这儿开始,这脚一辈子没洗过。我估计,这位打仗应该不错。怎么呢?实在不行把鞋一脱,对面还不都倒了?比瓦斯还得厉害!

男的是这样也就算了,有些女的也有不太好的体味儿。比如说杨贵妃。也不知道是谁传的,就说她有狐臭。杨贵妃这辈子干吗老泡在华清池里啊?《长恨歌》里说"春寒赐浴华清池"嘛,这印象里,杨贵妃好像一天到晚老泡在池子里。进门,衣服脱筐里,领一牌儿,拿一小篮子,就进去洗去了。见天这么泡。平常谁找杨贵妃,那都得喊:"杨娘娘在不在池子里啊?"洗完了,出来醉个酒啊,调戏个李白啊,耍耍高力士啊什么的,她就又回池子里泡着去了。干吗这么爱洗澡啊?有的人说,估计啊,是因为有狐臭!杨贵妃,胖,所以她味儿大,身上不好洗啊。但是,我觉得这个说法不成立。首先,哪本古书上说,杨玉环就是一大胖子的?这都是讹传。要说她雍容华贵、比较丰满,那应该是有的。但不会很胖,要不然唐玄宗也抱不动啊!至于说有味儿,那就更胡扯了。有味儿,李白能闻不见?那还能写"一枝红艳露凝香"?就算谁都不相信,也得相信诗仙哪。

其实,历史上明确记载有体味儿的,大有人在。我之前就说过一个人——宋之问。这人,有严重的口臭。就是因为他有这个毛病,武则天不喜欢他,不让他做北门学士。

除了宋之问,历史上还记载了一个有口臭的人。这人是东汉桓帝时的一个侍中。这位姓刁,叫刁存,据说他就有口臭。跪在那儿跟皇帝汇报工作,皇帝让他给熏得血压都上来了,说:"你别说了,回去把这个含上!"赐给他一小钉子似的东西。刁存害怕呀,以为是毒药呢,不敢含着。回家一打听,闹了半天,这东西叫"鸡舌香",就是今天的丁香,相当于当时的口香糖。皇帝那意思还不明白吗?嘴里有味儿不要紧,嚼点儿口香糖,稍微注意点儿。按说桓帝不是什么好皇帝,可是能不跟臣下计较，也算够仁义的。

小说里也写了好多身上有味儿的人，尤其是写江湖的小说。俗话说得好："英雄脚臭，好汉屁多！"别的都不说，《水浒传》就是一本有味道的书。鲁智深是好汉吧？可当初他在五台山的那些行为，说实话，够腌臜的。半夜起夜，不上厕所，就在佛殿后面拉屎拉尿，原文说那屎尿"遍地都是"。等后来，两次大闹五台山。第一回，一脚踹人家裆里，抢过酒来就喝，喝得酩酊大醉。第二回更甭说啦，喝了两桶酒，吃了半只狗肉蘸蒜泥——那得什么味儿啊？不过，鲁智深是英雄好汉，所以原文里施耐庵没舍得明写。但是换成泼皮无赖，比如说杨志卖刀里这个牛二，那是明确写了。说牛二什么样啊？"臭秽枯桩，化作腌臜魍魉"，身上脏，味儿不好闻。

牛二为什么这么大味儿啊？可能不光是生活习惯不好，跟他住的地方也有关系。陆游就曾经记录过，说在东京汴梁，好多人都住下水道里。宋朝管这下水道叫"无忧洞"，里面住了好多亡命徒。地方大了，连妓院都有，叫"鬼樊楼"。这牛二，别是打下水道里出来的吧？

现在好多人老在网上说，古代哪个哪个朝代特好，特想穿越回去。这事吧，要说哪个朝代相对好一点儿，那有可能。但如果非说古代比今天还好，我不同意——现在的人是光看见帝王将相好了，没看见老百姓苦。别的不说，就这卫生条件，就够呛。唐朝规定，隔着院墙把屎尿这些脏东西往外泼的，"杖六十"——可见那屎尿没少往外撒。一直到民国，北京、天津还臭沟遍地呢。咱说过呀，"臭沟开，举子来"嘛，这不是胡编的。南方也一样，水里淘米，也涮脏东西，卫生条件没法儿细说。所以，起码从这方面来说，谁爱跟古代换谁就换，我是不换。卫生这事不光是个人感受的问题，还是一个关乎健康的问题，不是小事。

而且也没人愿意让别人说自己身上有味儿。当初，魏王送给楚怀王一个美人，楚怀王爱得呀，不行不行的。楚怀王原来的妃子郑袖就不干了，惦记着害这魏美人。怎么害呢？郑袖就跟魏美人说："大王觉得你这鼻子不好看，你再见大王的时候掩盖着点儿。"

谋 事

　　这魏美人长得好看，但是用今天的话说，智商不在线。再见着楚王，她还真就捂鼻子。楚王不明白怎么回事，就问郑袖："魏美人见着我老捂鼻子，这是哪一出啊？"郑袖就说："她呀，嫌大王您身上有味儿！"楚王一听，大怒："好啊，这还了得，把她的鼻子给我割下来！"还真就把美人的鼻子割了。您说这美人倒霉不倒霉？现而今倒好，我听说有的那香水啊还是古龙水，专门提取别人的汗味儿，做这水那水用。我原来还纳闷，会有人爱闻吗？结果他们唱那歌怎么说来着？"想念你的外套，想念你的白色袜子和你身上的味道。"好嘛，这种人啊，还真有！

◆ 026 ◆

谋 事

香史

郭 论 *Guo Theory*

人这心眼儿要是不正啊,什么香都没用,最后只会遗臭万年。

大家好,我是郭德纲。

之前,咱们专门说了一次"臭"。

这次,咱们往回掰一掰,说说臭的对立面——香。

香,最早就单指粮食的味儿。这个好理解,粮食好闻呗。但是到了后世,就不那么简单了。比如,按佛教的说法,这事就复杂了。佛教认为,凡人都是臭的。不是有那么句话嘛,"好看的皮囊,不如有趣的灵魂",我也不知道具体怎么说啊,反正大概是这个意思。其实佛教很少会单说"皮囊"这两个字,大多数时候,前面都得加一个"臭"字,叫"臭皮囊",或者叫"臭皮袋"。

咱们这肉身,在佛教的正式用语里叫"色身"。佛教有个说法是"观身不净"——这皮囊再好看也不灵,怎么看怎么不干净。想想也真是啊,再帅的小伙子,再美的大姑娘,不也会鼻涕横流、流血流汗吗?这事很正常。很多年前在台上我就说过,不要一提这些,就觉得怎么样。真要把这些都憋回去,人都不新陈代谢了,那不就成死人了?所以,臭着点儿就臭着点儿吧。

既然佛教说色身怎么折腾都是臭的,那什么是真正的香呢?佛教认为,真正的香不是从自己这色身上来的。除了色身,人还有"法身"。浅显地解释,法身就是每个人心中的佛性。佛也有法身,但是佛跟普通人不一样,除了法身,还有

"报身"。另外，为了教化众生，佛还能变化成各种形象，这叫"应身"。法身、报身、应身，这叫"三身"或者"三身佛"。如果这"三身"都香，光是这色身臭，也就是这臭皮囊臭，那就无所谓了。最典型的就是济公，那臭皮囊够臭的了吧？可那是正经的一尊活佛。

所以说，佛教有句话叫"戒定真香"。佛说，世界上有三种香——根香、枝香、华香。"华"就是"花"，"华香"就是"花香"。佛就说，这三种香，哪种都只能顺风飘香，不能逆风飘香。为什么呢？因为不是"真香"。什么是真香呢？"常住正道"，也就是持戒——不偷盗，不妄语，不嗔不怒，不随地吐痰，出门戴口罩……这些好的行为才叫真香。这种真香，甭管顺风还是逆风，都能传播开。相反，光知道喷香水，弄得表面香，那不行。品质不好，一张嘴就骂大街，那在佛教看来，色身再香，这香也是假香。

而道教就不这么说了。这肉身在道教这儿不但不是"臭皮囊"，还成"香口袋"了。道教修的是命，这肉身，就是人住的房子。而且，还就只有一套，没有换的。哪位听说过，哪儿哪儿还有一套肉身，买过来换换，把旧的这个扔了，跟换旧自行车似的？在道教看来，除非修成"元婴"，将来元婴出窍，成仙了，那就不需要肉身了。否则咱这肉身，坏一点儿都不行，最好能长生不老，肉身成仙，那才好呢。所以，道教看待肉身，就两个字："真香！"

寺院跟道观都烧香，但是差别很大。佛教烧香，是为了供养佛。而在这方面，道教就比较复杂了。道教烧香，头一样，是为了跟神仙打电话。道教认为，这香就是跟神仙沟通的电话线、密电码。道教烧的香分好多种，有道香、德香、无为香、清净香、自然香什么的，不知道是不是跟这个有关系。

烧香之前，先得沐浴，从里到外都很干净了，再说烧香的事。普通人到道观里烧香，得用清净火源。掏出打火机来就点，那不成。点香的时候，要默念上香咒，不同的教派有不同的上香咒。举个例子，道教全真派的上香咒是"常焚心香，得大清净"。点着了，香上有明火，得用手扇风，把它扇灭，不能拿嘴吹。香点上以后，要用左手拿香，用右手护着香。烧香最多点三根，不能多。把香插到香炉里的时候，香与香之间的距离不能超过一寸，这叫"烧香不过寸，过寸神不信"。

道教烧香，还讲究用手印。燃香要用"燃灯印"，插香得掐"白鹤诀"。烧香还要念咒语，比如最简单的《祝香咒》，我就说两句："道由心学，心假香传，香焚玉炉，心存帝前……"除了这些，做不同的法事时还有不同的咒语和仪式。

刚才说的香，是跟神灵打电话用的香。道士平常修炼也离不开香。至少，烧香能安神、养生吧？所以历代的道士，留下了不少香方。我说一个简单的方子：用川芎、薄荷、白芷、桔梗、檀香、甘草，做成线香，据说调中顺气，闻起来很舒服。另外，中药药材还能做成香牌、香珠随身带，要是做成香汤呢，就能用来沐浴。

可是，甭管怎么拿香熏，人只要新陈代谢，身上就会有味儿。一有味儿，那不得影响成仙吗？怎么办呢？道教还有"辟谷"一说。好多人也知道这词。但是有的人说辟谷就是绝食，那不对。照这个逻辑，集中营里关两天就成仙了。辟谷这玩意儿其实很复杂，简单来说就是不吃五谷。

但是，不是说不吃五谷了，全改吃羊肉串就行了。首先是"服气"，不是"服气不服气"的那个意思。服气是一种以气息吐纳为主，辅以导引、按摩的养生修炼方法。多说一句啊，看完这个故事，您别自己瞎练，很容易"走火入魔"。

除了服气，还可以吃"药饵"。比如说吃苍术，一种中药材。明朝有本小说叫《咒枣记》，写的是四大天师里那位萨真人的故事。萨真人名字叫萨守坚。这个人想成仙。有一次他遇上神仙了，对方传给他一个"咒枣法"，只要念动一句真言，袖子里就能蹦出三个枣来，每个都跟梨那么大个儿。一顿吃三个枣，一天吃九个，人就不饿了。这就叫"咒枣"。各位读者听完了可以去书里查查这句真言，念着试试，反正我试了四十多回了，甭说枣，饼都没出来过。说了半天为什么辟谷啊？怕不够香呗。这一辟谷，体内不污秽了，外面再烧香，香汤沐浴，从里面往外那么香，整个一个小香人，这样神仙多喜欢哪。

现实生活中，真有这种小香人，不用喷香水也不用熏香，天生就有那么一股香味儿。比如谁呢？香妃。大家肯定都知道，乾隆的妃子嘛。民间把她传得很神，说她身上有异香。金庸先生那《书剑恩仇录》里也写过她，说得有鼻子有眼。据说，北京陶然亭的"香冢"就是埋葬香妃的地方。

北京陶然亭，曾经确实有这么一个坟、一块儿碑。碑的拓片现在在博物馆还能看见，写的是："浩浩愁，茫茫劫。短歌终，明月缺。郁郁佳城，中有碧血。碧亦有时尽，血亦有时灭，一缕香魂无断绝。是耶非耶？化为蝴蝶。"金庸先生在小说里说这是陈家洛写的。清朝有一部小说叫《花月痕》，这里面说这词是有人仿照林黛玉葬花写的。还有人说，香冢是一位官员为自己心爱的女子所建的。

其实，之前这坟被扒开过，但里面有什么，现在我们不得而知了。这坟到底怎么回事，埋的到底是谁，从此就成了一个谜。但埋的肯定不是香妃，因为正经的香妃墓在清东陵呢。那香妃到底是不是身带异香呢？我觉得还是有可能的，不是好多人都天生身带异香吗？比如大美人西施，据说就身带异香。还有《红楼梦》里的林黛玉，身上有一股幽香。最神奇的还是要数赵匡胤，大胖脸那位，出生的时候"异香经宿不散"，一屋子都是这香味，一宿都不散。

我估摸这些人身上就算有香味，也应该是花香一类的。真要走过一位来，提鼻子一闻，跟鱼香肉丝那么香，说实话也不怎么样。到底是不是这么神，谁也没趴这几位跟前闻过，对不对？所以我猜就算有，可能也就是淡淡的香，跟医院那来苏水似的浓得呛鼻子，那也就不好闻了。

当然啦，天生带香的人还是少数。大多数人想让自己身上香一点儿，还得靠香料。这就属于香道的范围了。提起香道，首先就得提一个重要的人物——屈大夫，屈原。各位读者一定看过《离骚》。"扈江离与辟芷兮，纫秋兰以为佩"，身上带着香草、兰花，屈大夫身上的香味估计挺冲的。《离骚》中提到了三十多种香料，包括薰衣草、杜若、辛夷、艾蒿、菖蒲之类的。

先秦的时候，除了身上戴香草、泡香汤，人们还大把地烧各种香草，屋里屋外熏。这个习俗，应该源于巫术。但是这样不安全，一不留神烧着了怎么办呢？所以，后来就出现了专门的香具。

到汉魏六朝，香具就已经很常见了。比如博山炉，炉子的形状做得像山一样，点上香，远看真跟一座袖珍的仙山似的。到了唐宋，香道就更发达了。《清明上河图》上就画着一家香铺，叫"刘氏沉檀拣香铺"，这就是专门卖香的。另外，宋朝还出了《香谱》之类的书，给人讲怎么玩香。很多文人都是玩香高手。黄庭坚说，香有"十德"——能跟鬼神沟通、能清净身心、能拂去空气里的污秽等等。有文人天天发微博，香道很快就成了一种文化。

发展到现在，能入香的东西越来越多。名贵一点儿的有"沉、檀、龙、麝"，就是沉香、檀香、龙涎香、麝香。低档一点儿的香料，药材居多，比如独活、玄参、丁香、豆蔻、安息香、胡椒、甘松、大黄等。按照不同的香方处理这些香料，配出的香会有不同的香气。

为了玩香，古人还发明出好多小游戏。比如说，香做好了之后，不点。干吗呢？闻。大家互相换着闻新做的香。这个说："仁兄，您来来这个，我最近刚做的，土豆味的。"那个说："啊甭客气，您来来我这个，我这个茄子味的。"每个人都轻轻掀开香盒，闻闻，辨别一下香方，服一服香的正气。

品香有一套仪轨，大伙儿找个时间聚一聚，这叫"香席"。品香最多四个人，先听琴、品茶，然后入香席，找一个人当"炉主"，坐主位。然后谁是主客，谁是陪客，都分清楚、坐好。品什么呢？一主二副，一共三品香，比如说今儿的主香是蜜棋楠，副香是绿棋楠、安南黄土沉香。炉主取火埋炭，取香入炉，一般品这么三炉，就差不多了。品完了香，还得写烧香偈子，写在香册上。香册是什么呢？简单说，就是今天这事的会议记录，参加的人写一写今天的感受，写一个字就可以。有人想写首诗，也行。有人想写一本郭德纲相声选，那对不起，得回家写去，不能写那么长。

另外还有一些别致的玩法，比如说明朝《香乘》中记载的"水浮印香"。就是在隔纸上涂一层蜡，在蜡底子上再放上一层香灰。这样呢，相当于做成了一条"香船"。拿一个镂空的模子，按在这层香灰上。把香粉填进模子。等模子一拿开，这层香灰上就出现一个字。这个过程，叫"拓篆"。然后，把这香船放在一个水盆里。还有人会在水盆里养金鱼、水莲花。用线香把香粉写成的字点着。香印闪着火星浮在水面上，看着十分漂亮。

还有人用香，方法比较出格。相传汉朝的赵飞燕、赵合德使用秘制的香丸"息肌丸"，把它塞到肚脐眼里。两个人把皇帝迷得五迷三道的。息肌丸不但香，还能让皮肤变得特别好，但是用了这个东西就不能生育了。赵家这姐儿俩为了霸占皇帝，成天拿各种香料洗香香，坐着有坐着熏的香，擦脸有擦脸用的香，两个人跟卖香水的似的。皇帝就觉得太好闻啦，最后沉迷酒色，愣是死这姐儿俩手里了。可是这姐儿俩最后也没落什么好下场啊。真应了佛教那句话了，"戒定真香"——人这心眼儿要是不正啊，什么香都没用，最后只会遗臭万年。

027 谋事

保护专利套路深,
胆大抠门我一身

郭 论 *Guo Theory*

消遣在深夜，玩命在早晨。

消遣在深夜，玩命在早晨。现在条件好，您要是睡不着，有好多东西可以解闷儿：点外卖啊，微信聊天啊，看个综艺也成，打个游戏也成……只要不把警察招来，随便您怎么折腾。

我小时候就不行，最晚也就玩到十一点，到头了。被窝里搂个半导体，听不到人家下班，我就先到周公那儿上班去了。这还是大点儿的时候了，再小的时候更没的玩了，写个作业，家大人领着串个门，回来也就差不多睡觉了。唯一的娱乐就是拿本小人儿书、连环画什么的，睡前再看会儿。那时候连环画内容也丰富。有电影彩画的，摄影集锦的，武侠故事的——多种多样，现在不少人还专门四处踅摸这东西。

我印象里，有一种连环画里头净是些早期启蒙教育的内容。不是青春期教育啊，我们那阵不兴这个，就是一些古圣先贤小时候的奇闻趣事，什么《曹冲称象》啦，《陆绩怀橘》啦，《徐文长》啦，《荀灌娘》啦，都是这种。

其中有一本，跟吃有关系，主人公叫王戎（此人也是个青史留名的人物，位列"竹林七贤"之一。关于他的背景，一会儿咱们再详细介绍）。书里说，王戎小时候跟小伙伴们出去玩——他们那阵比我还惨呢，连小人儿书都没有，也就是出去捉个迷藏、打个秋千什么的。一群小孩儿走着走着，发现大道边上有棵李子

谋事

树——这李子树好大的个儿啊！有多高呢？比我高点儿有限！

您别看树不高，满满登登结的都是李子。那李子的个头一个个跟桃子似的。小孩儿眼皮子窄啊，一看那么大个儿的果子，树又不高，全跑过去摘李子了。再看王戎，压根儿没动地儿。

别的小朋友就问了："王戎，你怎么不去摘啊？"

您再看王戎，小嘴撇得跟烂柿子似的："啧啧啧，看你们那没见过世面的样子。甭摘啦！苦的！"

"你能掐会算？哪儿就见得是苦的了？"

"不信你吃，吃出甜的来，我都摘下来给你。"

"嘿，我就信这个劲儿了。嚯——"

李子往嘴里一塞，一咬，舌头都麻了。又苦又涩，后味儿还有点儿酸。除了王戎，其他孩子全朝地上啐唾沫。就有那求知欲强的，问王戎："你怎么知道这是苦的？"王戎一叉腰："你没瞧见这树特别矮吗？它又长道边上，那李子要是甜的，能轮得上你们？早就叫别人摘走了。"

小伙伴们一听，全都服了。大人们听说后也纷纷夸他聪明。

历史上的王戎就是以见识独特、观察力敏锐著称的。他是魏晋时期的人。家里头是高门大户，提起来赫赫有名：琅琊王家！

您听过唐朝人刘禹锡写的"旧时王谢堂前燕，飞入寻常百姓家"吗？"王谢"里的"王"，说的就是琅琊王家。书圣王羲之，您知道吧？他跟王戎都是琅琊王家的人，说起来都是一家子。因为是高门大户出身，王戎从小受的教育就比别的孩子多，那个时候的教育资源都掌握在他们这种门第显赫的士族子弟手里。除了文化水平高，王戎这孩子还有一个特点：胆子特别大。

王戎七岁那年，朝廷在校军场上演武。什么意思呢？其实就是魏明帝在举办阅兵仪式。魏明帝就是曹丕的儿子曹睿。那时候的阅兵跟现在不一样，有点儿运动会，甚至庙会的意思。里面包含了不少的节目。一般贵族子弟从小就会接触到

郭 论 *Guo Theory*

这些仪式，就能看到很多节目。其中一个项目是驯兽。狮子、老虎、犀牛、大象、猩猩、豹子……各种猛兽都关在笼子里，表演的时候再由专业人员挨个放出来。当然了，也常有那觉得自己有能耐的人物，非要下场跟这些玩意儿斗一斗，有点儿古罗马斗兽场的那个意思。经常给这帮猛兽撑得直翻白眼儿。狮子一看有人来挑衅，直咂巴嘴，扭头跟老虎说："今儿下场这个太肥，估计我又得三天吃不进去东西了。"您再看那老虎，正拿爪子剔牙呢，一边剔一边说："我今儿遇见这个瘦，岁数还不小，肉都柴了。"

野兽就是这样，它不管你是谁。犯起劲儿来，逮谁吃谁。就这还有一帮人净带着孩子到笼子跟前围观。也不知道怎么的，王戎去的那天，野兽都发了疯了，在笼子里连扑带咬。吓得那帮围观群众全都四脚着地，连刨带蹬地散了。您再看王戎，抱着肩膀，托着下巴，跟名侦探柯南似的，还在那儿挨个研究呢。

皇帝打老远一看："嘿！这孩子行啊！这谁家的孩子？将来肯定了不得啊！"要不是顾及皇帝的身份，他立马就得喊一声"好"。当时皇帝就叫人给这小孩儿打赏。王戎打这儿起就算出名了。

除了观察力好、胆子大，王戎还有一个特点，就是抠门。他这抠门可不是一般的抠门，都抠出课题来了。好多经济学家拿他做研究，说他是中国历史上保护知识产权第一人。这称呼打哪儿说出来的？这得从一本书上说起。

有一本古代的"八卦"杂志，叫《世说新语》。里面说的都是魏晋时期一些名人的传闻，其中有一篇叫《俭啬》。"俭"就是"节俭"，"啬"就是"吝啬"，这一篇里一共有九个小故事，王戎一个人就占了四个。

咱们挑几个说说。

王戎的侄子结婚，他送给孩子一件褂子，还不是什么貂啊、绸啊之类的贵重褂子。原文里写的就是一件"单衣"。那能有几个钱啊？他就送了这么一个玩意儿给侄子当结婚礼物。

没过多久，他见着侄子，又把这件衣服给要回去了。说真的，我要是这孩子，

谋事

我就给他两件衣裳,我花钱买个清净。

有人说了,这也太过分了吧?对亲侄子怎么这么抠?这还不算完哪!别说亲侄子,亲闺女结婚,王戎也这样。

提起结婚办事,咱们中国从来都是男方给聘礼,女方送陪嫁。过去,一般来说,这两样都得是差不多一个价钱。现在不是了,现在养个儿子基本上就是破产了。我现在每天都琢磨以后怎么办,我这儿养着俩破产账号呢。

撇下我家的事不说,还说老王家。这王戎聘闺女倒也花钱了。不过他这钱不是白花的,算是他借给闺女的。闺女带着嫁妆,聘到了夫家。过三天,新娘子回门。您再看王戎,脸上一点儿血色都没有,脑门儿都是青的,看着闺女跟看着阶级仇人似的,脖子上青筋直蹦!吓得闺女直跟妈打听:"妈,我爸是不是最近练了什么了?这怎么看见我就要现原形啊?"

老太太知道他这穷毛病,就把事情的前因后果跟闺女说了。闺女一听,心里这个难受啊。没办法,回去跟姑爷商量吧。最后人家婆家把置办嫁妆的钱又还给王戎了。别说,还真管用!从此王戎再看见闺女,表情就正常多了。

咱也不知道《世说新语》里面写的事情有没有根据。要是有根据,这王戎简直就是神仙下凡,不定断了几万年的香火了。他办过的最出奇的一件事跟李子树有关系,也就是这事,让经济学家都忍不住要研究研究他。

您就得问了,李子树刚才不是已经说了吗?不是一码事。刚才说的是大道边的李子树,咱现在要说的,是王戎自己家的李子树。

话说有一年,也不知是谁送的,还是自己淘换来的,王戎弄来好些李子树苗。等树苗长成,结出果子来,大伙儿一吃,还真不错!多少年也没吃过这么好吃的李子!甘甘甜甜,一点儿涩劲儿没有,闻着也香气扑鼻。

这么多李子,自家人是吃不了。不过王戎的本意也不是拿来自己吃的,他想

郭 论 *Guo Theory*

把李子运到市场上去卖。就在卖李子的头天晚上，王戎突然想起一个问题来："我家这李子这么好吃，要是别人买走之后，拿李子核当种子，自己种果树可怎么办？时间长了，我这李子再好，它也不香了，怎么办？"

他还真有主意。让人把收上来的李子钻个眼儿。这眼儿钻得倍儿有学问。不能大了，大了李子就烂了，卖不出去。眼儿也不能小了，小了起不到作用。眼儿的大小以什么为标准呢？以这个李子的核被钻破了为准。

他这主意都绝了！李子核破了，就当不成种子了。以后这个品种的李子就是老王家独一份，谁也别想再种。要不怎么说他是保护知识产权第一人呢。

说到这儿，或许有的朋友会认为我说这个是有所暗示的：嘲讽保护知识产权的人是自私自利的小气鬼，为盗版公开张目。其实我没这意思。首先，王戎这个算不算保护知识产权还没定论；其次，他一个大名人，对李子的这个小气劲儿，还颇有几分可爱在里面。

王戎这个人，根据史书的记载，为人正直，为官也很清廉，深受百姓爱戴，甚至还因为这个遭到了皇家的妒忌。一个为百姓着想的人，他的抠门可能是有节省资源的目的，他绝不是那种自私自利的人。作为叔叔，他训斥侄子别想着占人家便宜。作为商人，他将自己的利益最大化，这都是情有可原的。至于他对闺女的那种态度，确实是有点儿过分，但也是事出有因。他女儿嫁的人叫裴頠，也是高门大户，世家子弟。裴頠这个人比他老丈人还清正，而且还立过军功。他一直遭人嫉恨，最后在统治阶级内部斗争的时候被害死了。高门大户联姻，那是为了抱团取暖，可要是走得太近，那就是求死之道。封建王朝，这种事很常见。所以我猜王戎故意来这一手操作，让姑爷还钱，是为了给别人看，让人觉得好像两家走得不是那么近，这样对闺女、对姑爷、对自己都有好处。

您看，聊着聊着又回到"帝王将相"的话题了。咱们免去那些血腥的历史，再说点儿别的趣闻。

小气鬼也不光是王戎一个人。我们说相声的时候，也经常刻画这路人。传统

谋事

相声段子里有一段《卖父肉》，是相声艺人从古典名著《笑林广记》里面择出来的。里面刻画了一个抠门的老头儿，死之前交代儿子们给他办丧事要省钱。大儿子要拿薄皮棺材埋他，老头儿不同意；二儿子要拿席子裹他，烧了，老头儿也不同意；最后小儿子为了安慰老头儿，骗他说等他死以后，把他剁了卖肉。老头儿这才高兴，还嘱咐儿子，"别卖给那爱赊账不给钱的"。

这真是抠门抠到一定份儿上了！

除了这个还有别的。

说是有一个抠门的，家里来客人了，他拿豆腐款待人家。他家里不是没钱，米面成仓，珠宝成匣的。他跟《杨家将》里的寇准还不一样。寇准款待上差，上了四道菜：熘豆腐、炒豆腐、烩豆腐，末了有个凉菜——小葱拌豆腐。不是寇准抠门，他就是家里没钱。

这位不是，家里有钱，不愿意多花，请客的菜就是一大碗烧豆腐。越是这种人越怕人家说他抠门，所以把豆腐端上来之后，他还跟人家解释："您见笑。我家里没别的菜了。有我也不爱吃，家里常备的就是豆腐。我这人没豆腐不行，一顿不吃豆腐都活不下去。这么跟您说吧，豆腐就是我的命！"

客人也没说什么，吃完走了。

后来他上别人家里串门儿。人家也得款待他啊，就做了一大桌子鸡鸭鱼肉。但是人家心里记着他那句话呢，"豆腐就是我的命"，所以做的这一大桌子鸡鸭鱼肉里面都掺了豆腐。您再看他，根本就不碰豆腐，专拣那大鱼大肉往嘴里扔。都没看见他拿嘴嚼，就跟倒箱子里似的。六个厨子盯不住他一个人忙活的。本家看着直眼晕，赶紧拦着："您等会儿再吃。不是不让您吃了，是这么吃容易出事。我有个事问您。您不说'豆腐就是我的命'吗？怎么今天光吃肉，不见您吃豆腐啊？"

这位嘴都不带停的，一边吃一边说："对啊，豆腐就是我的命。但要有鱼有肉的话，我就不要命了。"

您听听，就这种人，有人愿意上他们家串门儿那都是奇迹。不过这还算是好的。还有个相声段子叫《白吃猴》。那里面有个小气鬼，是最可恨的那种人。别人抠门，最多是不爱往外拿东西，他是总占人家的便宜。您要是有工夫，上园子里听听这段儿去，挺有意思的。《墨子》里面也有个类似的小故事，我拿我的话给您讲述一下：

有个人，家里很富裕，可就是老看别人家的东西好。他出门有大骡子大马，拉的车都刷着油漆，铺着彩缎，可他偏偏不坐，把邻居家的一辆又破又旧的车给偷走了。他自己穿绸裹缎，可是看见人家孩子穿的粗布的屁股帘儿，他也要偷偷拿走。自己家里有山珍海味，他不吃，看人家门口有半拉糠饽饽，嚯！叼到嘴里撒丫子就跑！狗都追不上他！

墨子拿这种人来比喻那种"自己国家什么都有，却总惦记别国东西"的君王。其实国也好，家也好，个人也罢，惦记别人的东西，编各种理由，甚至不惜杀人害命都得把东西弄到自己手里的那种人，您真得躲着他走，有多远躲多远。

说人家，咱们也得看自己，千万别害人。

028 谋事

——工匠精神的最高境界——为国续命!

郭 论 *Guo Theory*

成神的天才都是执着狂。

有人说，爱听郭老师说闲白，觉得有意思。

这是您各位抬举我们了，老祖宗传下的手艺活儿，不学精了，怎么吃这碗饭？

说到手艺活儿，那是行行出状元，歌唱得好，是歌神；菜做得好，是厨神；木匠活儿好，是鲁班再世……有些人啊，在一个行当里摸爬滚打多年，干活儿那叫一个驾轻就熟，专业技能是炉火纯青，我们管这种敬业、专注、精益求精的精神就叫工匠精神。今天，我们就来聊聊"工匠精神"。

说到工匠精神，我得推荐一本书，什么书呢？《酉阳杂俎》！鲁迅先生就非常欣赏它。这本书的作者叫段成式，是个唐朝说书人。书里面有很多稀奇古怪的事，其中就有关于工匠精神的故事，老郭就给大家唠一唠。

唐朝的时候，有个叫李叔詹的富翁，有一次在街上闲逛，认识了范山人[①]。列位别理解错了，这范山人可不是什么泰山人、衡山人、武当山人，他姓范，名山人，是个街头艺术家，什么喷漆涂鸦、海报艺术、测字算命、街头雕塑，啥都会。

---

① 一说范山人指范阳山中人。

谋 事

李叔詹觉得范山人特厉害,就请他来家里住。两人一起聊人生,谈理想,展望将来。当然,范山人也少不了发挥他的特长——测字算命。比如,他让李叔詹报一个字,李叔詹就写了一个"去"字,请范山人来算一下将来的运势。范山人琢磨了一会儿,说,你将来肯定飞黄腾达。"去"字很像草书的"天"字出了头,钻到天上,将来不显贵都难。

李叔詹非常高兴,就经常请他测字,别说,还挺灵验!时间长了,李叔詹渐渐发现,范山人上知天文下知地理,还会念咒、画符、驱邪……真是位奇人啊。

在这儿住了半年多,一天茶余饭后,范山人忽然对李叔詹说:"兄台,你让我住在这里,好吃好喝地招待着。现在,我有事要走了,没什么东西送给你。我有一门绝活儿,比测字画符什么的强多了,我可从来不轻易示人的,今儿破例给你看看,聊表谢意。"李叔詹好奇啊,就问是什么。范山人说是"水画"。

李叔詹听了就是一惊,嚯!这玩意儿不是早就失传了吗?

水画,又叫水拓画,就是用盆子装满水,把水过滤一遍,等杂质全部沉到水底后,往水里滴颜料,利用水的张力,让颜料在水中形成花纹,然后将画纸铺在水面上,吸收水面的颜料,这就成了一幅独特的图画。由于水拓画对技术要求太高,很多画匠无法把握,这门手艺渐渐就失传了。

于是两人来到后院,范山人拿起铁铲,挖了个一尺多深、一丈见方的大池子,又用一种细腻的麻灰把池壁和池底都涂抹了一遍。晾了一天,麻灰干了,再把裂缝涂抹严实。等麻灰完全晾干了,就开始挑水,把水池灌满。一开始,水面还不稳定,有水渗到地底。范山人就每天灌,渐渐地水面完全平稳,像一面镜子,眼看池子滴水不漏了,他开始采取下一步动作。

先是到集镇上,采买各种丹青画料。采买齐全后,李叔詹和范山人吃过晚饭,来到后院水池旁。范山人走到桌边,笔墨纸砚早就准备好了,他拿起毛笔,停在半空中,不停地叩动牙齿,发出"咯咯"的响声。站在他身旁的李叔詹不由得好奇,这老兄干吗呢?(我也不明白他为什么要这么做,不过我也试着叩过牙齿,太阳穴突突突地跟着跳,貌似能集中注意力,这位范老兄应该是为画画做准

郭 论　Guo Theory

备吧。)

言归正传,叩了一阵牙齿,范山人俯下身子,挥动笔尖划动池水,就像是在桌上作画一样。李叔詹仔细看着,大气都不敢喘。可看了半天,只看到满池水变得浑浊,啥都看不清。这范山人的葫芦里到底卖的什么药?

"回去休息吧!"范山人突然丢了笔,回房间休息了。李叔詹心想,你玩儿我呢?范山人也不管他,自顾自地回去了。过了两天,范山人抱着四匹精致的丝绸来到池边,铺到水面上,忙活了一顿饭的工夫,才将丝绸揭下来。

李叔詹举起丝绸细看,大吃一惊,丝绸上有老松树、怪石,还有各式各样的房屋、参差不齐的古树,甚至还有贩卖冰糖葫芦的小贩!李叔詹看呆了,过了半晌才想起询问是怎么画出来的。范山人微微一笑:"没什么,画了一辈子,已经掌握精髓了,只要控制好色彩,不让它们下沉或者消散,就行了。"

如果说,范山人用水作画,只能是技艺高超,还停留在工匠精神的表面,那我讲的这个人就是真的厉害了,用水作画,在他眼里只是小儿科,他可以直接画出水来,神笔马良画画靠的是法宝,咱这位就靠"工匠精神"!

那这人是谁呢?

大家都知道苏轼吧,苏轼写了一篇散文,叫《书蒲永升画后》,记载了这么个故事:

在北宋的时候,四川有座大慈寺,和尚们建了一座寿宁院。这庙堂子盖好了,新来的监院大和尚发起愁来:佛像是有了,可还缺壁画啊!而且这壁画的主题必须是水。大家都知道,佛堂的壁画一定要神圣、庄严,这画家可不好找。

监院就到处打听,有个小和尚就告诉他:"青城山有个丹青妙手,叫孙知微,孙大师画的佛像特有仙气儿,那叫一个绝!不过他脾气有点儿古怪,有点儿难请。"

为什么说孙知微脾气古怪呢?小和尚说,这画师们是文人相轻,互相看不对眼,特别是这孙大师,画技超群,跟神笔马良一样,画的那佛像都快升天了!没有一个画师能入孙知微的眼,他还动不动就和其他画师吵架,画师们对他都敬而远之。

监院大和尚听完后,就开始琢磨了:阿弥陀佛,画技能达到神笔马良的境界!这种人才必须请来,可是人家愿意来吗?

小和尚说,不难,如果其他寺院要请这孙大师,我不知道他去不去,可咱们大慈寺请他,他一定会来。毕竟咱们寺院可承了张乖崖大人的恩咧!

这里面还有个故事,当时有个叫张乖崖的文官,他发明了世界上最早的纸币——交子,被誉为"纸币之父"。张乖崖四十多岁的时候,四川地方官拼命盘剥老百姓,时年四川大旱,老百姓没了耕地,被逼成乱民,攻陷成都府。太宗赵光义派他的亲信宦官王继恩平乱,王继恩虽然平定了这场农民起义,但治军无方,手下的兵丁为祸一方。于是,太宗皇帝又派张乖崖治蜀。

张乖崖在四川的时候就听说过这孙知微的大名,甚至还专门去拜访过他。但是,咱们之前也说了,孙知微这个人,脾气很古怪。他知道张乖崖特地来见他,他呢,就是不见。张乖崖这边气喘吁吁地赶过来了,孙知微"啪"地把笔一扔,走了。就这样,两个人一直没见过面。

平定四川之乱以后,张乖崖还朝复命,路过剑门关,碰到一个小孩儿,小孩儿背着个小竹篓,手里拿着两幅画,迎面走过来对张乖崖说:"大人,听说您喜欢画,有位先生为感谢您让四川恢复安定,委托我送您两幅。"

张乖崖就问,这人在哪儿啊?小孩指了指远处:"哎,刚才还在那儿呢,怎么就不见了?可能走了吧。"

张乖崖好奇地接过画,展开一看,是一幅《蜀江出山图》,落款处写着"孙知微"三个字。

由此可见,孙知微是很敬重张乖崖的,而这大慈寺的大雄宝殿,恰恰就是张乖崖在四川当官时,号召地方官绅一起捐钱盖的,请孙知微来这儿画画,他能不来吗?监院就给孙知微写了一封信,那边也回了,说浴佛节那天就过来画。

浴佛节,是纪念佛祖释迦牟尼诞辰的节日,相传佛祖出生的时候,一手指天,一手指地,说"天上天下,唯我独尊"。于是大地震动,九龙吐水为他沐浴。后来，和尚们就以浴佛的方式，纪念佛祖的生日。

浴佛节这天，大慈寺的和尚将寺院打扫一新，举行祭拜佛祖的仪式。庙门口跟过大年似的，卖糖葫芦的、下面条的、蒸包子的、卖豆花饭的都来了，真是热火朝天。孙知微也很守时地来到寺院，二话不说，问监院大和尚，你们要画什么？

监院双手合十，摇头晃脑地说："当然画水啦，菩萨柔和善顺，能以清净法水普济众生……"

孙知微打断他："得得得，给我准备好墨水、毛笔、水桶，赶紧，麻溜的。"

到了晚上，孙知微说画画的时候不喜人观看，只留下一个小和尚伺候笔墨，把其他和尚都赶出去了。他把油灯放在条案上，拿起毛笔，饱蘸浓墨，开始在墙壁上勾勒，很快，礁石的轮廓就画了出来。

小和尚撑着脑袋在旁边看着，这乱礁石看不出个什么名堂嘛。

再看孙知微，全然不知外物，笔走龙蛇，继续画，越到后面，笔触越狂乱。小和尚已经完全看不清他的动作了，这样的速度，已经到了出神入化的水平，没有几十年的功夫，根本做不到这种地步。

小和尚索性坐到一旁打起盹儿来，不知过了多久，突然感觉到鼻子上有一滴水珠。小和尚心里嘀咕："下雨了？看来是师傅们偷工减料了，屋顶没盖好，明儿要跟监院反映一下才行。"

刚抹完一滴，又滴下一滴，没完没了！小和尚正嘀咕着，眼睛瞅到了大殿的墙壁上。猛然间一道白光闪过，我的佛祖啊！三面墙壁上都是滔天大水！

小和尚惊呆了，眼前的画，竟然活了！他摸了摸潮湿的墙壁，那水流仿佛在指尖流动，一切都是那么真实。

"孙师傅，您是怎么画出来的？"

"用心。"孙知微边说边落下最后一笔，忽然间，就见墙壁上的画作波涛汹涌，巨浪滔天。海浪咆哮着，一道浪裹着一道浪，震天动地向着小和尚扑了过来。

"佛祖救命啊，洪水把大慈寺淹啦！"小和尚捂住眼睛，撒腿就跑。大门离他

谋事

并不远,可是他却感觉花了好久才跑到。突然,海浪在他的脚下摔成一片细碎的白沫,很快又散开,不在了。

小和尚再一回头,孙知微还是站在原地,屹然不动,静候着海浪无休止的冲击!小和尚的这一阵尖叫,也把睡梦中的其他和尚给惊醒了,他们纷纷点上蜡烛,循着声音走过来。监院大和尚走在第一个,来到门口,凉风一吹,监院傻了,墙壁上的滔天巨浪眼瞅着向他扑了过来,监院不由得叫出了声:"发大水啦!大家快跑!"

身后的一班和尚吓得魂不附体,嚷嚷着:"这个孙知微,害死我们啦!"跌跌撞撞,跑向院门。

大慈寺折腾了这么一夜,第二天,信众们进来参拜佛祖,见到那画着滚滚巨浪的墙壁,也是好一阵鸡飞狗跳。大家这个时候才想起来,孙知微去哪儿了?这孙大师画完之后,竟然找不着人了!再看壁画,上面的水奔腾不息,好像马上就要倾泻而出,冲毁屋顶。

可惜的是,寿宁院几经战火,大雄宝殿的壁画毁于一炬,曾经赫赫有名的古刹名寺,从此一蹶不振。到了明代,大慈寺虽然做了一定程度的修复,但再也无法重现昔日的荣光。后来张献忠作乱,大慈寺遭到灭顶之灾,所有文物都被毁掉了。

孙知微过世之后,其画水的笔法也随之失传,其后五十多年,再也没有画师能够像他那样把水画活了。

直到蒲永升出现。

蒲永升,成都人,苏轼说他好酒,而且放浪形骸,把所有的心思都放在了画画上。蒲永升从不看求画者是谁,有权贵向他施压要他画画,他就笑嘻嘻地搪塞过去,就是不画。这位蒲永升才是苏轼文中的主角,他曾为苏轼临摹寿宁院的壁画,一口气画了二十四幅。

这些画临摹得有多传神呢?

苏轼是这么写的:"每夏日挂之高堂素壁,即阴风袭人,毛发为立。"

郭 论 Guo Theory

夏天,把这些画挂在墙上,都不用开空调啊,光看这画上的水就能把人看出鸡皮疙瘩来,冷得头发都竖起来了,就画得这么真。

工匠精神达到孙知微、蒲永升的境界,跟神笔马良似的,牛不牛?

不过,在我眼里,这只能算是工匠精神的高级境界,我再给大家讲一个工匠精神的终极境界,不仅能赏玩艺术,还能为国续命!

话说四百多年前,明朝中后期,嘉靖皇帝醉心于炼丹修仙,万历皇帝二十多年不上朝,党争严重,宦官为祸,朱元璋的大明基业被不肖子孙弄得乌烟瘴气。一时间,神州大地上到处都是揭竿而起的义军,先有南方的土司造反,后有北方的农民起义,真说得上是烽火四起、乱兵纷纷。

就在这内忧外患的时候,出了一个才子,二十八岁就考上了举人,此人名叫宋应星,打小就有过目不忘的本事,诸子百家看一遍跟玩儿似的。他还是个斜杠青年,不但才思敏捷,还喜爱天文、医学、手工制造业。

在那个年代,人们的思想受儒家传统观念的束缚,认为科学技术不过是雕虫小技,瞧不起科技发明,甚至把一些发明叫作"奇巧淫技",认为读书人最高尚的出路就是科举做官。所以,朋友们都看不起小宋同学,认为他是在瞎胡闹。

可小宋同学不在乎啊,他潜心钻研,写出了科学巨著《天工开物》。这本书的内容分为农业、手工业、冶铁业,还有兵器制造业等多个门类。小宋同学没想到的是,自己写在书里的一项发明,居然挽救了大明王朝。

当时,河北晋州的守将陈弘绪被后金打得毫无招架之力,抱着死马当活马医的心理,他打开《天工开物》,在里面找到了火器铸造的技艺,很快研制出了一款大杀器:"万人敌"。

"万人敌"类似我们现在的燃烧弹,是用泥巴做的、有小孔的空心圆球,里面装有火药。当敌人攻城时,点燃引信,火焰会四面喷射,球体不断旋转,可以烧伤敌军。这东西一造出来,立刻被明军广泛地应用在战争中,成了最有效的抗清神器。

在努尔哈赤的率领下，后金企图进兵山海关，然后一举拿下北京城。魏忠贤派党羽高第去阻挡，但高第懦弱无能、胆小如鼠，一上任就要把锦州等地的守军全部撤回山海关内。努尔哈赤趁着明军匆忙撤军，率领六万（一说十三万）人直逼宁远。

此时的宁远由袁崇焕镇守，守军不到两万，形势险恶。后金军猛烈进攻，双方激战了一天，后金军打到城下，正要攀爬城墙的时候，袁崇焕命人把"万人敌"点燃扔下去，转瞬间，火焰四面喷射，后金军陷入一片火海，即使士兵就地翻滚灭火也毫无作用。眼看火海包围了宁远城，精于骑射的后金将士，被阻于火焰之中，难以发挥骑战特长，伤亡甚重，被迫撤军。此战之后，努尔哈赤也因伤势过重而去世①。这一场战役的胜利，除了袁崇焕的英明指挥，"万人敌"的作用也不可小觑，可以说，这个发明为大明朝延续了数十年的国祚。

成神的天才都是执着狂。如果一个人能够心无旁骛，穷尽一生来将一件事做到完美，他必定能够领会所谓的"工匠精神"。人这一辈子啊，如果做了很多可有可无的事，却不能专心做一项事业，那就算是白走了一遭！

---

① 史料中没有对努尔哈赤之死的详细记载，因此，努尔哈赤的死因说法不一，一说他是在宁远兵败后染上痈疽，郁郁而终。

029 — 谋事 —

古代的带货女王们

赵飞燕其实也是一个带货达人。

现在有个新名词叫"带货"，好些网红主播每天都在直播带货，其实早年间小贩在天桥上摆摊，或是买卖人走街串巷吆喝，跟直播带货的意思也差不多。只是现在科技发达，宣传的渠道和平台不一样了，原来都是边走边吆喝，现在好了，坐直播间里吆喝，免去风吹日晒，挺好。

但是，您千万别以为带货主播是一个新生职业。本质都是卖货，天桥上摆摊是卖货，走街串巷吆喝也是卖货，电视上喊"八心八箭"还是一样卖货。咱们国家古代有些人带货能力特别强，一点儿也不比现在这些主播差。

咱先说一位，弄玉。

弄玉带了什么货呢？水银腻粉。

现在大家一听就知道这东西有毒，有水银啊。但弄玉生活在春秋时代，没有这方面的常识，只知道用水银腻粉抹脸，皮肤会变白。

中国有句老话：一白遮百丑。只要白，长啥样都不难看。所以大家为了美白可谓无所不用其极。历朝历代很多名人都发明了美白化妆品，比如水银腻粉，露华百英粉……这些化妆品的共同点就是含水银。当然了，关于化妆品的事我也不是特别懂，咱们回过头说说弄玉的故事。

谋事

这弄玉是秦穆公的女儿,长得很得要领,她喜欢音乐,是一个吹箫高手。都说女儿是爸爸上辈子的情人,要是这上辈子的情人又好看,又能歌善舞有才艺,这爸爸肯定得乐疯了。秦穆公对自己这女儿可谓百依百顺,专门为她造了一栋"凤楼",让她每天在这里尽情吹箫。

有一天,弄玉正在吹箫,忽然隐约听到外面有箫声传来,和她合奏,两人配合得天衣无缝,十分和谐。弄玉心情愉悦,晚上睡觉时就做了一个梦,梦中一个英俊的小哥哥,吹着箫,骑着一只彩凤翩翩飞来。这小哥哥对弄玉说:"小姐姐,加个微信号啊?"嘻,说错了啊,那时候没这个。小哥哥说:"我叫萧史,住在华山,很喜欢吹箫,因为听到你的箫声,特地来这里和你交个朋友。"说完,就开始吹箫,弄玉被他迷得神魂颠倒,也拿出箫合奏。两人吹了一曲又一曲,跟开音乐会似的……但美梦嫌夜短,总有醒的时候。这一醒,弄玉不开心了,整天就惦记着梦里这个萧史。

当爸爸的都不喜欢女儿找男朋友,但看着女儿害了相思病,日渐消瘦,也于心不忍。秦穆公心说,反正是个梦,我就派人去一趟华山,证明没有这个人,女儿也就死心了。

秦穆公万万没想到,他派去华山的人,还真就找着了这个萧史,好死不死,这个萧史还真会吹箫,怎么办?只能带回秦国。

弄玉一见,竟然真就是梦里见到的那个小哥哥,于是两人就结了婚。这个故事也传遍了秦国,大家都说:哎呀,这真是一对神仙眷侣啊。

两人结婚后非常恩爱,每天也没别的事,就是你一曲我一曲,共同进行音乐创作,还全国巡回演出。您想想,有那么一个神仙故事在前,盛世美颜加上顶级才艺……那秦国人追星还不追疯了?从此全国人都喜欢上了唱歌跳舞。

但秦国可是个虎狼之国,天天唱歌跳舞哪儿行呢。很快就有臣子跟秦穆公说:"这全国人民成天就追星,炒作娱乐新闻,这不行啊……我们出去打仗,两军阵前,总不能跟人家尬舞吧?"

很快,这话就传到弄玉耳朵里了。为了不让父王为难,也为了逃避这些烦人的闲话,二人不告而别,躲到一个别人再也找不到的地方去了。民间还有一种说

郭 论 Guo Theory

法，说这二人是飞升成仙了。

这段奇事，《东周列国志》上"弄玉吹箫双跨凤，赵盾背秦立灵公"一回有详细记载。我这儿就多说一句，如果他俩飞升成仙了，八成是那个水银腻粉闹的，据说这玩意儿毒性很大，长期使用，死得很快。

我们刚刚在说美白化妆品的时候，提到过赵飞燕，其实她也是一个带货达人。

很多成语里有个"燕"字，比如"环肥燕瘦""身轻如燕"……这里头的"燕"指的都是我们这个故事的主角——赵飞燕。

赵飞燕在历史上是个争议挺大的人物。从正面来说，她是个舞蹈艺术家，创造了"掌上舞""踽步"；从反面来说，她是个奸妃，没干啥好事。有一种说法是：本来"四大美人"有她一份儿的，但因为这人太作，就给她去掉了。

赵飞燕怎么个"作"法呢？和她最后带的货有关。

赵飞燕史称孝成赵皇后，是汉成帝刘骜的第二任皇后。她的身世还是挺坎坷的——赵飞燕其实是一个私生女，她的母亲是姑苏郡主，她名义上的父亲是江都中尉赵曼，其实她的亲生父亲是一个叫冯万金的人。

怎么会出现这样的人伦悲剧呢？因为赵曼身体不好，不孕不育，姑苏郡主年纪轻轻就守了活寡。后来刚好有个机会，史书上说，姑苏郡主是因为音律结识了冯万金——相当于K歌认识的吧，两人一来二去，干柴烈火，就发生了本不该发生的事情。

没多久，姑苏郡主就怀上了冯万金的孩子，这要是让赵曼知道，事情肯定会闹大，不仅姑苏郡主的名声会受影响，整个家族也会受到牵连。于是，姑苏郡主谎称身体不适，要回娘家调养。回到娘家之后，郡主生下了两个孩子，一个是赵飞燕，一个是她妹妹赵合德。

史书上说，赵飞燕身材纤瘦，赵合德比较丰满，这姐儿俩应该不是孪生姐妹。我估计啊，这郡主和冯万金之间的牵扯不止一年两年，但这不重要，跟咱的故事关系不大，主要是跟一些爱较真儿的读者朋友说一声。

有了孩子，也不敢养在娘家，这要是赵曼来串门儿，让他给发现了，那更是找死。于是，姑苏郡主就命人把这俩孩子抱到野外给扔了，想让她们自生自灭。

过了几天，姑苏郡主心里放心不下，让人带着她到扔孩子的地方去看。这孩子都扔出去好几天了，就算不被人捡走也得被野兽吃了，要不就是饿死了。可谁承想，郡主跑到扔孩子的地方一看，俩孩子还在，而且身体健康，什么事都没有。

命不该绝啊，郡主就把孩子捡回来，但也不敢养在家里，她把小姐妹俩就送到冯万金家里去了，相当于让亲爹给养着。本来这也挺好，但天有不测风云，姐妹俩十岁那年，冯万金生病死了。两姐妹失去了经济来源，只得上街乞讨为生。她们一路乞讨来到了长安，白天出门要饭，夜晚就住在破败的茅草屋里，生活得非常艰辛。但赵飞燕的特别之处也在此时显现出来，您别看她们姐妹俩平时饭都吃不饱，可赵飞燕但凡弄到点儿钱，就去买服饰给自己捯饬，所有人都说她有病，但她就爱这个，这谁拦得住？也正因为她善于自我投资，命运之神眷顾了她。

您想啊，一个叫花子没事就捯饬自己，收拾得干干净净、漂漂亮亮的，那得多扎眼？她们两姐妹当时就是整个长安乞丐圈最靓的仔，结果赵飞燕就被阳阿公主家的管家看上了，管家将这对姐妹收为义女，从此飞燕、合德就进入阳阿公主家开始学习歌舞，相当于偶像练习生吧。

您就得问了，这阳阿公主为什么要养练习生？说白了，就是为了争宠。蛇有蛇道，鼠有鼠道，名利场上各有各的路，有的人争宠凭能耐，有的人争宠靠拍马屁，有的人争宠就靠抓住别人的弱点，投其所好。阳阿公主养练习生就是为了投皇帝所好，她知道皇帝好色，尤其喜欢有才艺的美女，于是就在家里养了一堆漂亮女孩，组了好多女团，没事就让皇帝来家里看演出。

赵飞燕的天赋让人不得不服，她就是个天才舞蹈家。自从进了阳阿公主的女团，赵飞燕直接就站了C位了。皇帝来看演出，一见赵飞燕，当时就晕了，这身姿，也太曼妙、太婀娜了……舞都没跳完，皇帝已经把领舞带走了。别废话，走！跟我回宫！

赵飞燕从此成为汉成帝最宠的妃子，后宫佳丽三千人，三千宠爱在一身，别的妃子全部歇菜，什么雨露均沾，没那个，皇帝天天就在赵飞燕宫里厮混。

好，作死的事要来了。

因为太得宠了，赵飞燕就恃宠而骄。有一天，在太液池瀛洲岛的楼榭，她穿着南越进贡的云英紫裙为汉成帝表演歌舞，汉成帝也是个没正形的，亲自拿着乐器为她伴奏。谁知舞着舞着起风了，这赵飞燕轻啊，她不是能掌上起舞吗？风一吹，她就有点儿站不住，裙子又大得跟个帆似的，眼瞅着这人就要起飞。汉成帝吓坏了，赶紧喊左右："快快快，快拽着她，别让她飞了！"于是四下的宫人就扑上去，有抓裙子的，有拽鞋的，生生把赵飞燕给摁那儿了。

当然，场面应该挺狼狈，裙子也皱了，鞋也丢了，好在人没事。

本来这不没事了吗？赵飞燕不干，又哭又闹："我这眼瞅着要成仙飞走了！都怪你！都怪你！"

这种无理取闹的事赵飞燕干过好多，一天要闹好几回，是个男的都能被这娘们气死。但谁能想到呢，赵飞燕那条被众人抓皱的裙子，竟然成了当时的爆款，消费者们还给它取了一个好听的名字——留仙裙。谁家小姑娘要是没个赵飞燕同款的留仙裙，基本就不要出门了。

这个故事也成了历朝历代诗词歌赋的素材，宋朝张炎就有"回首当年汉舞，怕飞去，谩皱留仙裙折"的句子。

最后咱们再说一位。这位比上头两位更能带货，她是专带高定礼服，就是高级定制的衣服。顺便说一句，我们德云社也有高级定制的大褂。说实在的，高定其实不容易带，第一，这玩意儿太个性化，很少有人看了别人的高定说我也来一个；第二，高定太贵，不是普通的消费品。但今儿我们说的这位可不是一般的厉害，她生生把高定给带起来了。说得这么热闹，这人是谁呢？

安乐公主。

也许您听着这个名儿觉得耳生，但她的家世可谓是历史上独一份儿的显赫了。

这话怎么说呢？安乐公主的爸爸是皇帝，爷爷是皇帝，奶奶也是皇帝，您就说还有谁能跟她比家世吧?

安乐公主是武则天的孙女,乳名裹儿,包裹的裹。可能您觉得这名儿怪怪的。是的,她这名儿有出处。

话说公元684年,安乐公主的爸爸唐中宗李显被武则天踢下皇位,贬到庐陵。被贬途中,韦皇后生下一个女孩儿,就是安乐公主。由于被贬途中物资匮乏,李显只能用自己的衣服包住女婴,于是就有了"裹儿"这个名字。

说起唐朝的美女,大家首先想到的可能是有着羞花之貌的杨贵妃,但实际上,安乐公主李裹儿才是公认的"大唐第一美人"。李裹儿之美,倾国倾城,可她却是一个名副其实的蛇蝎美人。为了当皇太女,她是啥缺德事都干尽了。

李裹儿自幼聪明伶俐,长大后更是出落成了一位百年不遇的大美人,李显对这个女儿喜爱至极,有求必应。但也正是因为李显的过分宠爱,安乐公主越发骄横跋扈,行为大胆。

李裹儿贵为公主,又有着倾世容颜,追求她的皇亲国戚、富贵公子排队都排到黄河边了。按理说,女孩儿,尤其是这种长得好看的女孩儿,都比较傲娇,比较矜持,但这李裹儿没有,她是完全放飞自我,见一个爱一个,结果玩大了,未婚先孕,只好匆忙嫁给了武三思的儿子武崇训。婚后不到六个月,她就生下了一个男婴。

公元705年,李显凭借神龙政变再次登上皇位,李裹儿也"女凭父贵"成为最炙手可热的大唐公主。受祖母武则天和母亲韦皇后的影响,安乐公主追求权力的欲望极强,她不仅生活奢侈,操纵朝政,还一心想君临天下当女皇。

当时的皇太子是李重俊,安乐公主却敢当面喊太子为"奴",可见她骄横到什么程度。不仅如此,安乐公主还奏请父皇李显废掉李重俊,改立她为皇太女。李显虽然爱这个女儿,但武则天给他留下的心理阴影还是很大的,他就觉得这事不妥,安乐公主辩称道:"她姓武的都能当皇帝,更何况我本来就是皇帝的女儿,为什么不可以?"

李显死活不同意,甭管李裹儿怎么磨他,都坚持着自己最后的底线,但安乐

郭 论 *Guo Theory*

公主哪肯善罢甘休，就把没当上皇太女的恨全发泄到皇太子李重俊身上了。

李重俊再怎么说也是名正言顺的太子，哪儿受过这气？他也知道老爹李显爱这宝贝女儿李裹儿，不敢动她。但李重俊也是狠角色，动不了你李裹儿，我还动不了你夫家人吗？最后，李重俊发动禁军把李裹儿的公公武三思和丈夫武崇训都给宰了。安乐公主刚二十三岁就成了寡妇。

唐朝自从出了武则天之后，但凡一个皇后、公主都觉得自己可以去当皇帝。安乐公主的亲妈韦皇后也是这么想的。李裹儿当然很支持，她想，我爹不给我皇太女，要是我妈当了皇帝，那还不顺理成章把皇位传给我？于是母女俩干脆一不做二不休，用毒饼毒杀了唐中宗李显。

但事态并没有往这母女俩臆想的方向发展，李显死后不久，李隆基发动了唐隆之变，带领禁军攻入宫中，将正在揽镜画眉的李裹儿杀死。蛇蝎美人安乐公主就此殒命，年仅二十六岁。

您就得问了，怎么还没说到带货呢？

这就来了。话说这李显是真的爱闺女，可以说要啥给啥，恨不得把天上的星星都给女儿摘下来。有一年，他让尚方监给李裹儿做了两件百鸟织成裙。这百鸟织成裙由百鸟的羽毛织成，史书上说"正看为一色，旁看为一色，日中为一色，影中为一色，百鸟之状，并见裙中"。可见是何等华美富贵的衣服了！

李裹儿穿着这裙子一出来，当即轰动了京城，百鸟裙成了当时长安最时髦的服饰，大家都开始做这百鸟裙。但哪儿有那么多鸟啊，于是整个长安的闲人，不论皇亲贵胄，还是贩夫走卒，全扛着工具上山捕鸟去了，以致"山林奇禽异兽，搜山荡谷，扫地无遗"。

这种奢侈无度的制裙方式，于开元中期被下令禁止。带货，其实就是推销，大家要理性消费，不要东施效颦。卖家秀、买家秀的惨烈故事每天都在上演，别说都是卖家坑人，有时候，认清自己几斤几两更重要。

030 谋事

兄弟不容易,没事别总生闲气

郭 论 *Guo Theory*

钱财是身外之物,亲情才是重要的。

我现在出去碰到陌生人,人家都喊"郭老师",每回叫得我心里都忽忽悠悠的。

"老师"这个词儿是很神圣的。我没到学校上过课,虽说现在收了不少徒弟,可那是我们行业内部的一种人际关系。师父跟"老师"这个职业还是有区别的。现在流行管别人叫老师,弄得我也不知道该怎么评价这个事。反正怎么称呼我,那是您的选择,但您心里还是得把我和真正的老师做个区别对待,毕竟人家这个职业是我们不能比的。

总之,现在"老师"的含义跟过去相比,确实是发生变化了。我们曲艺行,或者往大点儿说,演艺界,过去也算半拉江湖。江湖上的人都是互相称呼"师父"。对真正的老师,都是叫"先生"。可能是人们对于"师父"和"老师"的理解有点儿混淆,才变成这样的。

还有一个称呼,也发生了类似的变化,就是"兄弟"。现在大家一说话就是"谁谁谁是我兄弟"。其实俩人验DNA,他们不是一个亲爹生的。他那个"兄弟"其实说的是朋友。

从古至今,中国人都讲究这个——交朋友要有"道",也就是"交友之道"。交朋友到了最高境界,就是得像亲兄弟一样。所以"兄弟"跟"朋友"还是有区别的。朋友之间称兄道弟是一种习惯,但并不是说我管你叫"兄弟",咱俩就有血

谋事

缘关系了。

大家都说,交朋友要像兄弟一样,那兄弟之间该怎么相处呢?咱就不说大道理了,我给诸位讲个故事。

传说这个故事发生在汉朝,汉宣帝甘露三年(前51年),右北平郡有这么一户人家,姓召。右北平这个地方当时属于边境地区,大概就是咱们今天的北京、河北、辽宁、内蒙古交界这一片地方。治所在今天的内蒙古宁城县。

老召家在宁城县算是世家了。当初周武王分封八百诸侯的时候,把他最为倚重的两个亲弟弟都封到诸侯国去了。有一位周公旦,这个大伙很熟悉,"周公解梦"的"周公"就是这位爷。他被封在鲁国。还有一个叫召公奭,看过小说《封神演义》的都知道这位,他老出场,但好像一句台词也没有。周武王把他封在燕国,后来他又在周公旦的授意下建立了东都洛邑,以便加强对殷遗民的监督。这家人,就是这位召公奭的后代。

出身贵族,又在本地住了一千来年了,别看跟他们的老祖宗比不了,可是瘦死的骆驼比马大,这家人的地位在当地还是很说得过去的。

可是有句话说得好,"天无百日晴,花无百日红"。老召家到了甘露三年,发生了一件由盛转衰的事情——当家人死了。这一代的当家人,召老头儿,说是老头儿,还没我现在大呢。不过在汉朝那绝对算是老头儿。

老头儿的老伴儿早死了,给他剩下三个儿子——召老大、召老二、召老三。他这一死呢,仨儿子就开始闹分家。其实这哥儿仨平时没什么矛盾。大爷是忠厚长者,在乡里很有威望,跟地方官也都称兄道弟。二爷呢,仔细,是个过日子的人。三爷年轻的时候调皮捣蛋,但是为人勤快,肯干活儿。从性格上来说,这哥儿仨真可以说是优势互补,根本没有分家的必要。那为什么还要闹呢?这事出在仨妯娌身上。

哥们儿有事怨妯娌,这是中国传统故事的一大特点。古代给人家当媳妇,真不是一个好活儿。件件事都不能落在后面，出了事还得背锅。可老召家这件事还真就出在妯娌不和上面。

大奶奶进门，一直没生养。二奶奶进门，生了一个闺女。三奶奶进门一年多也没生孩子。直到这时候，这三家人过得还挺和谐。就在三奶奶过门第二年的时候，一件很值得玩味的事情发生了：召家的三位奶奶都怀上了。

那时候，召老头儿还活着呢，把老头儿乐得不知道该怎么好。哥儿仨、妯娌仨也高兴，天天聚在一块儿，回忆过去，展望未来。一家大小这日子过得说不上地舒心。十月怀胎，一朝分娩。大奶奶那儿确诊了，胃胀气。二奶奶那儿，肝腹水。三奶奶这儿强了不少，生了个大胖儿子。

从这天开始，召家的氛围完全就变了味儿了。老头儿，不用说，有孙子了，天天围着孙子转。三爷跟三奶奶也一样，陪着老头儿高兴。但是大奶奶跟二奶奶这心里就不是滋味儿了。经过这一场大病，俩人的身体都变差了，再想要孩子都很难了。想给老召家传香火就得准许自己丈夫纳妾。不然的话，将来所有的财产都得让老三一家赚受走。一想到这儿，这姐儿俩心里就跟吃了苍蝇似的。

别看心里都不痛快，大奶奶和二奶奶的表现还不一样。大奶奶城府深，她私下里跟老头儿就提出来了，想要老三家把孩子过继到自己这边来。理由也很充分，因为这个大孙子不是长房长孙，以后怕孙子辈的闹纠纷。

她这么一说，老头儿还真动心了，就找了个机会试探了一下老三两口子什么态度。召老三没意见，他就认为自己跟媳妇还年轻，以后还能生。可三奶奶不同意，孩子是自己身上掉下来的一块儿肉，怎么可能就轻易舍出去？说了两句软乎话，就回绝了。

按理说，那个时代，这种事情就是老头儿一句话的事。可这毕竟还有个人情在里面。老辈儿人都讲究这个，"人情大于王法"，所以老爷子就没强迫。这样一来，大奶奶就彻底恨上老三两口子了，只不过表面上没露出来。

二奶奶就不一样了。刚把身体养好一点儿，就开始撺掇自己爷们儿偷东西。

谋 事

那位说这是个什么倒霉媳妇？怎么还教丈夫做贼啊？您得知道，偷东西不一定都算作贼。有句老话叫"儿子偷爹不算贼"。说明白点儿吧，就是让二爷私下里把一大家子里值钱的东西，偷偷往自己这屋里拿。

叫您说，一家子这么过日子那还好得了吗？没过多长时间，老头儿死了。二奶奶当时就提出来了，要分家。三爷反对，他倒不是因为自己有儿子，所以想独吞这份家业。主要是三爷这人重感情，不愿意骨肉分离。可是在大爷跟二爷的眼里，三爷这么想就是没安好心。最后只能是少数服从多数，这个家还是分了。

分家的时候，把三爷给气的。我们相声有个传统节目，叫《化蜡扦》，不知道您听没听过？那也是哥儿仨闹分家。这老召家比那家还可气。

《化蜡扦》里说的是一家姓狠的哥儿仨分家产。这哥儿仨分的时候，起码还做到了把东西平分成三份儿了呢。老召家不是。为了分家，家里差点没闹出个诸侯争霸来：合纵连横，团结这个，打倒那个，还经常拉外援。最后弄得家里是乌烟瘴气。

三爷实在受不了了。每天早晨起来，这儿还没睁眼呢，就进来一帮人围着他睡觉的地方转悠，眼睛还四处乱踅摸。踅摸什么呢？看看他这屋少没少东西，怕他偷着把东西拿出去。这帮人也不是外人，都是大奶奶跟二奶奶的娘家人。其实他们不来，这屋丢不了东西。自打这帮人来，三爷这屋的东西一天比一天少。

最后三爷实在受不了了，提出来了："我不分了，东西都给你们。"说完，叫三奶奶当着他们的面儿，简单收拾了点儿衣服，抱着孩子就往外走。临走的时候，三爷实在气不过，说了句重话："二位哥哥，好好保重。但愿咱们这份家产是个万年牢，吃不净喝不净。你们就指着这点儿东西过吧。甭惦记我！我有儿子！以后我就吃他！"说完扭头就出去了。本来大爷还想拦着他来着，就因为这句"我有儿子"，把大爷差点没气死过去。

从此以后，三家谁也不来往。咱说了，三爷勤快，为了老婆孩子，加倍干活儿，努力奋斗。别看两手空空出来的，通过几年的努力，日子虽然穷，但一家大小还是其乐融融。后来两口子又添了个闺女，四口人就更幸福了。

郭 论 Guo Theory

要说三奶奶这人真不错。三家虽然不怎么来往了，但是出于礼数，她总是在过年过节的时候，带着孩子去到大爷、二爷家里面给长辈行礼。可是行完礼就走，连口水都不喝。就这么着，一晃二十年过去了。

突然有一天，传过来信儿了，大爷、二爷都倒了霉了。自打分家之后，大爷从别的地方又领养了一个孩子。结果这孩子长大不学好，犯了人命官司。二爷呢，在二奶奶的挑唆下，跟她回娘家了。前不久二奶奶死了，二爷就被人家娘家那边给轰出来了。

三爷听了之后，心里直难受。有心去管，拉不下脸来；有心不管，骨肉之情在那儿呢。最后还是他这儿子提出来了："父亲，您还是去看看吧，一笔写不出两个'召'，咱不能让外人笑话。"

那位问了，这儿子怎么这么通情达理啊？三奶奶教的。三奶奶可跟那姐儿俩不一样，这些年总是嘱咐自己儿子不能忘了根，血脉亲情不能丢了。儿子谨记娘的教诲，这些年没断了跟俩大爷的来往。

在儿子的劝说之下，三爷决定出手了。他先是把二爷接到自己这边来，然后再帮着大爷打官司。过了些日子，大爷这官司了了，但是家财全都没了。他又把大爷两口子也接了回来。这还不算完，他还要帮着二爷出口恶气，领着二爷就去找二奶奶娘家理论去了。因为二爷这些年没少帮着他们家挣家产。

可是那家人态度非常恶劣，甚至还出手伤人。二爷和三爷现在都是老头儿了，哪儿禁得住这帮人打啊。尤其是二爷，二爷就会算账，从小打架都不行。三爷还得护着他。最后反而是三爷被打成重伤了。幸好，三爷的儿子及时赶来，老哥儿俩才没被当场打死。

报官吧。地方官带着人过来之后就问情况。打人的这家人抢着先说话，一边说话，一边偷偷地往地方官衣服里塞钱。三爷这儿子眼尖，当时就嚷出来了："大汉律例，官员受贿，以强盗论处！"地方官吓得一哆嗦，行贿的钱当时就掉地下了。接着，三爷的儿子又喊了一句："行贿者，可论死！"

这地方官一看这个年轻人不好惹，赶紧就过来了："这位公子，你别喊，本官从始至终没有越规矩的行为。你说他行贿，本官势必就有受贿的嫌疑。为了你这点儿事，我犯不着往里面搭前程。"

他这几句话很值得琢磨。他就是在给三爷这儿子递话儿，意思是"我不能承认我受贿——别看我有那个意思。你要非出去喊你看见我受贿了，我肯定得先对付你。我没受贿，他们就没行贿。所以你不能让我用行贿的罪名办他们"。

三爷这儿子当然明白这意思，又说了第三句话："无故殴打老人，判死！"地方官听完了这句话，不由得打了个冷战。他心想，这个年轻人不好惹。第一，他懂得大汉律法。不论什么时候，懂法律就不好欺负。第二，这孩子这态度很明确，不管我怎么判，他必须要让打人的这家担上死罪，这是人家的底线。

想明白这些，这地方官连问都不问了，直接把打人的这家抓走好几个。最后是杀的杀，罚的罚。召家人呢？出了一口恶气，但紧接着又迎来了第三个悲剧：三爷受伤太重，死了。

老召家的这场悲剧完全就是兄弟不和造成的。不过，事实证明，三爷这孩子只要教育好了，完全可以成为他们家最好的接班人。这孩子长大知道行孝，老哥儿仨完全可以指着这孩子安度晚年。钱财是身外之物，亲情才是重要的。

我突然想起来了，之前咱们讲过两个故事，都跟鸟有关系。第一个故事说的是公冶长能懂鸟语，后面说的是一只鹦鹉为了得到自由，不再说话。前面那个故事出自南北朝时期的《论语义疏》。后面那个故事出自一本叫《虞初新志》的书，是在明末清初时编辑出来的，那里面还有一个关于鹦鹉的故事。

说是福建省有个当官的养了两只鹦鹉，都是公的。两只鹦鹉朝夕相处，跟亲兄弟一样。后来这个当官的升官要被调走了，他不忍这两只鸟跟他一起受颠簸，就把它们分别送给了自己的两个朋友。这两家，一家姓陈，一家姓韩。

自打被分开之后，这对鹦鹉兄弟就不怎么吃东西了，每天无精打采，眼看着就不行了。后来还是姓韩的脑子快，带着自己这只鹦鹉就去陈家串门儿了。到那儿他就发现，陈家这只也无精打采的。直到把两只小鹦鹉凑到一起，这哥儿俩才恢复如初，还互相打招呼。

"哥哥好。"

"弟弟好。"

"吃了吗？"

"没吃呢。"

"一块儿吃去？"

"走啊。"

说得倍儿热闹。其实一低头就是鸟食罐。不管怎么样，俩鸟算是有精神了。打这之后，老韩隔三岔五就得到老陈那儿去一趟。

那位问了，怎么不把俩鸟交给一个人养啊？这个，事出有因。老韩家里有个小子，老陈家里有个姑娘。他带鸟去都是个托词，其实他主要是为了带儿子去。他拿鸟绊住这老陈，然后让自己儿子偷偷去找人家那姑娘去。这也是可怜天下父母心啊。

我也想用这招儿，可惜于谦他们家也都是儿子。不过你们得小心了，谁家有姑娘，千万别养鸟。于老师贼着呢。

您别不信。韩、陈两家还真因为这事成了亲家。等到正式提亲那天，老韩就没带着鸟过去。到了老陈家之后才知道，前两天老陈家这只鹦鹉不小心被猫叼走了。等老韩回来把这事跟自己家的鹦鹉一说，那只鹦鹉扑棱一下就飞起来了，不断地拿自己的脑袋去撞那鸟食罐，一边撞还一边喊："哥哥死了，哥哥死了！"老韩赶紧打开笼子，想看看是怎么回事。没想到小鹦鹉竟然蹿了出去，直接就撞在了门上，气绝身亡。

您各位听听，鸟都懂得兄弟之情，我们当人的哪儿还能不讲骨肉之义呢？

031 谋事

好话能把别人哄，危机公关有传统

郭 论 *Guo Theory*

说话是门学问。该什么时候，在什么场合，说什么话，都得走脑子。

说话是门学问。该什么时候，在什么场合，说什么话，都得走脑子。今儿我就给大家讲几个关于说话的故事。

明末清初的时候，天下大乱，有三个陕西人爬过崇山峻岭，到了四川。哥儿仨也不知道应该去哪儿，反正就是随着难民潮一路走走停停。走着走着，碰到一股子军队，就把这股子难民给冲散了。所幸的是，这仨人没走散，一块儿又跑到荒山野岭去了。

这三人年纪都不大，也就是二十出头。最大的那个姓彭，行二的姓裴，最小的姓鄂。小裴跟小鄂很本分，都是老实巴交的农民，没什么可说的。唯独这个姓彭的，做过两天生意，说话是钻头不顾尾，着三不着两，云山雾罩，满嘴跑火车。没逃出来之前，因为一件马褂，他能跟别人矫情半天。

这些日子忙着逃跑，他倒是没犯病。不过这一路上他这嘴也没闲着，前三百年、后五百年的，老给人家讲故事。小裴跟小鄂倒也省得闷得慌。您想啊，逃难，人这精神都紧张。有这么一个人当个移动广播，路上倒比别人好受点儿。

进了荒山野岭，这个姓彭的又说话了："二位贤弟，累了吗？咱们是不是该找个地方歇息一下？"

谋事

小裴说:"您甭转了,咱哥们儿都这模样了,就别'歇息'了,安息还差不多。不就是歇会儿吗?咱就先在这树底下忍会儿吧。"

小彭说:"树底下哪儿行啊?咱得找个上有顶子,下有毯子,这么个地儿,然后舒舒服服地歇着。"

"你是该歇着了,现在都出幻觉了。我找根火柴,您一边划着一边畅想怎么样?"

也不知道这小彭是缺心眼儿还是没脸没皮,听不出好赖话,还接着说。无非就是说房子怎么怎么好,毯子怎么怎么舒服。这时候,一直不说话的小鄂开口了:"两位哥哥,别聊了,你们看那儿。"顺着他手指的方向,两人就看见远处好像有灯火。这时候天已经快黑了,也就是咱们常说的"掌灯的时候",家家户户该点灯了。有灯火,就说明有人。三人互相看了一眼,"噌"就站起来,跑着就过去了。

到了跟前,果然,是一个百十来户的小村子。以前,几个猎户为了方便,在这里弄了几所房子,后来,过来的人越来越多,慢慢地就建成了现在这个村子。三人进了村子,跟人家说明了情况。村里人倒是挺热情,还管了三人一顿饭。吃完饭,三人就提出来要住一宿。

这时候村里人犯了难了。外边兵荒马乱,这儿的人也都知道。冷不丁进来三个人,不知道底细,谁也不敢留。这三个人也明白人家这心思,反复地解释。最后村长给他们出了个主意:"三位不用着急。村西边有个小土地庙能住人,就是不知道你们敢不敢去。"

三人一听有地方住了,嗝儿都没打,当时就答应了。村长一听,就领着他们奔这小庙走。出来才发现,今天月亮还挺亮,这道儿还看得挺清楚。可走到半路,村长就不走了,说自己家里有事,提前溜了,临走前倒是把路给指明白了。三人隐约觉得这里有问题,但这个时候也没法儿问了,只好就按照人家说的接着走。不一会儿,就找到这个庙了。

郭 论 *Guo Theory*

借着月光能看出来，这个庙不大，也就是一间房。里面没光，说明应该是没人住。别的就看不出来了。推开门进去，里面有土地爷的神像，还有供桌。供桌上有蜡烛，三人就把蜡烛给点亮了，这时他们发现地上还堆着许多稻草。三人好歹拾掇拾掇，就在这草堆上休息了。

一时间睡不着，那个小彭的劲头就又来了。这通说啊，先说海，后说山，说完大刹，说旗杆。什么风把墙刮外头去了，狗掉茶碗里淹死了，大雁飞下来脑袋上顶着一碗羊汤，唐山那儿挖出一个蛐蛐，越说越热闹。

说着说着，这庙里庙外就有了动静。外边不知怎么的就刮上大风了，屋里这蜡烛火苗儿也跟着晃。尤其这房梁上边，嘎吱嘎吱老响。刚开始仨人以为是要地震了，后来看看不像，就接着休息。小彭呢，丝毫不受影响。随便外边怎么闹，他是"我自岿然不动"。外边声音要是大了，他也跟着涨一个调门。都看过我跟于谦在台上抢话吧，小彭和外面的动静就有点儿那个意思。咱也不知道这小彭怎么这么大精神，一直说到后半夜，外边这动静都没了，万籁俱寂，他才睡了。

第二天睡到中午，三人才陆续起来。推开门往外一走，发现门外站着一堆人，带着纸人纸马，打着幡儿，扛着薄皮棺材来的。三人吓了一跳，差点又跑回去。外边的人也吓了一跳，也差点跑散了。这真是麻秆儿打狼——两头害怕。过了好一会儿，两边的人都淡定下来了，村长这才说实话。

这个小庙啊，经常闹鬼，平常根本没人敢进来。早晨看他们没出来，村里人以为他们没了，这才摆出阵仗过来接他们。没想到他们竟然没事。

这三个人一听，当时就不乐意了。闹鬼还让我们进来？这是没安着好心眼儿啊。

村里人觉着理亏，最后想了个主意，要把他们仨留下。这三人一想，反正没地方去，干脆就留下了。

简单点儿说，这三人留下之后，仗着年轻力壮肯干活儿，总算是站稳了脚跟，后来干脆就在这里成家了。当然了，主要是小裴和小鄂成家了，小彭一直单着。原因就不用问了，你们都知道，谁也不愿意嫁给一个随身听啊。有意思的是，他们在这儿住了这么多年，那个小土地庙再也没闹过鬼，甚至后来还恢复了香火，一年四季村里人还不断地去上供。这也是村里人要留下这哥儿仨的原因。

后来小裴跟小鄂的媳妇同时生了孩子。就在孩子出生的第二天，小裴跟小鄂同时做了一个梦。梦里有一男一女来找这哥儿俩，说他们俩就是当初在土地庙里的鬼。因为死前受了委屈，先后在庙里自尽了。自杀的鬼进不了鬼门关，俩人一合计，干脆就在土地庙修行了。那天见着他们仨，本来是想把他们仨吓走的，没想到那个姓彭的太能说了，俩鬼实在忍不了了，干脆下了狠心，百十来年的道行不要了，要投胎重新做人。

现在阎王爷可怜他们俩，准许他们投胎到这哥儿俩的家里。这不是要重新建立关系了嘛，所以先过来打个招呼。另外主要是跟他们俩说，以后尽量躲那人远点儿，他那张嘴早晚惹祸。

小裴跟小鄂醒来之后，私下里互相对了一下，发现梦都一样，心里就有点儿嘀咕。后来他们发现一个新情况，就是只要小彭过来串门儿，不论是去他们俩谁家，这俩孩子准一块儿哭。打这之后，裴家跟鄂家就不让小彭来了。

过了两年，官府来人了，请小裴跟小鄂进衙门配合调查。怎么了呢？这小彭啊，死催的。明朝末年，陕西那边闹大旱——这个是历史事实，您可以查历史资料去。崇祯皇帝朱由检打登基以来，做了多长时间皇帝，陕西就旱了多少年。气象学家管这种现象叫"小冰河期"。

这事跟小彭有什么关系呢？小裴跟小鄂在村里主要是负责种地。他呢，干起了老本行，出来跑买卖，把村里产的农作物弄到附近县城来卖。当时兵荒马乱，粮食跟农作物的价钱一直不错，所以他就发了笔小财，在城里也认识了不少人。

跟朋友喝酒的时候，他这老毛病就又犯了。他愣跟人家说当初那个大旱是他出生以后开始有的，所以他是旱龙转世。一听就是胡说八道啊。可是官府是什么态度呢?当时八旗兵刚打进四川时间不长,最要紧的就是稳定人心。他把这话说出来之后,官府马上就把他当成典型了,要杀一儆百。

把他抓起来一问他的底细,小裴跟小鄂就都跟着带出来了。把这哥儿俩给气的,好事没我们,平时挣钱没看见你想起我们来,这时候把我们都说出来了。好在哥儿俩这两年跟他就没来往,请村子里的人出来一做证,官府就知道跟这哥儿俩没关系了,就把他们给放了。但是小彭被就地正法了,他挣的那些钱呢,官老爷就自己留着了。

这故事您一听就知道是半真半假。但是里面的讽刺性很大。就这人这一张破嘴,能把死人说得想投胎,您琢磨琢磨是什么劲头吧。总之,就是一句话,什么事别瞎传,更别造谣,最后都惹到自己身上来。

另外,听完这个故事,咱们还有一个收获,就是黑锅砸到脑袋上来了,你得会说话、会辩解。像小裴和小鄂,他俩其实也用了个小手段,不跟官府解释自己跟小彭是什么关系,只说这几年跟他没来往,还专门把证人给找来了。官府的目的本来就是要安抚民心,这时候一定会照顾大面儿,这哥儿俩等于用舆论把自己给保护起来了。

像这种利用人的心理,凭借舆论来保护自己的例子,古代其实还有很多。咱说个史书上记载的。

《史记·平津侯主父列传》里面记载了很多汉武帝时期的名臣,其中男一号是一个叫公孙弘的老头儿。这老家伙出道很晚,年轻的时候是从事畜牧业的,六十岁才出来当官。后来官拜丞相,封平津侯,那时候他都七十多岁了。

七十多岁了,按咱们说的是"年高有德,切糕有枣"。可没想到这个主儿这么大岁数了,还走的是捧臭脚的路线。皇帝爱听什么他说什么,皇帝想要什么他给什么。汉武帝朝先后有十几位丞相,他是为数不多的老死在任上的。

有人对他这种行为很反感,最主要的有三个人。头一个叫董仲舒。这人,学过历史都知道。"罢黜百家，独尊儒术"，还有"天人三策"都跟他有关系。另外一个叫主父偃，黄晓明主演的《大汉天子2》里面，王刚老师演的这个角色，看着可欠抽了。这哥儿俩，一个让公孙弘给挤对走了，另一个干脆就让他害死了。

最后一个叫汲黯，是汉武帝的老师，历史上有名的直臣，最大的特点就是嘴笨。没理的事就别提了，有理的事也让他最后弄得跟没理似的。

有一次汲黯当着汉武帝的面儿投诉公孙弘。当时公孙弘还不是丞相呢，官拜御史大夫。这御史大夫就相当于现在最高检的检察长兼国务院秘书长，主要职责就是投诉别人，没想到这回让别人投诉了。

汲黯投诉他什么呢？说他沽名钓誉，邀买人心。证据是什么呢？公孙弘这个人身为御史大夫，一年收入两千一百六十斛粮食，历代汉朝官员的俸禄都有所不同，咱们估算一个大概的数字，那就是一年一共二十六万斤粮食。这么多粮食要是换成津巴布韦的钱，一年的俸禄都可以直接拿来盖房子了。

反正就是说他挣得很多。挣得这么多，他睡觉的时候只盖一条布做的被子，比他挣得少的官员都已经盖蚕丝被了。他这就是卖惨装穷拗人设。

想咱们现在都开了上帝视角了，都知道公孙弘不是玩意儿，汲黯说得对。可要换个环境——你是汉朝人，乍一听这句话，是不是就觉得汲黯有点儿没事找事。有钱，但是不愿意过好日子的人有的是，这也不算什么。一不赊，二不欠，过日子仔细，这没什么可说的。

要我看，汉武帝也是嫌汲黯有点儿多事，都没理他，直接问的公孙弘："有这事吗？"公孙弘呢？那脑子太快了，什么叫老奸巨猾，这时候就体现出来了，当时就跪地上认错了："臣有这事。确实，我这是想带个风向，拗个人设。"

没等汉武帝接着问，他继续说："满朝文武啊，就数汲黯大人跟我关系好，别人看破都不说破。汲大人这是为了帮助我才给我指出来的。不过我这也是学的别人，春秋时有位丞相叫晏婴——"

都听过《丑娘娘》吗？就是那里面的那个晏婴，晏丞相。

"他这人啊,吃饭的时候,桌子上没有第二盘肉菜。他的媳妇和妾也都不穿丝绸的衣服。成心跟下边的人打成一片,结果齐国让他治理得非常好。我这也是学他,想跟我手底下人画等号儿,上下不隔心,有利于以后的工作。不过这么做的确容易惹人家误会,要不是汲大人,您听不着这么衷心的话。"

这几句话太厉害了。第一,打消了皇帝的怀疑。第二,又给自己加了一道光环。第三,争取到了其他同僚的好感。第四,把汲黯捧到天上下不来了。汉武帝一听,当时就说了一个字:"赏!"得!今年这工资又涨了。

所以说,古往今来,处理不好的舆论是有一个路数的。无非就是先认错,再抓住时机把自己这点儿事说清楚了。最后再把人家的注意力给转移到别处。老祖宗的智慧啊,值得大伙儿学学。

不过,最重要的一点,做人还是要真诚。光有套路,迟早还是会被别人看清楚。就拿公孙弘来说,他蒙住了汉武帝,可没蒙住司马迁。做人做事,到底还是要凭良心。

032 谋事

巧断马蹄金：一个另类"节后综合征"的故事

郭 论　*Guo Theory*

　　说准了您也别着急，这叫"节后综合征"。

　　元宵过完了，这新年的第一个假期也算是彻底结束了，大家都该上班了。大家又得像往常一样，马不停蹄地奔向幸福的赛场了。

　　然而我不知道您是不是有这样一个症状，就是老觉得自己腿也酸，腰也硬，大夫还说你没病。坐那儿老想钻被窝，一沾枕头还就醒。脑子不愿动，说话像做梦。说准了您也别着急，这叫"节后综合征"。

　　不是我非要弄这种四六八句儿的，主要是我好像也有这种症状。这"节后综合征"要在我以前来看，就是闲的。为什么呢？因为我们这行业不过节。对我们搞传统艺术演出的来说，就指着过年过节多干点儿，增加一些合法收入。所以年呀节呀，不但歇不了，反而得加倍干活儿。

　　这两年情况有变化了。年纪大的还不显，主要体现在他们年轻的相声演员身上——咱也不知道这帮孩子干吗了，还是有什么别的心思。初七的状态跟初一的状态完全不一样。

　　过去我们这行讲究腊月二十三过小年那天封箱。来年初五，也就是"破五"那天开箱。当然了，也不一定都这样，也有三十儿晚上封箱，初一凌晨就开的。那就是把箱子盖上盖，歇了会儿。现在大家都是干到大年初七，十五再有一天。

谋 事

你就看这些年轻人，初一的时候都兴高采烈的，带着女朋友们——咱也不知道都是谁的，他们自己分得清楚，我是没那份儿闲心——在前后台出来进去地满院子飞。大过年的咱别拦人家高兴，爱干吗干吗吧。等到了初七就不一样了，一个个蔫头耷脑，说话也都云山雾罩不知道在说什么。一张嘴都是"我是谁""我在干什么""我要上哪儿去"。

到了饭点儿了，一个个开始往外掏吃的。初一那几天你都看不见这帮人正经吃饭。不知道的，以为这是都想羽化飞升了。后来才知道，人家白天都不吃。等到晚上，仨一堆儿俩一伙儿的，都找地儿会餐去。吃完了也都找不着人，都不知道干吗去了。

初七这天你再看，都带干粮来的。带的那些东西我看着都想流眼泪。棒子面的野菜团子、高粱面的馒头夹水疙瘩、杂粮煎饼夹酱黄瓜条——说实在的，吃这些东西的年头我都没赶上。我还问："过年把钱造干净了？"人家说："不是。过年这些日子胡吃海塞，肠胃降不住了。吃点儿粗粮为的是刮刮肠子。"

您说这咱不得说说他们？能白说吗？回头那煎饼啊，野菜团子啊，我都给没收了。我不是馋他们那点儿东西。主要我糖尿病，吃这些正合适。

一提这吃我又想起来了。有人跟我说过一个故事。我查了查，还是有记载的。原文挺离奇，但是他说得更有意思。我给你们讲讲他说的这个。

说是在唐朝末期，在凤翔府，也就是现在的宝鸡市凤翔区。这个咱不用弄那么清楚。您就知道是这么一块儿地方就行了。

凤翔在唐朝后期地位很高。看过历史的您知道，唐朝有三个首都——西京长安，东都洛阳，还有一个是北都太原，因为唐国公李渊在这儿造的反。安史之乱之后呢，又加了两个。一个是成都，因为唐明皇跑到这儿了。还有一个就是凤翔，因为接着唐明皇后边干的那个唐肃宗，曾经在这里设立大本营，重新收复了

郭 论 Guo Theory

江山。

凤翔府下辖凤翔县。当时的县大老爷姓干,叫"干饭人"。一听就知道,这名字是我瞎编的。故事原文里,这县令没有名字。咱给他取一个。

为什么取这么个名字呢?这位县太爷确实对得起这名字。别的方面都马虎,就在吃饭上特别讲究。

当时是刚过完六月六。听过群口相声《酒令》的听众朋友,对这个日子都应该不陌生。不是还有那么一首歌儿呢吗,"六月六,看谷秀。春打六九头。大麦收,小麦熟。闺女大了不可留,那留来留去结冤仇"。原段子里说,这个"六月六"不算个节日。其实这话不严谨。

在古代,六月初六这天,农民得去除草,家里有牲口的,或者养猫养狗的,得拉出来"刷洗饮遛"。当然了,这点儿活儿不是说非得等这天才能干。这就跟吃饺子似的,你天天能吃,但就是到了这天你得应个景。

白天给牲口洗澡,晚上干什么呢?西北那块儿过去六月六的时候有放河灯的习俗,所以防止火灾就是个很重要的工作。干饭人干大老爷这两天因为这个事,可是忙坏了。衙门口人不够。

过去一个县衙门里面有一百个工作人员那就算大规模了。可要是一个县里的老百姓都放河灯去,你这一百人放出去,就跟三伏天儿在大街上泼了一盆水一样,什么用也不管。何况他这衙门里统共就二十几个人,那更不管用了,所以很多事都得是县太爷亲力亲为。

好在,初六这天还真就没出乱子,干县令这才算是松了一口气。到了初七,他早早起来,到衙门盯着。那位说,怎么这么累还不歇一天啊?不是他不想歇,歇不了。

咱们之前就说过,古代官员也是有考勤制度的。唐朝的官员是干十天歇一天,还不好请假。无故缺勤就要扣工资,严重了就会被开除。顺带提一句,那时候上班迟到也算旷工。也就是说，当官的迟到一分钟，一个月工资就没了。唐朝也有节假日，但六月六这种日子不算官方定的节日，所以他只能等到初十才能歇。

到了衙门以后，他先让人把早点给他端来。汉代之前，古人一天就两顿饭，早上一顿，傍晚一顿。汉代以后，开始一天吃三顿饭。唐朝的官员有福利，每天中午的工作餐是免费的，但早上这顿他还是要自己花钱。

吃的什么呢？黄米粽子、素片儿汤。县太爷怎么就吃这个啊？在唐朝，七品县令的工资不算低。但是衙门里还有一些其他的支出，需要从他的工资里面扣。所以他要是不贪的话，一年到头恐怕也就只能吃这个。再说了，慈禧太后还吃臭豆腐呢，他一个县令吃这个又怎么了？

更何况黄米粽子本身就好吃。听过《大保镖》的都知道，京西北宣平坡下坎儿的虎岭儿，有一个传说中的武林门派。老掌门叫江米小枣儿。江米小枣儿的师父就叫黄米豆沙。有个成语叫"黄粱一梦"，黄粱就是黄米，学名叫黍，那是五谷之一，营养价值很高。

素片儿汤也好啊，过去叫"汤饼"。尤其在北方，做法很多。拿葱、白菜炝锅，抓点儿碎海米扔进去，加高汤，见个开。把提前弄好的面片儿扔进去。煮个半开，撒点儿盐进去。看着快熟了，加个鸡蛋进去。喜欢酱油的，可以淋上一点儿酱油。煮熟了之后，愿意撒点儿青蒜末或者香菜末，都看您的心情。盛出来之后，在碗里再滴上几滴香油——不能点锅里，直接点锅里，那香味儿都随着蒸汽走了。

我跟您这么说，为了写这段儿，我特意吃了顿饭，要不一会儿就饿。这顿饭，有干的，有稀的，再配上腌黄瓜、酸豆角——不行了，一会儿还得吃点儿。

闲话少说吧,反正是他刚咬了一口粽子,打外边来人了。衙门口值班的人进来通报,有一位老农说有大事前来禀报。

干饭人干大老爷看了眼前这碗素片儿汤,又嚼了嚼嘴里这口粽子,做了半天的思想斗争,终是离开了饭桌,来到大堂议事。等他一来,这才发现,得亏刚才没贪那口饭。来的这位老农还真是有大事来的。

老农姓郑,大伙儿都叫他老郑。咱说了,六月六,农民会出来给庄稼除个草。老郑就是在除草的时候,发现自家的地里埋着一个罐子。打开罐子一看,里面都是金子。这也不知道是谁的,看成色应该是有年头了。

您想啊,种地的老农,一辈子也没见过这个啊,当时就喊出来了:"天啊!这是什么!"一块儿种地的有的是人啊,都听见动静了,全都拢过来了。有那个见钱眼开的:"大爷,见面分一半吧。"把老郑给气的:"我自己家地里刨出来的,给你一半算什么?"

就这么会儿的工夫,消息就传开了。大伙儿都来看热闹,里面还有不少是当地的士绅,还有当地的里正,里正就是村长。士绅里面有学问人,当时就说了:"你这里面是马蹄金。当年汉武帝提出把金子做成马蹄的样子,后来历朝历代都有效仿的。你这一罐子备不住是文物。"

一提是文物,给这老郑提了醒了。前年村东头老秦家那二小子,捡了一个据说是南北朝时期的手串儿,结果让强盗惦记上了。大半夜,家里让人家洗劫一空,老秦的老伴儿也被活活吓死。有道是"外财不富命穷人"。想到这儿,老郑赶紧跟在场的里正说,要把这罐金子交给官府。里正也明白老郑的意思,就让老郑去县里禀报,他留在这儿看着。

干饭人听说这事之后,差点美死。想吃冰下雹子。现成的大馅饼糊他脸上了。您想啊,一罐金子,老百姓挖出来不要,要交给官府。这说明老百姓让他治理得个个衣食无忧,外加都是道德模范,不然不能有这个觉悟。到年底吏部官员下来

谋 事

一考察，这就是实实在在的政绩啊。最不济，他还落一个支援国家财政呢。所以二话不说，当即带着人就去出事地点查证了。

经过查证，确实是事实。干饭人从自己的俸禄里拿出一些钱奖励了老郑。然后找了两个当地人帮忙把这罐金子抬到了衙门。打开盖又看了一眼，没发现问题，就又给盖上了。他怕衙门里的库房不安全，直接让人把金子抬到自己那屋去了。

这叫什么？这就叫倒霉催的。当天，他就给凤翔府打了一份报告，把县里发生的这件事如实报给了凤翔太守李勉。李勉是唐朝的皇族，为人正直，并且还立过军功，后来官拜宰相，被封为汧国公。

他得着信儿之后，也很高兴。道理是一样的，他也想要政绩。可等他派人下来查证的时候，出事了。

上边来人查，干饭人得把那罐金子拿出来给人家看。人家不知道是真是假，所以得仔细检验。等把罐子打开，掏出金子往手上一掂，负责查证的人就发现不对了。这"金子"太轻。在地上磕打磕打，使劲儿用手一掰，得，全是烧硬了的黄土，表面上刷的金漆。

甭问了，这肯定得说是干饭人监守自盗啊。在案发现场检验的时候，大伙儿都看了，没毛病。运到衙门也打开看了，也没毛病。那就只有是在把罐子放进干饭人那屋里之后，出的毛病。李勉听到回报之后，当时就勃然大怒，把干饭人锁拿到案，严加审问。

干饭人呢？这个冤啊。政绩没到手，报应来了。他倒也挺"有骨气"，几轮审讯过来，人家哼都不哼一声，直接就承认了——倒不是说人家给他用刑了，主要是实在受不了这个罪啊。审讯犯人有的时候就是这样，给你心理压力，时间长了，你自己就崩溃了。不知道的也给你胡编。

总之他这一认罪，李勉自然而然就叫人给他结案了。他这案不算贪污，按监守自盗算的。唐朝的法律规定，"监守自盗三十匹，绞"。就是监守自盗的东西的价值到了三十匹丝绸的价值，一律用绳子勒死。他这一罐金子肯定是比三十匹丝绸值得多，死是肯定的了。念在他平日工作还算勤恳，没当时就弄死，来了个

郭 论 Guo Theory

"绞监候",就是秋后处决。

所谓秋后处决,历朝历代也不一样。汉朝是阴历的九月到十二月,唐朝则是十月到十二月。一直到清朝,都是这样。咱说了,案发是在六月。也就是说,没有意外的话,干饭人最多还能活半年。可就是在这个时候,来了管闲事的了。

这件事之后,有一回李勉请客吃饭,请的都是凤翔府当地的官员。席间他就把这事说了,目的也是想警告一下自己的手下,要好好做事,别犯错。都是在官场混的,都不傻,所以在场几乎所有人听完了都赶紧表决心。

"我们听话!"

"我们会努力的!"

"向李大人学习!"

"我们肯定学好!"

"我们肯定努力!"

"日出东方,唯我不败!"

李勉听了都觉得疼得慌。这时候他就发现,席间,宰相袁滋一直没说话。袁滋这个人在唐朝也挺有名的,不是因为他当官出了什么政绩,主要是因为他是个有名的书法家,小篆写得最好。云南那边现在还有他的摩崖石刻。

李勉这人心思直,直接就问出来了:"老袁——"袁滋赶紧拦着:"您别这么叫,北京、天津管王八叫'老圆'。"

"好好好,我说错了。小滋——"

"我还挺有情调!还'小资'——您有什么事您就说吧。"

"你跟那个干饭人是亲戚吗?想替他说话?"

袁滋一笑:"您多虑了。我跟那路吃货没关系。"

李勉更纳闷儿了:"那你怎么不表态啊?"

袁滋说:"我是觉得这个案子还有点儿问题。这样吧,您把这案子给我,我再给您整理一下。"

　　李勉就这点好。按理说，已经定好的案子，任谁当主审官都不愿意再翻。但是李勉不一样，一听袁滋有异议，很大方地就交给他重新审理。

　　袁滋当时就领了任务，第二天就把最早发现钱罐子的老郑给找来了，问他那罐子里有多少马蹄金、什么形状、多大个头。老郑记性还挺好，他说当时官人到现场检查的时候确实数来着，有二百五十多块，都是马蹄子那么大。

　　袁滋就问了："那又是怎么运到县衙的呢？"

　　老郑说："回您的话，是找了当地两个挑夫，用竹扁担挑走的。"

　　"这俩挑夫你还找得着吗？"

　　"这俩人我都认得，到那儿就能叫来。"

　　袁滋一听，有门儿，就说："好，你把他们叫来。"

　　时间不长，两个挑夫到了。随后，袁滋就开始试验。他让李勉从府库里拨出一笔金子来，把它们按照老郑说的规制，化成马蹄形状。没做出来一半呢，已经三百来斤重了。袁滋让那两个挑夫去挑，俩人都说挑不了。如此一来，干饭人的冤屈就算是洗干净了。

　　衙门的人都看见了，罐子是两个挑夫挑进衙门之后，才进了干饭人那屋。等于在那之前，这金子已经被调了包了。是谁干的不知道，但肯定跟干饭人没关系了。报告打到李勉面前，李勉二话没说，当时就把干饭人给放了。

　　有人问了，李勉冤枉了下属，是不是得有个说法啊。唐朝确实也有"诬告反坐"这一条，你诬告人家杀人，一经查实，你就得去偿命。可是从程序上说，这案是李勉主动让人重新调查的，属于司法复核。所以人家不算诬告。那么究竟这金子是谁拿的呢？故事里没提，已然就是个千古之谜了。

033 谋事

忠臣？奸臣？是谁给定标准？

郭 论　*Guo Theory*

和韦小宝一起抓鳌拜的那几个小孩最后都咋样了?

最近由于影视剧的带动,金庸先生的《鹿鼎记》又火了。

韦小宝这个人物,大家都很熟,他帮着康熙抓了鳌拜,一路飞黄腾达,迎娶白富美,走上人生巅峰。但很多观众都忽略了一个事——鳌拜可不是韦小宝一个人抓住的,那是一堆人抓的。

这韦小宝是平步青云了,其他人呢?

今天,咱就聊聊,和韦小宝一起抓鳌拜的那几个小孩最后都咋样了?

今儿咱们从搞死鳌拜有多难开始说。

大家看小说的时候都觉得鳌拜是个奸臣,那鳌拜是不是奸臣呢?不好说!

读过清史的朋友都知道,康熙讨厌鳌拜,主要是因为他大权独揽,妨碍了康熙亲政。为什么这么说呢?您看,虽然鳌拜是康熙亲手查办的,但康熙晚年的时候已经多少有点儿后悔了。康熙四十二年(1703年),皇帝下旨赦免鳌拜的后代,让他们该做官的做官,该晋爵的晋爵,当然了,康熙也不会自己打自己的脸,把你后人捞出来就得了,平反是绝对不能平反的。

雍正皇帝上位后,一看当年留下的档案资料,比他爹还冲动,直接就给鳌拜平反了,还追封鳌拜为一等公!就这,雍正还觉得对不住人家,又加封鳌拜为超

谋事

武公!

加封超武公,这是什么概念?从康熙之后,王爷必须是皇室的血亲,超武公就是外姓臣子能封的最大爵位了。您就想,这鳌拜要真是奸臣,死后能有这待遇?

当然了,在那个时代,先不论忠臣奸臣,你碍着皇帝事了,就是天大的罪过。从这点说,鳌拜死得一点儿也不冤。

但即使康熙恨透了鳌拜,也不能说弄死他就弄死他,鳌拜终究是辅政大臣。据当时在康熙宫廷中的法国传教士白晋记载:"在康熙十五六岁时,四位摄政王中最有势力的宰相(也就是鳌拜),把持了议政王大臣会议和六部的实权,任意行使康熙皇帝的权威。因此,任何人都没有勇气对他提出异议。"

在朝廷上,不用说了,里里外外全是鳌拜的人,但凡让鳌拜觉得你要弄他,你这皇帝估计就没法儿当了;论单挑,那更没戏。鳌拜号称"满洲第一巴图鲁",就是满洲最能打的勇士。没准儿有人还是没概念,不知道这"满洲第一巴图鲁"有多厉害。这么说吧,顺治十七年(1660年),鳌拜被任命为武进士总教习。什么武状元、武榜眼、武探花……都由鳌拜亲自教导骑射功夫。也就是说,举国上下挑出来的最能打的一批人,还得由鳌拜指点他们怎么打,您就说这鳌拜得有多能打?

所以康熙最后想了个办法:招募了一群少年,天天陪自己练习"布库"。

什么是"布库"呢?这是满语里的词汇,其实就是摔跤。

鳌拜自然也知道这帮少年的存在,但他一个出生入死的悍将,哪儿会把一群小孩子放在眼里?压根儿没往心里去!

康熙打着练习"布库"的旗号掩人耳目,和小伙伴们天天演习怎么拿住鳌拜,杀一杀他的威风。终于有一天,趁着鳌拜不留神,一群少年一拥而上,将鳌拜死死摁在地上。不得不说,皇帝挺聪明,这要万一没摁住,就说是孩子们跟你切磋,摁住了,就说你谋反。

郭 论 Guo Theory

有人肯定要问，为什么用小孩呢？大人不行吗？

这里得解释两点。第一，我们不都说了吗？朝廷里里外外都是鳌拜的人，弄几个彪形大汉，很容易被鳌拜怀疑；第二，虽然我们一直说康熙招募了一群小孩，其实这帮孩子基本在十四岁到十六岁之间。身形、力量基本和成人没啥区别了。而且，有过当街溜子经验的人就知道，论打架不怕死，这年纪的孩子，不知道天高地厚，不知道轻重生死，一个字："浑"！所以说康熙用这样一群人，还是相当深谋远虑的。您就想，鳌拜这么厉害一个人，哪能想到年轻人这么不讲武德，说好切磋却来真的呢？

看到这里，您会不会以为，这群布库少年就是擒拿鳌拜的最大功臣了？

错了。

在"擒拿鳌拜"这事上最核心、最关键的人，名叫索额图。

《清史稿·本纪六》记载："八月甲申，以索额图为大学士，明珠为左都御史。"

有些事就不禁琢磨。您看，五月份抓鳌拜，六七月份皇帝就给被鳌拜搞死的苏克萨哈、苏纳海、朱昌祚等人平反，八月份皇帝就封了索额图当大学士。问题来了：这索额图在抓鳌拜之前也没啥建树，就康熙身边一个一等侍卫，怎么鳌拜一倒台，不到三个月他就连升数级，直接当了大学士？这还不算完，后头他还做过保和殿大学士、内大臣、议政大臣，并且在正黄旗内担任佐领，连他兄弟都世袭爵位，他哥为一等公赫舍里·噶布喇，任"领侍卫内大臣"；他弟心裕世袭一等伯，任"领侍卫内大臣"；另一个弟弟法保也袭一等公，任"内大臣"。这索家可谓满门公侯，鸡犬升天了。很明显，这肯定是康熙在论功行赏，索额图必定在扳倒鳌拜这件事上立下了大功啊。

在擒拿鳌拜这件事上，索额图确实没少出力气。有史料记载，抓鳌拜那些布库小孩儿，就是由他负责挑选训练的。甚至整个捉拿鳌拜的计划，都是他做的。

鳌拜是在哪儿被抓的？武英殿。那一天康熙借故召鳌拜到武英殿议事，在门

谋事

口站岗的侍卫正是索额图!

鳌拜是有名的权臣,此人跋扈到了什么程度呢?上朝时敢携带兵刃!您想这得有多横!但那天走到武英殿门口,索额图就说了:"鳌少保,皇帝都亲政两年了,再带武器上朝也不合规矩……"鳌拜一想,也是,就把武器给了索额图。

鳌拜也没想到皇帝会算计自己,堂堂"满洲第一巴图鲁"还怕你个小毛孩子偷袭?

鳌拜大意了。

即使是在皇帝面前,身为辅政大臣的鳌拜也是有椅子坐的,但今天给他摆上来的椅子,是事先锯断了一条腿,又用胶给粘上的。椅子后头又站了一个最能打的布库少年。

鳌拜坐下之后,康熙命人上茶。索额图就想了个缺德招儿。什么呢?这盛茶的杯子在开水里煮了一个多小时,才捞出来放茶托上。茶托是凉的,人就没了戒心,鳌拜接过茶托,再伸手拿这茶杯,嚯!这一下烫得不轻!人嘛,这时候本能就会哆嗦一下,鳌拜哪知道椅子有条腿是虚的?"夸嚓"一声,就摔那儿了。

身后那个最能打的布库少年就顺势用椅子把鳌拜扣上,一群人一拥而上,就把鳌拜给拿住了。这一下康熙可美了,立马蹿起来,噔噔噔噔宣布了鳌拜三十条罪状,等说到凌迟处死时,鳌拜真急眼了,一使劲儿站了起来——终究是满洲第一巴图鲁啊。

这一站可把康熙吓坏了,一时间也不知道怎么办好。鳌拜气急败坏脱下上衣:"你给我好好看看,我身上的伤都是为你们家打江山留下来的,你这样对我,你的江山还能坐多久?"

康熙皇帝潸然泪下,最终也没有将鳌拜杀掉,改为终身监禁。所以在正史里头,鳌拜其实是在监狱里自己气死的。您从这过程里也能看出来,索额图官运亨通一点儿不奇怪。

但康熙四十二年(1703年),索额图被赐死宗人府,家人也备受牵连,康熙还说索额图是"本朝第一罪人",这又是为什么呢?

郭 论 *Guo Theory*

其实只要愿意看点儿正史，您就会发现，擒拿鳌拜这事在正史里头只有轻描淡写的几笔。

是不是很奇怪？照理说，康熙皇帝十几岁就搞定鳌拜，这是多大的能耐！还不得往死里夸？但没有。说白了，逮鳌拜就是权力斗争，而且做法也不体面，皇帝是九五之尊，擒鳌拜的过程却跟街头混混打架一样，这写出来不是给皇帝丢人吗？同时也能看出来，索额图的结局必然是被赐死，皇帝这点儿丢人的事你都门儿清，你不死谁死？

最后康熙给索额图的评语就是：除了和沙俄谈判有功，索额图之前所做的一切全都是罪过。人心啊……别以为你帮他，他就会回报你，没准儿他就觉得你该死，为什么？你知道得太多了！

最后，咱再说一个忠奸难辨的臣子。据野史记载，这位大臣也参与了抓捕鳌拜的行动。那这个人是谁呢？

曹寅。

曹寅是曹雪芹的祖父，从小和康熙一块儿长大。当然，两人的地位悬殊，曹家是皇室的家奴。曹寅的母亲孙氏是康熙的乳母。康熙南巡时曾拉着曹寅母亲的手对人说："此吾家老人也。"后来，曹寅的两个女儿还都当了王妃。由此可见，曹寅与康熙之间绝不仅仅是简单的君臣关系。

曹寅这人的出身也挺有意思。

曹寅的曾祖父曹世选是明末将领，沈阳中卫指挥使，驻守辽东。后努尔哈赤攻占沈阳，把他一家都给掳去，从此曹家成了满人的包衣。"包衣"在满语中的意思是"家里的"，可以说，曹家从此入了奴籍，世代为奴。后来努尔哈赤把曹家送给多尔衮，多尔衮掌正白旗，所以曹家也入了正白旗。

曹世选的儿子叫曹振彦，曹振彦生曹玺，曹玺年幼好学，后又"随王师征山右"，因为立功而成为顺治皇帝的亲信。这个时候，江南文人顾景星在逃亡中和妹妹走散，顾景星是明末贡生，也是江南名门，在江南遗民中，顾景星是有些威望的。曹玺不知道是抢到、捡到，还是花钱买到了顾景星走失的妹妹，还让她做了自己的小妾。据说，这姑娘顾氏就是《红楼梦》里香菱的原型。

顾氏生了曹寅，曹寅是曹玺的庶子。曹寅的嫡母孙氏是康熙的乳母，有亲生儿子曹荃，可能是因为当时曹荃年龄太小，太子伴读的工作就落到了庶子曹寅的头上。

结合这些资料来看，曹寅参与抓捕鳌拜的行动也是有可能的，因为时间都能对得上。坊间之所以会有这样的传闻，很大程度上是因为康熙对曹寅一家好得有点儿不正常。

为什么这么说呢？

曹寅做过的最大的官是通政使，但咱们这里要说的是江宁织造。江宁织造主要负责提供宫廷内用、官用绸缎等丝织品，一些织造官还兼任盐政，曹寅就曾经四次兼任盐政。

又是管绸缎，又是管盐，这里面的油水可大了去了。因为朝廷每年征收的税款是有定额的，有数的钱交上去之后，富余下来的钱可就归盐政和织造管了。正因江宁织造是个肥缺，所以，这个位子上历来不缺贪污舞弊的官。

曹寅是包衣奴才出身，并不是管理财政的好手。更要命的是，不会管，他还不会省，皇帝南巡经常住在曹家，接待费用都是天文数字。时间一长，曹家在财政上弄出的窟窿越来越大，最后到了填补不上的地步。

而与此同时，曹寅等江南三织造身上还有一个秘密任务：以奏折的形式将江南地区的吏治民情和各色人等的动向汇报给朝廷。曹寅所掌管的江宁织造，同时也是康熙安插在江南的眼线。正因如此，皇帝对曹寅好得不正常。他见曹寅这亏空亏得都没法补了，就给他安排两淮盐政的差事，让他在盐政上捞钱，弥补织造上的亏空。

康熙四十九年（1710年），在李煦递上来的奏折上，康熙写下了这样的朱批："风闻库帑亏空者甚多，却不知尔等作何法补完？留心，留心，留心，留心，留心！"这意思就是说，哥们儿，你怎么那么废物呢？都干上盐政了还搞不来钱？我不管，你自己想辙，把这亏空给我补上。但直到曹寅去世，还留下三十多万两的亏空没有补上。

康熙自己都没想到，他的姑息迁就，恰恰酿成了曹家破败的祸根。等康熙一死，雍正上台，新皇帝可就没那么客气了。一看国库，好家伙，几乎是空的！再一看，谁有钱？金陵曹家。行！给我抄家！什么江宁织造，两淮盐政，都是我的。

百年望族一败涂地，曹家老小陷入生活无着的境地。过了些时日，雍正为表明得位之正，不违背父意，"额外施恩"，拨了十七间半房屋给曹家。

曹寅幸亏死在了康熙前面，保护伞康熙皇帝还活着，曹寅没有受到丝毫惩处，但他的家属、后人却饱尝了苦果。曹府被查抄时，曹雪芹只有十三岁，抄家前，他是锦衣玉食的贵族；抄家后，他是罪臣之后，从"烈火烹油，鲜花着锦"的豪门，一下子落入凋零衰败之境，开始了绳床瓦灶、举家食粥的困苦生活，看尽人情冷暖、世态炎凉。但也正因如此，曹雪芹才有感而发，写下了千古流芳的《红楼梦》。

忠臣，奸臣，谁说了算呢？

《谋事》这本书里，有些是故事，有些是历史，无论是历史还是故事，都有它的价值。有人说，故事的可信度不高，那您觉得，史书上头就都是大实话吗？